"이거, 학급 붕괴나
수업 거부 수준이
아니잖아!"

"오호호홋!
제법 향이
좋군요!"

렌 글레더스
풍만한 몸매가 매혹적인 여교사
……가 아니라 여자로 변신한 글렌.
성 릴리 마술여학원의 임시 강사로
부임한다.

프랑신 예카티나
성 릴리 마술여학원의 최대 세력
「흰 백합회」의 수장. 학교의 평온을
바라고 있으며 자신을 얌전히 따르는
자에게는 관대하지만 거역하는
자는 결코 용서하지 않는다.

"흐응, 굉장하네. 시스티."

"……뭘 하려는지 엄청 알기 쉬워. 우리를 방심하게 하려고 일부러 저러는 걸까?"

루미아 틴젤
비밀을 품은 청초하고 마음씨 고운 소녀. 글렌이 여학생들에게만 신경 쓰는 상황에 약간 질투가 난 듯……?

시스티나 피벨
고지식한 우등생. 단기 유학처인 성 릴리 마술여학원에서는 어찌 된 영문인지 여학생들과 대립하게 되었다.

'하하…… 온실에서 자란 아가씨들이 지금의 널 당해낼 수는 없지.'

"……저희의 다음 행동도
예상했다는 건가요?"

"대, 대체 뭐야,
저 녀석들……."

『마도전 교련』 수업.
성 릴리 마술여학원의
학생들이 지켜보는 가운데—
집단전투 개막!

Akashic records of bastard magic
instructor

지니 키사라기

프랑신의 전속 시녀. 동방
『닌자』의 기술이 전해 내려오는
마을 출신. 겉으로는 프랑신을
충견처럼 따르고 있지만……?

CONTENTS

015 ─ 서장 리엘의 수난

025 ─ 제1장 글렌 1/2

049 ─ 제2장 아가씨들

087 ─ 제3장 성 릴리 마술여학원의 실태

163 ─ 제4장 혼돈의 유학 생활

221 ─ 제5장 불꽃의 기억

275 ─ 제6장 한밤중의 불꽃 속에서의 결전

357 ─ 종장 언젠가 다시 만날 그 날까지

365 ─ 후기

변변찮은 마술강사와 금기교전 8

Akashic records
of bastard magic instructor

히츠지 타로 지음
미시마 쿠로네 일러스트
최승원 옮김

교전은 만물의 예지를 관장하고, 창조하며, 장악한다.
그러하기에 그것은
인류를 파멸로 인도하게 되리라——.

『멜갈리우스의 천공성』 저자 : 롤랑 엘트리아

Akashic records
of
bastard
magic
instructor

Character

Main

시스티나 피벨

고지식한 우등생. 위대한 마술사였던 조부의 꿈을 자기 힘으로 이뤄내기 위해 흔들림 없는 정열을 바치는 소녀.

글렌 레이더스

마술을 싫어하는 마술강사. 만사에 무책임하고 의욕 제로로, 마술사로서도 삼류라서 장점은 전혀 없는 셈. 그런 그의 진정한 모습은—?

루미아 틴젤

청초하고 마음씨 고운 소녀. 누구에게도 밝힐 수 없는 비밀을 가지고 있으며 친구인 시스티나와 함께 열심히 마술 공부에 매진하고 있다.

리엘 레이포드

글렌의 전 동료. 연금술로 고속 연성한 대검을 다룬다. 근접 전투에서 비교할 자가 없는 이색적인 마도사.

알베르트 프레이저

글렌의 전 동료. 제국 궁정 마도 사단 특무 분실 소속. 신기에 가까운 마술 저격이 특기인 굉장한 실력의 마도사.

엘레노아 샤레트

알리시아의 직속 시녀장 겸 비서관. 하지만 그 정체는 하늘의 지혜연구회가 제국 정부로 보낸 밀정.

세리카 아르포네아

제국 마술 학원 교수. 글렌의 스승인 동시에 길러준 부모이기도 한 수수께끼가 많은 여성.

Academy

웬디 나블레스

글렌이 담당하는 반의 여학생. 지방 유력 명문 귀족 출신. 자존심이 강하고 권위적인 성격의 세상 물정 모르는 아가씨.

린 티티스

글렌이 담당하는 반의 여학생. 약간 내성적이고 체격도 작아서 귀여운 동물처럼 보이는 소녀. 자신감이 없어서 고민이 많다.

기블 위즈덤

글렌이 담당하는 반의 남학생. 시스티나 다음가는 우등생이지만 결코 주변과 어울리려 하지 않는 냉소주의자.

카슈 윙거

글렌이 담당하는 반의 남학생. 덩치가 크고 튼실한 체격. 성격이 밝고 글렌에게 호의적이다.

세실 클레이튼

글렌이 담당하는 반의 남학생. 조용한 독서가. 집중력이 높아서 마술 저격에 재능이 있다.

할리 아스트레이

제국 마술 학원의 베테랑 강사. 마술 명문 아스트레이 가문 출신. 전통적인 마술사와는 거리가 먼 글렌에게 공격적이다.

마술

Magic

—

룬어라고 불리는 마술 언어로 구성한 마술식으로 수많은 초자연 현상을 일으키는
이 세계의 마술사에게 지극히 『당연한』 기술.
영창하는 주문의 구절과 마디 수,
템포, 술자의 정신상태에 따라 자유자재로 형태를 바꾸는 것이 특징.

교전

Bible

—

천공의 성을 주제로 삼은 지극히 아동 취향인 옛날이야기로 세계에 널리 퍼져있다.
그러나 그 소실된 원본(교전)에는
이 세계에 관한 중대한 진실이 적혀있다고 전해지며, 그 수수께끼를 좇는 자에게는
어째선지 불행이 닥친다고 한다.

알자노 제국
마술학원

Arzano Imperial Magic Academy

—

약 4백 년 전, 당시의 여왕 알리시아 3세의 주도로 거액의 국비를 투입해서
설립한 국영 마술사 육성 전문학교.
오늘날 대륙에서 알자노 제국이 마도대국으로 명성을
떨치는 기반을 만든 학교이자, 늘 시대의 최첨단 마술을 배우는
최고봉의 교육 기관으로서 주변 국가에 널리 알려져 있다.
현재 제국의 고명한 마술사 대부분이 이 학원의 졸업생이다.

서 장 리엘의 수난

—그야말로 마른하늘에 날벼락이었다.

~긴급 통보~ 알자노 제국 마술학원 교육위원회

이하, 1에 해당하는 자를 2의 내용대로 처분할 것이 결정되었으므로 여기에 통보한다.

1. 대상자 : 리엘 레이포드

2. 처분 내용 : **낙제 퇴학** (금년도 전반기 종료 시점에 상기의 내용대로 처분함)

3. 처분 이유 : 학생에게 요구하는 일정 수준의 학력 비(非) 보유, 따라서 재적 자격 소실.

이상

"이, 이게 대체 어떻게 된 일입니까! 학원장니이이이닝~!"

게시판에서 이런 고지를 발견하자마자 맹렬한 기세로 학원장실에 들이닥친 글렌은, 업무용 책상 앞에 앉은 릭 학원장에게 몸을 불쑥 내밀고 따졌다.

"……슬슬 자네가 올 때가 되지 않았나 싶긴 했었지."

릭 학원장은 당황해서 어쩔 줄 모르는 글렌을 차분하게 맞이했다.

"확실히 이 녀석은 진짜 바보가 맞아요! 아직은 성적도 엉망이고요!"

글렌은 리엘의 목깃을 잡고 학원장 앞에 들이밀었다.

"으…… 바보라고 하는 쪽이 더 바보."

하지만 평소와 다름없이 졸려 보이는 표정의 리엘은 지금 무슨 일이 일어난 건지도 모르는 기색이었다.

낙제 퇴학. 성적이 나쁜 학생이 받는 처분 중 하나다.

부국강병책을 추진하는 제국 정부가 공적으로 운영하는 기관인 이 마술학원은 기본적으로 완전 실력주의다. 능력과 의욕이 있는 자는 우대하지만 무능하고 의욕이 없는 자에게는 엄격했다.

그러다 보니 교육위원회가 『낙제 퇴학』이라는 처분을 통해 학업 성적이 현저히 나쁜 학생의 재적 자격을 박탈하는 것이 가능했지만—.

"성적에 가장 영향을 많이 주는 전반기 기말시험은 아직 치르지도 않았잖습니까! 그 결과조차 기다리지 않고 교육적 지도도, 보충 수업도, 추가 시험도, 유학도 전부 생략하고 느닷없이 낙제 퇴학 처분을 내리는 건 진심으로 이상하다고요!"

그렇다. 글렌의 말대로 애당초 낙제 퇴학이라는 건 어지간한 경우가 아닌 이상 받을 리 없는 중징계였다.

이 시기에 리엘이 낙제 퇴학을 당하는 건 평범하게 생각하면 말도 안 되는 일인 것이다.

"맞아요! 틀림없이 무슨 착오가 있었을 거예요!"

"부탁이에요, 학원장님……. 한 번 더 확인해주실 수 없을까요?"

글렌을 따라온 시스티나와 루미아도 필사적으로 탄원했다.

"착오라……. 하긴 틀린 말은 아니겠지. ……어디까지나 일반적으로는. 허나 이번 경우에는 아무래도 조금 특수한 사정이 있다 보니……."

학원장은 안타깝다는 얼굴로 지친 한숨을 내쉬었다.

그리고 집무실 안을 힐끔 훑어보더니 자신 말고는 글렌, 리엘, 시스티나, 루미아…… 마침 이 자리에 **관계자**밖에 없다는 사실을 확인했다.

"리엘 양은 전 왕녀인 루미아 양의 호위로서 제국 궁정 마도사단 특무분실에서 파견된 집행관……이라고 했었지?"

실은 릭 학원장도 루미아의 비밀을 아는 일부의 인간 중 하나였다.

"제국군…… 국군청 통합 참모본부에서 학생 신분으로 위장해서 이 학교에 억지로 편입시킨 거네만…… 자네들도 알고 있겠지? 이 마술학원이 제국 정부 각 기관의 음모와 이권, 영역 다툼 문제가 복잡하게 뒤얽힌 혼돈의 마굴이라는 것을……."

"그야 잘 알죠. 대충 꼽아 보기만 해도 국군청, 마도청, 행정청, 교도청……. 이런 각 파벌의 입김이 닿은 놈들이 학교의 최고 결정기관인 이사회의 물밑에서 이권의 결정체인 마술학원의 주도권을 잡기 위해 날마다 격전 중이라고……."

그렇다. 표면상으로 알자노 제국은 여왕의 통치하에서 반석을 이룬 나라처럼 보이지만 실상은 전혀 달랐다. 왕실이라는 절대적인 카리스마를 자랑하는 대상이 존재하지 않으면 즉시 내부에서 무너질…… 그런 위험성을 내포한 위태로운 국가였던 것이다.

"설마……?"

"그 설마일세."

글렌이 뭔가를 눈치채자 학원장은 한숨을 내쉬었다.

"리엘 양이 이 학교에서 왕녀의 호위로 붙었을 당시에 국군청의 개입을 좋게 생각하지 않은 자들이 있었던 걸세. 아마 교도청과 마도청…… 그들이 일시적으로 손을 잡고 국군청의 입김이 닿은 리엘 양을 이 학교에서 배제하려고 움직인 거겠지."

"그, 그럴 수가……."

루미아는 표정을 슬프게 일그러트리며 양손으로 입을 가

렸다.

"게다가 그…… 리엘 양은 다양한 요인 때문에 아직 정신적으로 미성숙한 탓에, 언뜻 보기엔 행실이 불량하게 보이는 문제 행동을 일으킬 때도 많고…… 평소 성적도 좋지 않다 보니…… 반 국군청파에 공격할 구실을 주고 만 걸세."

"망할…… 그런 거였군……."

'내가 붙어 있었으면서 이런 실수를…….'

글렌은 분한 듯 이를 악물 수밖에 없었다.

"……학원장님. 무슨 방법이 없을까요?"

그리고 책상 위에 양손을 짚고 진지한 표정으로 학원장에게 호소했다.

그런 글렌의 범상치 않은 기색을 멍한 표정으로 지켜보고 있던 리엘은, 그제야 자신이 터무니없는 일에 말려들었다는 것을 어렴풋이 눈치채기 시작했다.

"……저기, 루미아. 시스티나. 낙제 퇴학이 뭐야? ……맛있는 거?"

"그건…… 저기……."

루미아와 시스티나는 뭐라 말해야 좋을지 곤란한 표정으로 서로의 얼굴을 마주 보았다.

"……진정하고 들어줄래? 리엘. 낙제 퇴학이라는 건…… 다시 말해, 강제로 학교를 그만둬야 한다는 뜻이야."

"……어?"

리엘의 졸린 듯한 무표정에 확연한 동요가 드러났다.

"그럼…… 글렌이랑 루미아랑 시스티나…… 반 애들이랑도…… 더는 함께 있을 수 없다는 거야? 왜……? 그런 건 싫어……."

감정의 기복이 적은 리엘도 이 순간만큼은…… 바로 울음을 터트릴 것만 같았다.

"……부탁드립니다! 학원장님!"

그런 리엘의 모습에 강렬한 조바심을 느낀 글렌은 다시 깊이 고개를 숙였다.

하지만 학원장은 그런 귀기 어린 표정의 글렌 앞에서…… 의미심장하게 웃었다.

"매번 느끼는 거네만…… 글렌 군. 자네는 정말 악운이 강해."

"예?!"

"실은 말일세……. 마침 리엘 양을 지명해서 단기 유학 요청이 들어와 있던 참이라네. ……그 성(聖) 릴리 마술여학원에서 말일세."

"성 릴리 마술여학원이요?!"

성 릴리 마술여학원. 알자노 제국의 수도인 제도 오를란도 북서쪽에 있는 호수지방 릴리타니아에 세워진 사립 마술학원이다. 여성만 다닐 수 있는 여학교이자, 상류층 아가씨들 전용의 기숙사제 학교이기도 했다.

"왜 그런 곳에서 갑자기 단기 유학 요청을……. 아뇨! 그딴 건 지금 아무래도 상관없습니다! 리엘을 지목해서 단기 유학 요청이 들어온 게 틀림없는 거죠?!"

글렌이 묻자 학원장은 힘차게 고개를 끄덕였다.

"음. 이번에 반 국군청파의 리엘 양을 향한 공격은 주로 성적 불량에 의한 학교 재적 자격에 대한 의문뿐일세. 즉, 그 부분만 만회하면 되는 게지."

"그렇죠! 다른 학교로 유학을 가는 건 종합 성적 평가에 큰 가산점을 받는 어엿한 『실적』이니까요! 리엘이 무사히 단기 유학에 성공한다면…… 아무도 트집 잡지 못할 겁니다!"

그리고 글렌은 활짝 웃으며 리엘을 돌아보았다.

"다행이다! 리엘! 희망이 생겼어! 너, 성 릴리 마술여학원에 잠시 유학 좀 다녀와! 알겠지?!"

하지만 리엘은 어리둥절한 얼굴이었다.

"……저기, 루미아. 시스티나. 단기 유학이라는 게 뭐야? ……맛있는 거?"

"그건…… 저기……"

루미아와 시스티나는 뭐라 말해야 좋을지 곤란한 표정으로 서로의 얼굴을 마주 보았다.

"……진정하고 들어줄래? 리엘. 단기 유학이라는 건…… 간단히 말하면 일시적으로 다른 학교에 다닌다는 뜻이야."

"……어?"

리엘의 졸린 듯한 무표정에 확연한 동요가 드러났다.

"……다른…… 학교……? 이 학교가 아니라……?"

"아! 괜찮아, 리엘! 계속 그 학교에 다니라는 뜻은 아니니까! 아마…… 2주일에서 3주일 정도? 확실히 돌아올 수 있어! 네가 유학처에서 제대로 공부만 한다면……."

시스티나가 당황한 기색을 보이는 리엘에게 황급히 해명했다.

"싫어."

하지만 리엘의 입에서 튀어나온 말은 강한 거절이었다.

"……나, 유학……? ……가고 싶지 않아."

띄엄띄엄 중얼거린 리엘은 여전히 졸린 듯한 무표정이었지만…… 미간을 약간 찡그리고 있었다. 평소의 가면 같은 얼굴에서 미루어보건대 어지간히 싫은 듯했다.

"야, 야 인마, 리엘…… 너, 지금 무슨 상황인지 알고나 있는 거야?!"

글렌은 기가 막힌 듯 머리카락을 헤집으면서 리엘을 타일렀다.

"이대로 가면 너, 이 학교를 그만둬야 해! 이 녀석들이랑 함께 있을 수 없게 된다고! 그런 건 싫지?"

"응. 싫어."

"그럼 얌전히 단기 유학을……."

"……그것도 싫어……."

리엘은 주먹을 굳게 쥐고 희미하게 떨면서 어둡게 고개를 떨궜다.

"야, 너, 적당히 좀 해. 이것도 싫다 저것도 싫다는 말이 통할 리가 없잖아!"

리엘이 떼를 쓰자 글렌은 약간 짜증이 난 목소리로 질책했다.

"……시끄러워. ……싫어. ……싫어. ……싫다구!"

하지만 고개를 숙인 리엘은 이번에는 몸 전체를 덜덜 떨었다.

"어? 잠깐…… 리엘……?"

"퇴학? 도…… 유학? 도…… 난 둘 다 싫어……. 싫단 말야……."

그리고—.

"절대로 싫어! 글렌 바보! 미워!"

화를 내면서 그렇게 외치고 학원장실을 뛰쳐나갔다.

과연 《전차》의 리엘. 막을 틈도 없는 압도적인 순발력이었다.

"어, 잠깐! 리엘?! 기다려! 에잇, 사람 성가시게 하긴!"

그리고 글렌은 리엘을 쫓아서 달리기 시작했다.

"학원장님! 단기 유학은 긍정적으로 검토하겠습니다! 하얀 고양이! 루미아! 리엘을 쫓자! 이젠 용서 못 해! 붙잡아서 불이 날 정도로 볼기를 때려줄 테다아아아아아아아아아!"

제1장 글렌 1/2

　그렇게 해서 세 사람은 리엘을 찾기 위해 학교 본관, 별관, 부속 도서관, 안뜰, 학생회관, 마술 경기장 등 온갖 시설을 돌아다녔지만—.

　"젠장…… 못 찾겠어……."

　마지막에 도착한 이곳은 학교 부지 안에 있는 예배 시설인 성당이었다. 성 엘리사레스 신교. 즉, 제국의 국교를 섬기는 이 성당 안의 분위기는 무척 엄숙했고 가지런히 늘어선 긴 의자에는 신앙심이 깊은 학생들이 앉아서 기도하는 모습이 드문드문 보였다.

　글렌은 지금 가장 뒤에 있는 의자에 등을 기대고 앉아서 쉬는 중이었다.

　"혹시…… 리엘. 벌써 학교 밖으로 나간 걸까요?"

　글렌 옆에 앉은 루미아가 불안한 표정으로 중얼거렸다.

　"……그렇다면 방법이 없겠지. 페지테는 넓으니까."

　글렌은 반쯤 포기한 얼굴로 주위를 돌아보았다.

　"주께서 말씀하시길 그대, 그대의 이웃을 자신처럼 사랑하고 용서하라……."

안쪽의 제단 앞에 있는 강단에서 의례복 차림의 목사가 성서를 펼치고 학생들에게 설교를 하는 중이었다.

"하, 하지만 선생님! 지금 리엘은 우리 집에서 살고 있는 걸요?"

시스티나의 말대로 리엘은 최근에 어떤 일을 계기로 피벨 저택에서 하숙을 하고 있었다.

"밤이 되면 분명 돌아올 거예요!"

"글쎄다⋯⋯. 유학이 보통 싫은 눈치가 아니던데⋯⋯ 과연 얌전히 돌아오려나⋯⋯."

글렌이 한숨을 내쉬며 고개를 저었다.

리엘은 제국 궁정 마도사단 특무분실의 집행관 넘버 7 《전차》다.

외모는 나이 어린 소녀에 불과하지만, 그 작고 화사한 몸에는 일반인 따윈 발끝도 미치지 못하는 무시무시한 신체 능력과 전투 기술을 감추고 있었고 서바이벌 기술도 초일류였다.

마음만 먹으면 아무런 보급도 받지 않고 야생에서 살아가는 것도 가능했다.

그런 식으로 도망쳤을 경우에는 대처할 방법이 전혀 없었다.

"⋯⋯거참, 어쩌면 좋지⋯⋯. 그 녀석, 이대로 가다간 정말로 퇴학당할 텐데."

글렌이 손바닥으로 얼굴을 덮고 머리 위의 스테인드글라

스를 올려다본 순간—.

마침 목사의 설교가 끝났는지 예배를 마친 학생들이 전부 성당 밖으로 나갔다.

그리고 설교를 마친 목사가 글렌의 옆으로 발소리를 내며 다가왔다.

글렌은 자신의 옆에 선 목사를 짜증스러운 눈으로 올려다보았다.

"……뭐? 설교나 입신 권유라면 다른 사람을 찾아봐. 난 무신론자……."

그 순간 눈치챘다.

의례복 차림의 목사가 깊이 눌러쓴 차양이 넓은 모자 밑에서 빛나는 맹금류처럼 날카로운 시선을 보내고 있다는 것을…….

"……아니, 너?! 아, 알베르트였어?!"

"“예?!”"

글렌의 얼빠진 비명을 들은 시스티나와 루미아도 무심코 목사를 응시했다.

"흥."

그러자 목사는 촌스러운 의례복과 모자를 단숨에 벗어 던지고…… 어느 때와 다름없는 궁정 마도사의 모습으로 돌아왔다. 마치 마술쇼처럼 자연스럽게…….

"늘 궁금했는데…… 그거 대체 어떻게 하는 거냐?"

"오랜만……이라고 하기엔 좀 그렇군. 사교 무도회에서 만난 지 얼마 안 됐으니. 그건 그렇고……."

정체를 드러낸 알베르트는 날카롭게 찌르는 듯한, 책망하는 듯한 눈으로 글렌을 응시했다.

"이번 리엘에 관한 일은…… 네가 붙어 있었으면서 이게 무슨 꼬락서니냐."

"아, 알고 있었어? ……면목이 없다."

"너희들에게 할 말이 있다. ……잠시 기다리도록."

그렇게 말한 알베르트는 등을 돌리고 성당 안쪽으로 걸어갔다.

바로 조금 전까지 학생들에게 설교를 했던 강단이 있는 곳으로…….

"……?"

글렌 일행이 의아한 표정으로 지켜보는 가운데, 다시 강단 앞에 선 알베르트는 뒤쪽으로 손을 집어넣더니…… 뭔가를 쑥 끄집어냈다.

""아아아아앗?!""

바로 루미아와 시스티나가 눈을 휘둥그레 떴다.

"읍~! 으읍~!"

그 뭔가의 정체는…… 다름 아닌 리엘이었다.

빛나는 세 개의 고리 형태 법진(法陣)으로 머리, 몸통, 다리를 구속당한 리엘의 몸이 알베르트의 손에 목깃을 붙들린 채 대롱대롱 매달려 있었다.

아무래도 알베르트의 흑마의(黑魔儀)【리스트릭션】에 완전히 포박당한 모양이었다.

지금의 리엘은 자신의 의지로는 손가락 하나 움직이지 못하는 꼬락서니였다.

"리엘을 능숙하게 제압한 수완은 역시 대단하다고 말하고 싶지만…… 좀 더 괜찮은 곳은 없었던 거야? 전직 사제님? 혹시 신에게 싸움이라도 거는 거냐?"

"흥. 신앙 따윈 먼 과거에 버렸다."

글렌이 기가 막힌 얼굴로 태클을 걸자 알베르트가 손가락을 튕겨서 마술을 해제했다.

즉시 리엘의 몸을 묶고 있던 빛의 고리가 사라졌다.

"……자, 이제 머리가 좀 식었나? 리엘."

알베르트는 마술에서 해방된 리엘을 바닥에 내려놓고 담담한 목소리로 물었다.

"우……."

리엘은 체념한 건지 토라진 것처럼 뺨을 부풀리고 무릎을 끌어안으며 그 자리에 주저앉았다.

"그럼 이제 이야기를 시작하지. 물론 앞으로 리엘을 어떻게 할지에 관해서다."

그리고 알베르트의 선언을 시작으로 관계자들끼리 상담을 시작했다.

"야, 군 상부에 보고해서 낙제 퇴학 처분을 취소할 수 없을까? 적대 파벌이랑 어떻게 교섭할 순 없는 거야? 전이라고는 해도 왕녀의 호위잖아?"

글렌이 먼저 그렇게 제안했다.

"무리겠지. 애당초 왕녀는 표면상으로는 이미 왕실에서 적을 박탈당한 『평민』이다. 『왕녀』의 호위라는 이유는 통하지 않아. 통하게 해서도 안 되고."

하지만 알베르트는 담담히 사실만을 언급하며 기각했다.

"그리고 반 국군청파는 자신들의 입김이 닿은 자를 다음 학기부터 리엘을 대신할 왕녀의 전속 호위로 학교에 편입시킬 심산이다. 누가 봐도 여왕 폐하께 점수를 벌려는 속셈이겠지만…… 그러니 놈들은 더더욱 낙제 퇴학 처분을 취소하려고 들지 않겠지."

"아, 진짜! 과연 정치꾼들답구만! 그런 엿 같은 짓은 지옥에서나 할 것이지!"

글렌은 양손으로 머리를 벅벅 헤집을 수밖에 없었다.

"……그렇다는 건…… 역시……?"

"리엘이 낙제 처분을 피하려면 성 릴리 마술여학원의 제안을 받아들여서 단기 유학으로 실적을 올릴 수밖에 없다. ……즉, 정공법밖에 없다는 뜻이지."

알고는 있었지만 다시 현실을 직시하자 한숨밖에 나오지 않았다.

"……야, 이야기는 다 들었지? 리엘. 그만 포기해."

하지만 리엘은 그 가면 같은 얼굴에 선명한 그늘을 드리우며 루미아와 시스티나 뒤에 냉큼 숨어버렸다. 당장에라도 울 것 같은 표정이었다.

"……역시, 싫어……. 가고 싶지 않아……."

"진짜 말이 안 통하는 녀석이네……. 몇 번이나 말했지? 이대로 가면 너……."

글렌은 관자놀이를 누르며 리엘에게 설교를 하려 했다.

"조금은 이해해줘라, 글렌."

하지만 뜻밖에도 이 타이밍에 리엘의 편을 들어준 건 알베르트였다.

"뭐어? 그건 또 무슨 소리야."

"리엘에게 단기 유학을 강요하는 건 심한 처사라는 뜻이다."

"……뭐? 임무밖에 모르는 너답지 않게 무슨 소릴. 어차피 단순한 투정……."

글렌은 미간을 찡그리며 반박하려 했다.

"잊은 거냐? 리엘이…… 겉보기보다 더『어리다』는 사실을."

"윽?!"

하지만 알베르트의 지적에 퍼뜩 놀라며 입을 다물었다.

"리엘. 네가 단기 유학을 거부하는 이유를 확실히 말해. ……저 녀석들도 이해할 수 있도록."

알베르트는 담담히 재촉했다.

"……나, 나는…… 글렌이랑 루미아랑 시스티나랑 떨어지고 싶지 않아……. 혼자가 되는 게…… 무서워……. 그, 그래서……."

억지로 쥐어짜 낸 리엘의 진심을 들은 글렌은 머리를 강하게 얻어맞은 듯한 충격을 받았다.

그리고 알베르트가 살짝 한숨을 흘리면서 다시 입을 열었다.

"리엘은『Project : Revive Life』의 첫 성공 사례. 과거에 하늘의 지혜연구회 소속 암살자였던 일루시아 레이포드의 육체와 정신을 복제해서 태어난 마조인간(魔造人間)이다."

"……."

"이 세상에 태어난 지 얼마 되지 않았고, 그 짧은 세월조차 전장에서 살아온 기간이 더 길어. 애당초 리엘이 물려받은 일루시아의 정신 자체도 비정상적인 환경에서 자라온 특이한 것이었지. 육체적으로는 열네다섯 살 정도의 소녀로 보이지만…… 리엘은 아직『어린애』에 불과해."

글렌은 씁쓸한 얼굴로 리엘을 흘겨보았다.

"그런 리엘에게 너와 왕녀와 피벨, 그리고 너희 반 학생들은 마음을 둘 곳…… 즉,『의존』할 대상이다. 일시적이라고는 해도 무조건 떨어져 있으라는 건 태어난 지 얼마 안 된 갓난아기로부터 어머니를 빼앗는 거나 다름없는 짓이지. ……그러니 이해해줘라."

알베르트의 완벽한 정론에 가까운 지적에 글렌은 입도 뻥

긋할 수 없었다.

확실히 그 말대로였다. 최근에 리엘이 양지의 세계에서 너무나도 평범하게 지내는 모습을 보고 글렌은 잠시 망각하고 있었다. 리엘의 잠재적인 미성숙함을……

과거에 죽은 오빠와 글렌을 겹쳐보고 『의존』했었던 리엘. 『원정 수학』에서 겪은 사건을 계기로 확연한 정신적인 성장을 이룬 그녀는 자신의 삶을 찾기로 결심하고 조심스럽게 미래를 향해 한 걸음을 내디뎠다.

하지만 고작 한걸음에 불과했을 뿐. ……그런데도 어째서 자신은 『리엘은 이제 괜찮다』고 착각했던 것일까. 그렇게 결심했다고 해서 의존증과 정신적인 미성숙함이 갑자기 사라지는 것은 아니다. 마음이 성장하기 위해선 오랜 시간이 필요한 것이 당연하다.

다른 사람에게 의존하는 게 꼭 나쁘기만 한 건 아니다. 성장 과정에서는 누구나 겪는 평범한 일이니까.

그런 미성숙한 리엘이 언젠가 정식적으로 자립할 수 있도록 지켜보고, 이끌어주고, 도와주는 것이야말로 교사인 자신의 역할이었을 텐데……

"……하아……. 나도 아직 멀었다는 거군……."

'이런 일로 풀이 죽다니 나도 완전히 교사가 다 됐구만…….'

글렌은 쓴웃음을 흘리면서 리엘을 돌아보았다.

"미안하다, 리엘. 네 의견도 듣지 않고 무턱대고 강요해서."

"응……."

"그런데…… 어쩌지? 실제로 단기 유학을 가지 않으면 정말로 낙제 퇴학을 당할 텐데…… 으음~."

다시 문제가 처음 상태로 되돌아오자 글렌은 머리를 싸맬 수밖에 없었다.

"저기, 선생님……. 저한테 생각이 있는데요……."

그러자 루미아가 조심스럽게 제안했다.

"뭔데?"

"그게…… 저랑 시스티도 리엘과 같이 성 릴리 마술여학원으로 단기 유학을 가는 건…… 어떨까요?"

"아! 그거 좋은 생각이네! 그거라면 리엘도 안심할 수 있지 않을까?"

시스티나도 명안이라는 듯 손뼉을 치며 동의했다.

"리엘은 제 호위니까…… 그럼 저도 함께 가는 편이 좋지 않을까 싶었거든요."

"……완전히 주객전도인 것 같다만…… 뭐, 나쁘진 않군."

글렌은 기가 막힌 얼굴로 어깨를 으쓱였다.

"그런데 가능할까? 갑자기 셋이나……."

"가능해."

그리고 글렌의 의문을 해소해준 건 알베르트였다.

"상부도 호위 효율로 봐선 그게 가장 나은 방법이라고 판단했다. 그리고 상부도 전 왕녀의 직속 호위라는 특권을 놓치고 싶진 않겠지. 그래서 《은둔자》 노인장이 사전 공작을 펼치는 중이다. 조만간 왕녀와 피벨에게도 단기 유학 제안이 올 터. 사실 내가 이번에 너희들 앞에 모습을 드러낸 건 이 말을 전하기 위해서였다."

"그, 그랬어?! 이야~ 일 처리 참 빠르네! 그런 건 빨리 말하라고!"

글렌은 밝은 표정으로 리엘을 돌아보았다.

"잘됐네! 루미아랑 하얀 고양이도 같이 가준다잖아? 이러면 너도 안심이지?"

그러나―.

"……글렌은? 글렌은 안 가?"

리엘의 얼굴은 아직 약간 어두웠다. 손을 내밀어서 글렌의 소매를 살짝 붙들었다.

"나…… 글렌도 안 가면 싫어……."

"……나? 아니, 아무래도 나까진 무리지……."

리엘이 애원하는 눈으로 올려다보자 글렌은 씁쓸한 표정을 지었다.

"그게…… 성 릴리 마술여학원은 남자 출입금지의 여학교 잖아? 남자는 부지 안에 발도 들여놓지 못해. 이것만큼은 사전 공작으로 어떻게 해결할 수 있는 문제가 아니잖아."

"아니, 글렌. 너도 알자노 제국 마술학원에서 파견한 임시 강사 신분으로 리엘과 동행해."

그러자 갑자기 알베르트가 영문 모를 말을 하기 시작했다.

"뭐어?! 너, 대체 무슨 소리야! 무리인 게 당연하잖아! 난 남자라고!"

"걱정하지 마라. 이미 손은 써뒀으니."

알베르트가 그렇게 말한 순간—.

퍼어어어어어어어엉!

갑자기 성당의 벽이 바깥쪽에서 마술로 폭파되었다.

"여! 불러서 날아왔다! 짜자자잔~!"

벽에 뚫린 구멍 너머에는 한여름의 태양 같은 눈부신 미소를 지은 여자가 서 있었다.

바람에 흩날리는 호화로운 금발, 숨 막힐 듯한 마성의 미모, 요염하고 매혹적인 몸매를 자랑하는 저 미녀의 이름은—.

"세리카?!"

바로 얼마 전에 학교로 복귀한 마술교수이자 글렌의 스승, 그리고 대륙 최고봉의 마술사인 제7계제— 셉텐데 세리카 아르포네아였다.

"너, 복귀하자마자 이게 무슨 짓이야! 요즘은 신에게 싸움을 거는 게 유행이냐!"

"이야기는 다 들었다! 뭐, 나만 믿어!"

세리카는 어안이 벙벙한 일행을 무시하고 글렌을 향해 성큼성큼 걸어왔다.

그리고 풍만한 가슴골에서 꺼낸 작은 병에 입을 대고 내용물을 입안에 머금더니…… 갑자기 글렌을 양손으로 단단히 끌어안고 살짝 발돋움을 하며 턱을 세웠다.

쪼오오오오오오오옥!

그리고 그런 환청이 들리는 동시에 아무런 망설임도 없이 글렌과 입맞춤을 했다.

"아, 아, 아, 아, 아아아아아아앗~!"

그러자 시스티나가 새빨개진 얼굴로 비명을 질렀다.

"키, 키, 기스?! 키스라니! 지사…… 불결해요! 아르포네아 교수님! 갑자기 이게 뭐 하시는 거죠?! 아으, 아으으으……."

"읏?! (우와……)"

한편, 똑같이 얼굴이 새빨개진 루미아도 양손으로 얼굴을 가리더니 손가락 사이로 농후한 입맞춤을 나누는 두 사람을 바늘구멍이 뚫릴 만큼 똑바로 응시했다.

3초간의 경직 후—.

"푸핫?! 콜록!"

사고의 공백에서 제정신으로 돌아온 글렌이 세리카를 뿌리쳤다.

"너, 너 인마! 갑자기 무슨 짓이야! 지금 나한테 대체 뭘 먹인 거지?!"

"괜찮아! 괜찮아! 아픈 거 아니니까~. 《음양의 섭리는 나에게 있으니·만물의 창조주에 반기를 들어·그대의 몸을 바꿔 만들지어다》!"

세리카가 손가락을 튕기며 자신만만하게 주문을 외우자 즉시 이변이 일어났다.

"으, 으으…… 뭐, 뭐지?!"

글렌의 온몸에서 파직파직 전류가 튀며 연기가 피어오르기 시작했고…… 몸 여기저기에서 우둑거리는 기묘한 소리가 들렸다.

"모, 몸이 뜨거워! 그, 그리고 왠지…… 이상한…… 으아아아아아!"

글렌은 괴롭게 표정을 일그러트리며 바닥에 무릎을 꿇었다.

"서, 선생님?! 대체 무슨 일이에요! 선생님!"

"떨어져 있어. ……뭐, 보면 알 거다."

황급히 달려가려는 시스티나의 팔을 세리카가 붙들고 제지했다.

그러는 사이 글렌의 모습은 연기에 완전히 휩싸여 자취를 감추었고, 뭔가가 부러지고 꺾이는 듯한 부자연스러운 소리만 계속 울려 퍼졌다.

"으아아아아아아아아아아아아아아아아아아아아아아!"

이윽고 마지막으로 들린 절규 후…… 침묵. 모든 소리가 잦아들었다.

마른침을 삼키며 지켜보는 일행 앞에서 글렌을 집어삼킨 연기가 천천히 걷혔다.

"콜록! 콜록! ……대체 뭐야? 세리카, 너 이상한 장난 좀 그만해."

머지않아 연기를 팔로 휘저으면서 글렌이 다시 모습을 드러냈다.

하지만 시스티나도, 루미아도, 그리고 무슨 일에도 동요하지 않는 리엘조차…… 연기 속에서 나타난 글렌의 모습을 보고 눈을 깜빡이며 아연실색했다.

"……응? 너희들은 또 왜 그래? 내 얼굴에 뭐가 묻기라도…… 응? 뭐시? 내 목소리, 아까부터 묘하게 높지 않아? 혹시 감기라도 걸렸나……."

글렌이 난처한 듯 머리를 긁자 묘하게 홀쭉한 손가락에 긴 머리카락이 부드럽게 엉켰다.

"이, 이건 또 뭐야? 어느새 머리카락이 이렇게 자랐지? 뭔가 이상한걸?"

"저, 저기요……. 당신, 글렌 선생님…… 맞죠……?"

시스티나가 이상한 질문을 하자 글렌은 의아한 표정으로 돌아보았다.

"뭐? 너, 대체 그게 무슨 소리냐? 내가 글렌이 아니라면 대체 누가……."

그렇게 말하면서 자신의 가슴을 두드리자―.

물컹.

생소한 감촉이 느껴졌다.

"……엥?"

글렌은 자신의 가슴으로 시선을 내렸다.

갑갑한 듯 셔츠를 안쪽에서 밀쳐 올린 두 개의 언덕.

"흠, 내 고유 마술【전투력 측정안】의 계측을 따르면……
전투력은 루미아와 거의 호각…… 87 정도인가? 이야~ 나
도 제법…… 아니, 잠까아아아아안!"

눈을 부릅뜬 글렌은 자신의 가슴을 양손으로 움켜잡더니
그대로 거칠게 주물렀다.

"이게 뭐야아아아아아아아아아아아아! 유방?!"

"잠깐만요! 선생님, 대체 뭘 주무르시는 거예요! 여성의
가슴을 함부로 주무르다니, 그런 일이 용서…… 어, 어라?
그, 그래도 이 경우에는 괜찮은 걸까?!"

글렌은 혼란에 빠진 시스티나를 내버려 두고 등을 돌려서
다리 사이로 손을 뻗었다.

"꺄~?! 원래 없어야 할 게 있고, 있어야 할 게 없잖아아아!"

그리고 자신의 몸에 일어난 이상 사태를 확인하자마자 신
속하게 세리카를 추궁했다.

"세리카, 너! 나한테 대체 무슨 짓을 한 거야아아아!"

"변신 마술, 백마(白魔)【셀프 폴리모프】를 응용해서 널
여자로 만든 거다!"

태연하게 대답한 세리카는 굉장히 멋진 미소로 엄지를 척
세웠다.

"잘됐네! 이걸로 너도 성 릴리 마술여학원에 임시 강사

로…… 풉! ……큭큭…… 너, 제법 미인이잖아? 아하하하하하하하하하하하하!"

그리고 글렌의 모습을 머리부터 발끝까지 훑어보면서 포복절도했다.

"협력에 감사한다. 전 특무분실 집행관 넘버 21《세계》의 아르포네아 여사."

"원흉은 너였구나!"

글렌은 신속하게 알베르트의 멱살을 잡고 고함을 질렀다.

"시끄럽군. 모두 상부의 지시다. 넌 여자로 변신해서 리엘과 함께 성 릴리 마술여학원에 가는 거다."

"웃기지 마! 자연스럽게 날 끌어들이지 말라고오오오오!"

"참고로 이번 작전의 입안자는 특무분실의 실장인《마술사》이브 이그나이트였다."

"그 자식이이이이?! 언젠가 반드시 엉엉 울려줄 테다!"

시끄럽게 악을 쓰는 여체화 글렌과 무뚝뚝하게 흘려 넘기는 알베르트.

모르는 사람이 보면 완전히 남녀의 치정싸움으로밖에 보이지 않는 구도였다.

"애초에 세리카도 그렇지! 너, 왜 이딴 의뢰를 받아들인 거야!"

"이야~ 이 알베르트라는 녀석, 네가 군대에 있던 시절의 동료라며? 네 이야기를 하면서 『늘 도움을 받았다』, 『의지할 수 있는 남자』, 『존경하는 유일한 인간』이라고 엄청나게 칭찬하는 거 있지? 아하하! 네가 그 정도였다니, 자랑스럽구나!"

"뭐?! 아니, 그건 틀림없이 일상적인 사교적 멘트……."

"난 이 알베르트라는 남자가 마음에 들었다! 보는 눈이 있다고 할까, 요즘 보기 드문 유능한 남자잖아! 그런 고로 글렌! 알베르트를 잘 도와주렴!"

"너, 요즘 너무 쉽게 함락되는 거 아냐?! 이대로 괜찮은 거냐! 셉텐데!"

누가 봐도 애제자를 치켜세워준 게 기뻐서 어쩔 줄 모르는 기색의 세리카를 보고, 글렌은 일말의 불안감을 느꼈다.

"아무튼 글렌도 동행할 거다. 이걸로 문제없겠지? 리엘."

"응. 문제없어. 글렌도 같이 간다면……."

"문제가 차고도 넘치거든?!"

"마, 마, 마, 맞아요! 문제투성이잖아요! 그게, 저기, 선생님이 여자가 되면 제, 제가 곤란하다구요! 그러니까 얼른 원래대로 바꿔주세요! 애, 애초에 용납 못 해요! 저, 저보다 가슴이……! 크다니—."

"저기…… 시스티? 조금 진정하자. 응?"

루미아는 쓴웃음을 지으며, 빙글빙글 도는 데다 눈물까지 맺힌 눈으로 혼란에 빠진 시스티나를 진정시켰다.

상황은 그렇게 점점 악화되고 있었다.

"나 원…… 슬슬 눈치 좀 채는 게 어떠냐, 글렌. 내가 그냥 심술로 네가 여자가 되기를 강요했다고, 설마 진심으로 그렇게 생각하는 건가?"

알베르트의 눈이 예상보다 심각하다는 것을 깨달은 글렌은 그대로 말문이 막혔다.

"아, 아니…… 그건……."

"뭐, 반쯤은 심술이다만."

"야~?! 요즘 너, 진짜 막 나간다?!"

알베르트는 눈에 핏발을 세우고 따지는 글렌을 무시하고 담담하게 본론을 꺼냈다.

"자, 그럼 이 상황…… 넌 왠지 이상하다고 생각하지 않나?"

"……이상하다고?"

"리엘의 낙제 퇴학 처분…… 이것 자체는 현재 상부의 세력다툼 상황을 미루어보면 크게 이상할 건 없어. 하지만…… 리엘에게 처분을 내리자마자 마치 노린 것처럼 단기 유학 제안이 들어왔지."

"우연치고는 타이밍이 지나치게 좋다……는 거냐?"

알베르트가 조용히 고개를 끄덕이자 바로 분위기가 무거워졌다.

"리엘은 『Project : Revive Life』…… 과거 제국 마술계의 가장 어두운 부분이자 하늘의 지혜 연구회도 한 발 걸친 금주의 성과다. 이번 일은 상부의 단순한 세력다툼과는 별개의 음모가 뒤에서 움직이고 있을지도 몰라."

글렌은 성가시다는 듯 머리를 긁고 한숨을 내쉬었다.

"……나 원 참…… 그런 이야기를 들으면 나도 동행할 수밖에 없잖냐."

"부탁한다. 지금 우리는 하늘의 지혜 연구회의 흔적을 쫓느라 여력이 없어."

"그래. 저번 『사교 무도회』 일로 조금 진전이 있었다던가? 고생이 많네."

글렌은 체념한 듯 어깨를 으쓱였다.

"글렌……."

리엘은 그런 글렌을 어미에게 매달리는 병아리 같은 눈으로 바라보았다.

"그래, 그래. 어쩔 수 없구만. 이번에는 귀여운 동생 같은 널 위해 나도 발 벗고 나서주마."

글렌은 쓴웃음을 흘리며 리엘의 머리를 우악스럽게 쓰다듬어주었다.

"응……. 고마워……. 루미아랑 시스티나도……."

"어? 아, 응. 신경 쓰지 마. 리엘을 위한 일인걸."

"넌 왠~지 내버려둘 수가 없다니까. 손이 많이 가는 동생 같아서."

루미아와 시스티나도 구김살 없이 웃으며 그렇게 대답했다.

"그건 그렇고…… 이렇게 됐으니 주말에 웬디네랑 같이 가극을 보러가자고 약속했던 건 취소해야겠네."

"그래. 유학을 가려면 준비할 게 많을 테니까……."

"조금 아쉽지만…… 뭐, 어쩔 수 없지. 이것도 다 리엘을 위한 일이니까!"

루미아와 시스티나는 딱히 대수롭지 않은 듯 말했다.

"……."

하지만 리엘은 약간 그늘이 진 얼굴로 그런 두 사람을 지그시 바라보았다.

"……아, 그건 그렇고 젠장! 왜 내가 여자가…… 이 몸을 대체 어쩔 거야? 난 이제 장가도 못 가……. 주로 생물학적인 의미로."

그리고 글렌은 흐릿하게 가라앉은 눈으로 투덜거렸다.

"안심해. 제대로 원래 몸으로 돌아갈 수 있도록 짠 마술이니까!"

세리카는 누가 봐도 즐거운 표정을 하고 그런 글렌의 등을 세게 두드렸다.

"그리고 잘 생각해봐라. 이건 기회라고?"

"뭐어? 기회? 그게 무슨 소리……."

"그야…… 성 릴리 마술여학원이라고? 여학교잖아?"

세리카의 지적에 글렌의 눈썹이 꿈틀거렸다.

"여학교. 꽃도 무색할 만큼 아름다운 처녀의 화원. 여자들이 우글우글, 아니. 여자밖에 없는 세계. 상류층에 속한 고귀한 신분의 아가씨들만이 모인 꿈 같은 낙원……."

세리카는 그 아름다운 몸을 글렌에게 기대며—.

"눈을 감으면 떠오르지 않아? 고귀하고 세련된 분위기 속에서…… 화목하고 천진난만하게 웃고 떠드는 아름다운 요정 같은 소녀들의 모습이……."

귓가에 뜨거운 숨결을 불어넣는 것처럼 속삭였다.

"잘해서 네가 교사로서 그녀들의 신뢰를 얻는다면…… 너무 인기가 많아서 곤란한 상황이 벌어질지도…… 하지만 그 정도는 약과겠지."

"……."

"지금의 넌 『여자』……. 그래. 넌 그런 꿈과 이상이 담긴 낙원의 일원이 될 수 있을 거야."

인간의 양심과 욕망의 틈새에 비집고 들어와서 유혹하는 악마라는 존재는…… 분명 지금의 세리카와 같은 마성의 미소를 짓고 있었으리라.

"……『남자』의 몸으로는 결코 발 디딜 수 없는 꿈 같은 세상의 일원이 될 수 있다고?"

"저, 저기요……. 선생님?"

시스티나는 갑자기 묘하게 조용해진 글렌에게 조심스럽게 말을 걸었다.

"야, 하얀 고양이……. 나……."

그러자 글렌은 갑작스럽게 이쪽으로 몸을 돌렸다.

"이번 단기 유학…… 왠지 엄청나게 의욕이 넘치기 시작했어!"

그리고 마치 한여름의 해바라기처럼 밝고 눈부신 미소를 지었다.

"우오오오오오?! 의 욕 충 마아아안아아아안! 비바! 단기 유학! 얼마든지 덤벼보라고오오오오오오오오오—."

"……《어쨌든·날아가라》."

시스티나는 게슴츠레한 눈으로 주문을 외웠다.

"끄아아아아아아아아아아아아아아아아아아아~?!"

그러자 여느 때와 마찬가지로 어마어마한 돌풍에 휩쓸린 글렌은 천장의 스테인드글라스를 뚫고 하늘 높이 날아갔다.

실컷 글렌을 부채질한 세리카는 배를 잡고 필사적으로 웃음을 참았다.

제2장 아가씨들

……글렌이 여자가 되는 기묘한 일이 벌어진 지 얼마 후.

리엘, 루미아, 시스티나의 단기 유학이 결정되었다.

글렌도 임시 **여강사**로서 성 릴리 마술여학원에 파견을 가게 되었다.

"뭐, 뒷일은 나에게 맡겨."

글렌이 빠진 자리는 세리카가 일시적으로 대리를 맡기로 했고…… 글렌 일행은 바로 알자노 제국 마술학원이 있는 페지테를 떠나게 되었다.

제국 북부 이테리아 지방과 페지테가 있는 제국 남부 요크셔 지방을 남북으로 잇는 아르그 가도(街道). 글렌 일행은 가도 옆에 일정한 간격으로 설치된 스테이지라고 불리는 중계역에서 계속 역마차를 갈아타며 북쪽으로 이동했다.

"그런데 요즘 우리, 어째 페지테 밖으로 나가는 일이 잦군……."

글렌은 마차 안에서 창밖을 바라보며 혼잣말을 중얼거렸다.

마차 안의 좌석은 대면 구조였다. 글렌은 창가 자리에, 리엘은 그 대각선 앞자리에서 무릎을 끌어안은 채 조용히 앉아 있었다.

"하암…… 졸려……. 집에 틀어박히고 싶다……."

글렌은 하품을 하면서 투덜거렸다. 셔츠와 바지, 적당히 맨 넥타이, 어깨에 걸친 로브. 여체화의 영향으로 길어진 머리카락을 포니테일로 적당히 묶은 걸 빼면 평소와 똑같은 차림이었다.

The 칠칠치 못한 여자. 지금의 글렌은 딱 그런 모습이었다.

―후훗, 선생님도 여자 옷이랑 화장으로 좀 꾸며보시는 건 어떨까요? 모처럼 미인이 됐는데 아깝잖아요.

루미아가 그렇게 말하면서 놀렸지만 이것만큼은 양보할 수 없었다.

'그 일선을 넘어버리면 왠지 돌이킬 수 없을 것 같은 기분이 들기도 하고…….'

그런 글렌과는 반대로 리엘은 평소처럼 알자노 제국 마술 학원의 교복 차림이 아니었다. 수도복과 비슷하게 생긴 화려한 원피스에 베레모…… 성 릴리 마술여학원의 교복 차림이었다.

마차의 2층석에서 햇살과 바람을 느끼며 풍경을 즐기는 시스티나와 루미아도 이미 이 교복을 입고 있었다. 새로운 교복이 평소의 소녀들과는 다른 매력을 훌륭하게 끌어내고 있었다.

"그건 그렇고…… 이렇게 다른 학교의 교복을 입으니 왠지 신선한 기분이 들어."

"후훗…… 굉장히 잘 어울려, 시스터."

"루미아야말로. 우리 반 남자애들이 지금의 널 보면 분명―."

새로운 화제로 즐겁게 대화를 나누는 2층석과는 반대로―.

"……"

"……"

마차 안은 무척 조용했다.

글렌과 리엘은 원래 적극적으로 타인에게 말을 거는 타입이 아니었다.

애당초 이 두 사람은 이러쿵저러쿵 해도 진짜 친남매처럼 마음을 터놓은 사이였다. 이제 와서 이 정도 침묵으로 어색함을 느낄 사이가 아니었다.

'하암…… 지루하군. 책이나 읽을까…….'

이윽고 따분함을 이기지 못한 글렌이 여행용 가방을 뒤적거리기 시작한 순간―.

"……미안. 글렌……."

리엘이 갑자기 그런 말을 꺼냈다.

"……엥?"

어리둥절한 글렌은 눈을 동그랗게 뜨고 리엘을 응시했다.

그녀는 자신의 무릎을 안고 고개를 숙여서 글렌과 시선을 마주치려 하지 않았다.

"……리엘?"

평소와 다름없이 졸린 듯한, 감정이 사멸한 듯한 무표정이라 눈치채기 어려웠지만…… 글렌에게는 왠지 그녀가 풀이 죽어 있는 것처럼 보였다.

그러고 보니 유학이 결정된 날부터 계속 이런 표정이었던가?

"왜? 무슨 일 있었어?"

"……글렌, 조금 전에 이렇게 말했잖아. ……방에 틀어박히고 싶다고."

"……응? 뭐, 말하긴 했는데…… 그게 왜?"

"그러니까…… 미안. 글렌. ……나 때문에 이렇게 밖에 나와 있어서."

"……!"

글렌은 자신의 어리석음과 둔감함에 약간 화가 났다. 설마 리엘이 그런 일로 고민하고 있을 줄은 상상도 못 했으니까.

리엘은 자신의 주위에서 벌어지는 일에 전혀 관심이 없는 완벽한 마이페이스 소녀라고 생각했었다. 아니, 적어도 옛날에는 틀림없이 그랬다.

과거에 함께 싸웠던 전우가 죽었다는 소식을 들어도 전혀 반응이 없고 일말의 관심도 보이지 않으며 담담히 다음 임무를 수행하는…… 그런 인형 같은 소녀였다.

리엘이 학창생활을 보내면서 서서히 변하고 있다는 건 알고 있었지만…… 어쩌면 글렌은 그때의 기억을 아직도 질질 끌고 있었던 게 아닐까.

"분명 루미아랑 시스티나도…… 화났을 거야."

"그렇군……. 너……."

분명 리엘은 나름대로 줄곧 책임감을 느꼈던 게 아닐까. 자세한 사정까진 이해하지 못했겠지만…… 아무튼 이번 일에 글렌과 루미아와 시스티나를 말려들게 한 것에 양심의 가책을 느꼈던 것이리라.

"나…… 머리가 좋지는 않지만…… 그 후로…… 많이 생각해봤어. 사실은…… 알아. 이대로는 안 된다는걸. 이제 응석은…… 그만 부려야 한다는걸. 내 기억 속에 있는 일루시아와 시온 오빠에게 그렇게 맹세했는데도…… 나는……."

리엘은 모기 같은 목소리로 띄엄띄엄 속마음을 밝혔다.

"그래도 유학? ……응, 그때는…… 갑작스러워서…… 뭔지 잘 모르겠어서…… 무서웠어. ……나…… 또 외톨이가 되는 거야? 하고. ……그래서……."

"……그랬군."

"그런데…… 나 때문에…… 글렌이랑 루미아랑 시스티나한테…… 폐를 끼쳤어. 이대로면 나…… 미움받고…… 또 외톨이가 될지도……. 그래도 유학? 혼자가 되기는…… 싫은데……. 글렌…… 나, 어쩌면 좋아……?"

리엘은 당장에라도 울음을 터트릴 것 같은 구겨진 표정으로 무릎 사이에 얼굴을 파묻었다.

과거에 리엘은 자신의 고독에 아무런 의문도 가지지 않았다. 하지만 지금은—.

글렌은 그런 동생 같은 소녀의 성장한 모습에 무심코 부드러운 미소를 지으며 머리 위에 손을 얹어주었다.

"바보야. 그럴 리가 없잖아."

"……글렌?"

우악스럽게 머리를 쓰다듬자 리엘은 뜻밖이라는 듯 글렌을 올려다보았다.

"나랑 루미아랑 하얀 고양이가 널 진심으로 싫어하게 될 리가 없잖아. ……그저 네가 걱정되는 것뿐이야. 그래서 이렇게 같이 가는 거고."

"……걱정……?"

"호오? 그 얼굴을 보아하니…… 걱정 끼치는 것도 미안하다고 생각하는 거군? 크아~! 그 리엘이 설마 이 정도까지 성장했을 줄이야! 이 오빠(대리) 감격했다!"

글렌은 참을 수 없다는 듯이 쿡쿡 웃었다.

"응……. 걱정, 끼치고 싶지 않아. 하지만 어떻게 해야……."

"하하하. 진심으로 그렇게 생각한다면…… 흐음. 이번 유학처에서 루미아랑 하얀 고양이를 의지하지 않고 친구 한두 명쯤 만들어봐. 그러면 그 녀석들도 조금은 안심할 거다."

"……친구……? 내가…… 만들 수 있을까……?"

"물론이지."

"……응."

리엘은 물끄러미 글렌을 응시했다.

역시 여느 때와 다름없는 무표정이었지만…… 어쩐지 살짝 웃은 것처럼 보이기도 했다.

중간에 역에서 숙박하기도 하며 페지테를 떠난 지 나흘째가 되는 아침.

일행은 알자노 제국의 수도인 제도 오를란도에 도착했다.

페지테도 제법 발전한 대도시지만 역시 제도의 위상에는 미치지 못했다. 대(大)시계탑. 선샤인 개선문. 성 발디아 대성당. 산타로즈 대로. 펠드라도 궁전. 제국 박물관. 왕립공원.^{로열 파크} 알자노 제국 대학…… 아침 안개에 감싸인 제도는 참으로 웅장하고 아름다웠다.

글렌 일행은 바로 이륜마차를 타고 제도 북쪽에 있는 라이첼 크루스 철도역으로 가서 네 사람 몫의 표를 구입했다.

이 라이첼 크루스 철도역의 5호선 승강장에서, 제도 북서쪽의 호수 지방 릴리타니아에 있는 성 릴리 마술여학원 직통 철도열차가 출발할 예정이었다.

철도열차…… 페지테가 있는 남부 요크셔 지방에서는 아직 먼 미래의 이야기겠지만, 제도 오를란도가 있는 북부 이테리아 지방에서는 증기기관을 이용한 차량이 지나가는 노선이 주요 도시마다 뚫려 있어서 자주 이용되고 있었다.

"으음…… 여기가 5호선 승강장……. 열차 출발시각은 11시……. 지금은 10시 50분이니까…… 응, 딱 맞게 왔네!"

기운이 넘치는 시스티나를 선두로 글렌 일행이 승강장에 모습을 드러냈다.

그 순간 거친 증기 소리가 귀를 간질이더니 연기, 철과 기름, 희미한 석탄 냄새가 코를 찔렀지만…… 눈앞은 오히려 아름다운 꽃들이 흐드러지게 핀 화단처럼 화려했다.

왜냐하면 이 5호선 승강장에는 성 릴리 마술여학원의 교복을 입은 소녀들이 잔뜩 모여 있었기 때문이다. 세련된 아가씨들이 승강장 여기저기에서 잡담으로 꽃을 피우고 있었다.

"놀랐어? 저 애들이 우리가 잠시 다닐 성 릴리 마술여학원의 학생들이야."

시스티나는 분위기에 압도당한 루미아에게 의기양양한 얼굴로 설명을 시작했다.

"기본적으로 성 릴리 마술여학원은 기숙사제지만, 마침 지금이 학기별 중간 휴식 기간이었다나 봐. 틀림없이 본가에 돌아갔던 학생들이 연휴를 마치고 다시 내일부터 학교에 다니려고 이렇게 철도역에—."

그 순간.

시스티나의 해설을 방해하듯 한층 더 큰 증기 소리가 울려 퍼졌다.

증기기관차가 역의 승강장에 힘찬 기관음을 울리며 열 개가 넘는 차량을 끌고 천천히 일행 앞에 모습을 드러냈다.

검은 철로 이루어진 중후한 조형. 천장 위의 굴뚝에서 대량의 연기를 내뿜는 웅장한 모습.

완전히 압도당한 시스티나와 루미아는 감동과 감회로 눈을 동그랗게 뜨며 기관차의 모습을 바라보았다.

"시, 신기하네……. 마술도 쓰지 않았는데 이런 쇳덩어리가 땅 위를 달리다니……."

"응. 마술의 은혜를 받지 못하는 사람들을 위한 지혜의 결정체…… 마술에 의지하지 않고도 이런 일이 가능하다니…… 굉장해……."

한편—.

"아~ 시끄러~. 연기도 짜증 나. 누구야? 이딴 걸 발명한 멍청이는……. 주위에 민폐잖아……. 빌어먹을……."

시스티나 일행의 뒤에서 여행용 슈트 케이스를 질질 끌며 걷는 글렌에게는 아무런 감동도, 섬세함도 없었다.

"하아…… 정말이지. 멀리 여행 갈 때마다 꼭 혼자 분위기를 망치신다니까……."

시스티나는 기가 막혀서 한숨밖에 나오지 않았다.

"분위기 같은 건 아무래도 좋다고! 슬슬 타자. 잊은 건 없지?"

열차와 승강장 사이에 설치된 계단을 밟고 차량 안으로

들어가던 글렌은…… 문득 눈치챘다. 눈치채고 말았다.

"……그런데 리엘은 어디 있냐?"

""예?""

"………………"

같은 시각. 리엘은 라이첼 크루스 철도역 어딘가에서 여행용 슈트 케이스를 들고 혼자 오도카니 서 있었다.

눈앞을 지나가는 인파를 마치 남 일처럼 멍하니 지켜보다가 자신이 처한 상황을 다시 확인했다.

'어딜 봐도 나 혼자. ……글렌도, 루미아도, 시스티나도 없어.'

리엘은 이런 상황을 적확하게 표현하는 단어를 알고 있었다. 그렇다. 바로—.

'미아가 됐네. ……글렌이랑 루미아랑 시스티나가.'

난처했다. 대체 왜 이런 상황이 된 것일까.

글렌 일행과 함께 이동하다가 잠시 멈춰 서서 구내에 있는 딸기 타르트 노점을 쳐다본 것뿐인데…… 아무리 생각해도 원인을 알 수 없었다.

'응……. 미아가 된 글렌이랑 루미아랑 시스티나를 빨리 찾아줘야겠어.'

하지만 대체 어디로 간 것일까.

이토록 사람이 많은 곳에서 혼자 있으려니…… 왠지 점점 불안해졌다.

전에는 혼자 있어도 전혀 아무렇지 않았는데…….

'……응. 됐어. ……적당히 찾아보자. 구내를 모조리 찾아 보면 어떻게든 되겠지.'

만약 미아가 됐을 경우엔 그 자리에서 꼼짝도 하지 말라 고 글렌에게 몇 번이나 주의를 받았지만 문제 될 건 없었다. 지금 미아가 된 건 일행 쪽이니까.

리엘이 일행이 있는 5호선 승강장과 정반대 쪽으로 걸음 은 옮기려 한 순간―

문득 누군가가 뒤에서 몰래 다가오는 기척을 느꼈다.

"저, 저기요……."

그 인물…… 젊고 아리따운 소녀가 안경을 벗으며 리엘에 게 말을 건 순간.

"?!"

그야말로 눈 깜짝할 사이의 일이었다.

갑자기 용수철처럼 그 자리에서 회전하는 동시에 대검을 고속 연성한 리엘이…… 뒤에서 접근한 인물의 목에 검끝을 들이민 것이다.

눈에 보이지도 않은, 말릴 틈조차 없는, 찰나의 위업.

바로 조금 전까지 졸린 듯한 무표정으로 멍하니 있던 미아 의 모습은 온데간데없이 완전히 임전 태세에 돌입한 리엘은, 마치 불구대천의 원수라도 되는 것처럼 소녀를 노려보았다.

"히익?!"

리엘의 뒤로 접근한 소녀가 기겁했다.

갑작스러운 폭거. 갑자기 검끝을 들이밀자 소녀는 자기도 모르게 안경을 고쳐 쓰더니 등을 꼿꼿이 세운 채로 굳어 버렸다.

"……?"

그러자 험악했던 리엘의 표정이 바로 관심을 잃은 듯 졸린 듯한 무표정으로 돌아왔다.

"……착각했어."

그리고 연성한 대검을 빛의 입자로 해제하며 소녀에게 등을 돌렸다.

리엘은 무슨 일인가 싶어서 긴장된 주위의 분위기를 완전히 무시하고 걷기 시작했다.

"……저……저기요! 자, 잠깐만요!"

하지만 안경 소녀는 처음 보자마자 이런 난폭한 짓을 저지른 리엘에게 재차 말을 걸었다.

"저기, 당신…… 그쪽은 5호선이…… 아니에요! 스, 슬슬 5호선 승강장으로 가지 않으면 열차가 출발해버릴 거라구요!"

그 말을 듣자마자 리엘은 소녀 쪽으로 다시 몸을 돌렸다.

"응……? 너, 알아? 내가 탈 열차."

"……예? 아뇨, 그게…… 그 교복…… 우리 학교 교복이잖아요……? 그럼 저희랑 같은 5호선 쪽으로 가야하는 거 아닌가요?"

"잘 모르겠어. 기억 안 나."

리엘은 다시 한 번 소녀의 모습을 물끄러미 응시했다.

성 릴리 마술여학원의 교복 차림. 전체적으로 화사한 체격에 선이 가느다란 소녀였다. 부드럽게 굽이치는 황갈색 머리카락을 짧게 치고 안경을 썼다. 두꺼운 책을 품에 안고 있는 모습이 아주 잘 어울리는 소녀였다.

약간 긴 앞머리와 촌스러운 안경이 소녀의 민얼굴을 가리고 있었지만, 이목구비만 봐도 상당히 아름답다는 건 일목요연했다.

역시 성 릴리 마술여학원의 학생답게 이 소녀도 좋은 집안의 아가씨이리라. 약간 수수한 인상이지만 청초한 분위기와 기품이 자연스럽게 배어나오는 듯했다.

"저기…… 전 엘자라고 해요."

먼저 자기소개를 한 엘자가 리엘에게 예의 바르게 고개를 숙였다.

"그게…… 이제 곧 열차가 출발할 시각인데 당신이 완전히 엉뚱한 곳으로 가려는 게 신경 쓰여서…… 쓸데없는 참견이었을까요?"

"……그다지."

엘자에게 관심이 없는지 리엘의 반응은 무척 무뚝뚝했다.

"난 글렌이랑 루미아랑 시스티나를 찾아야 해."

"일행이 계신 거군요? ……아, 혹시 당신. 미아가 된 건가요?"

엘자는 장난스럽게 웃으며 물어보았다.

"아니야. 미아가 된 건 일행 쪽."

하지만 리엘은 불가사의한 압력을 내뿜으며 무표정으로 단언했다.

"……그, 그런가요……. 뭐, 그런 걸로 해두죠……."

엘자는 모호하게 웃을 수밖에 없었다.

"그런데 그 일행분들도…… 성 릴리 마술여학원의 관계자이신가요?"

"응. ……지금부터 다 같이 성 릴리……? 아무튼 거기로 갈 예정이야."

"그럼 이제 시간도 얼마 없으니 5호선 승강장으로 가지 않으실래요? 분명 다들 거기 계실 거예요."

"……일리 있어. 그런데 5호선은…… 어디?"

"아하하, 걱정 마세요. 제가 안내해드릴게요."

엘자는 밝게 웃었다.

리엘은 잠시 그런 엘자의 얼굴을 이상하다는 듯 물끄러미 바라보았다.

"……후훗. 자, 그럼 가볼까요?"

엘자는 계속 웃으며 리엘의 손을 잡고 걷기 시작했다.

리엘은 그 손을 지그시 내려다보고 있었다.

"정말이지! 리엘! 어디 갔었던 거니?! 걱정했잖아!"

"……다행이다. 늦지 않아서."

엘자의 안내를 받아 5호선 승강장에 도착한 리엘을 보자마자 시스티나와 루미아가 근처까지 달려오더니 안도의 한숨을 내쉬었다.

"……으음…… 그런데 당신은……?"

그리고 시스티나는 리엘을 데려온 낯선 소녀를 돌아보았다.

"……전 엘자라고 해요. 보시는 대로 성 릴리 마술여학원의 학생이고요. 저기…… 리엘 양? 이 아이가 길을 잃은 것 같아서 여기로 안내해준 거랍니다.

"그랬구나……. 고마워, 엘자."

엘자의 정중한 대답에 시스티나는 미소를 지었다.

"난 시스티나. 앤 루미아야."

"처음 뵙겠어요. 엘자 양."

"우리는 그게…… 알자노 제국 마술학원에서 온 유학생인데……."

"후훗…… 인사는 나중에 하기로 하고 일단 열차부터 타지 않으실래요?"

그런 엘자의 말에 호응하듯 출발을 알리는 종이 울리더니 열차가 증기를 내뿜었다.

"아, 맞아! 벌써 이런 시간이네. 엘자 말대로야!"

시스티나 일행이 황급히 사다리를 밟고 열차 안으로 들어가자 마지막으로 역무원이 승강구의 문을 닫았다.

"후우…… 이러니저러니 해도 꽤 아슬아슬했네……."

시스티나는 자연스럽게 밴 이마의 식은땀을 닦았다.

"다들 무사히 열차에 타서 다행이네, 시스티."

"응. 정말 한때는 어쩌나 싶었는데……."

마침 시스티나는 리엘이 묘하게 주위를 두리번거리는 것을 눈치챘다.

"왜 그래? 리엘."

"……글렌은?"

"선생님? 선생님이라면 아까 리엘을 찾으러…… 아."

시스티나와 루미아가 그제야 상황을 깨닫고 새파랗게 질린 순간—

"우오오오오오오오오오오오오오오오오오오오오오!"

멀리서 우렁찬 고함이 들렸다.

닫힌 승강구의 창 너머로 시선을 돌리자…… 글렌이 귀기어린 표정으로 맹렬히 달려오는 모습이 보였다.

"예! 예! 왠지 이렇게 될 줄 알았습죠! 제기라아아아알!"

"서, 선생님?! 어, 얼른, 어서요!"

"리엘은 아까 왔어요! 서두르세요!"

하지만 안타깝게도 열차는 글렌의 눈앞에서 기관음을 울리며 천천히 움직이기 시작했다.

글렌의 모습이 천천히 멀어져갔다.

"아아아앗?! 잠깐…… 거짓말이지?!"

"서, 선생님?!"

"젠자아아아아앙! 《나·숨겨진 힘을·해방하노라》!"

글렌은 백마 【피지컬 부스트】의 주문을 외쳐서 마력을 전부 개방했다.

한순간 신체능력의 한계를 아득히 뛰어넘을 정도로 강화해서— 초 가속.

"늦 지 마 라아아아아아아아아아아아아아아아아아아아!"

달리기 시작하는 열차를 향해 하늘 높이 도약했다.

"가, 간신히 탔네……."

결국 글렌은 움직이는 열차의 창유리를 깨고 안으로 뛰어드는 기상천외한 방법을 실천하고 말았다.

"하지만 공공기물 파손…… 또 시말서랑 감봉인가……. 망할……."

이제는 그냥 눈물밖에 안 나왔다.

"응. 미아가 된 글렌 잘못."

"너 때문이잖아, 이 멍청아아아아아아아아아아!"

빙글빙글빙글빙글빙글빙글빙글빙글!

"……엄청나게 아파."

이런저런 일이 있었지만 어쨌든 글렌 일행은 차분히 앉을 장소를 찾으려고 열차 안을 걷기 시작했다.

옷깃만 스쳐도 인연이라는 말도 있으니 엘자도 함께 움직이기로 했다.

　글렌 일행은 열차의 진행 방향…… 앞쪽 차량을 향해 걸어갔다.

　"어째…… 아무래도 우리 리엘이 꽤 신세를 진 모양이네."

　글렌 일행과 엘자는 걸으며 자기소개를 하고 지금 처지에 대한 이야기도 나눴다.

　"고맙다, 엘자."

　"아뇨, 곤란할 때는 서로 도와야죠. 저기…… 렌 선생님이라고 하셨죠? 리엘 양은 낙제 퇴학 처분을 피하려고 일부러 유학까지 하다니, 많이 힘들겠네요."

　"거의 자업자득이지만."

　엘자는 글렌을 『렌』이라고 불렀다. 여자가 된 글렌의 대외적 이름은 본인이 1초만에 떠올린 『렌 글레더스』였기 때문이다. 물론 그렇게 제안한 순간, 그 자리에 있던 모두가 바로 태클을 건 것은 두말할 필요도 없으리라.

　"어라? ……그런데 리엘 양은 조금 전까지 선생님을 『글렌』이라고……."

　"어?! 아, 그거? 그냥 별명이니까 신경 쓰지 마! (이 바보가!)"

　빙글빙글빙글.

　"……아파."

　글렌 일행은 그런 따스한 담소를 나누며 열차 안을 돌아다녔다.

열차는 기본적으로 한 차량마다 여러 개의 방이 들어서 있는 구조였다. 열차의 진행 방향을 기준으로 왼쪽이 방, 오른쪽이 통로. 각방은 이미 거의 꽉 차 있어서 엘자를 포함한 다섯 명이 함께 앉을 만한 곳은 없었다.

그렇다고 도착할 때까지 몇 시간 동안이나 서 있는 건 무리였다.

글렌 일행은 빈자리를 찾아 계속 앞으로 이동했다.

"오…… 오오! 이건?!"

이윽고 일행은 지금까지와 전혀 다른, 전체가 하나의 공간으로 개방된 차량 안에 발을 들여놓았다.

이런 차량은 중앙 통로를 기준으로 양쪽에 좌석이 늘어선 구조가 일반적일 테지만…….

"좌석이 차량 왼쪽에만 있는 건 처음 보는군. ……이것이 부르주아인가."

글렌의 말대로 차량 오른쪽이 완전히 빈 공간이다 보니 무척 넓어 보였다. 또한 그 빈 공간에는 테이블을 비롯한 가구들이 배치되어 있어서 아가씨들의 사교장 역할도 겸하고 있는 듯했다.

"과연 아가씨들을 위한 열차답군. ……차량을 이렇게 사치스럽게 쓰는 건 듣도 보도 못했다고."

글렌은 휘파람을 불며 호기심 어린 눈으로 주위를 둘러보았다.

다행히 이 차량에는 빈자리가 충분히 남아있었다.

아니, 이런 개방된 차량이 있는데 왜 다들 그런 좁은 객실에 틀어박혀 있는 건지 이해가 가지 않았다.

"뭐, 아무렴 어때! 좋아, 얘들아! 이 근처에서 적당히 앉자!"

글렌은 희희낙락하며 일행을 재촉했다.

"아…… 저기, 글레…… 렌 선생님?"

그러자 엘자가 미안한 표정으로 조심스럽게 입을 열었다.

"이 차량은 저기…… 저희는 못 쓰는 곳이에요. ……죄송합니다."

"……엥? 그게 무슨 소리……?"

엘자의 묘한 언동에 글렌이 얼빠진 목소리로 대답한 순간—.

"잠깐만요. 거기 계신 분들!"

"응?"

어느새 소녀들이 일행을 에워싸고 있었다.

다들 성 릴리 마술여학원의 교복을 단정하게 차려입었고, 좋은 집안 출신 특유의 고지식하고 거만한 분위기를 온몸으로 풍겼다.

그 집단의 맨 앞에는 한층 더 고귀한 분위기를 풍기는 미소녀가 서 있었다. 풍성한 금발 롤빵 머리, 누가 봐도 고급품으로 보이는 휘황찬란한 세검을 허리에 차고 있었다.

그런 무척 눈에 띄는 롤빵 머리 아가씨가 추종자들을 거느리고 글렌 일행 앞으로 조용히 다가왔다.

"뭐, 뭐야……?"

"처음 보는 분들이네요. 검은 백합회 멤버……도 아닌 것 같고요."

롤빵 머리 아가씨는 탐색하는 눈으로 글렌 일행을 흘겨보았다.

"왠지 행동거지에 우리 학교에는 어울리지 않는 촌스러움이 배어 나오는 듯한…… 뭐, 지금은 불문에 부치도록 하죠."

그리고 머리를 부드럽게 쓸어 넘겼다.

어렴풋이 풍기는 향수의 향기는 패션과 거리가 먼 글렌조차 단번에 알아차릴 정도의 고급품이었다.

"그보다 당신들…… 지금 그 자리에 앉으려고 하신 모양인데…… 이 차량이 저희, 흰 백합회의 것이라는 걸 알고 저지르신 건가요?"

"……응? 흰 백합회?"

글렌은 자기도 모르게 얼빠진 목소리로 되물었다.

"아니…… 이 차량 자유석 아니었어? ……지정석이었나?"

표를 꺼내서 차량 배치를 확인했지만 이 차량은 자유석이 맞았다.

"음…… 역시 잘못 안 건 아닌 모양이구만……."

"……구만? 당신, 남성분 같은 말투를 쓰시는군요. ……천박하긴."

롤빵 머리 아가씨의 표정에 작은 혐오감이 드러났다.

"어쨌든 여기가 자유석이건 지정석이건 관계없어요."

그리고 그녀는 가슴을 젖히며 고압적으로 선언했다.

"이 차량은 저희 소유예요. 멋대로 앉는 건 제가 허락 못합니다. 즉시 이 차량에서 나가시길. 규칙은 지키라고 있는 거잖아요?"

"아니, 잠깐 잠깐! 규칙을 어긴 게 누군데?!"

글렌은 어처구니가 없어서 반박했다.

"아무리 아가씨용이라곤 해도 이 철도열차는 일단 공공기물이잖아?! 그러니 표를 샀으면 자유석은 누구나 자유롭게 앉을 수 있는 게 당연하잖아!"

"하아…… 어디에나 있기 마련이군요. ……전통과 규율을 등지고 자신만의 규칙을 강요하는 천박하고 저열한 인간이라는 건……."

"자신만의 규칙을 강요한 게 누군데?! 아, 적당히 좀 해!"

글렌은 어이가 없다는 듯 탄식하는 롤빵 머리 아가씨에게 지극히 정당한 태클을 걸었다.

"당신! 어디서 굴러먹던 말 뼈다귀인지 모르겠지만, 감히 프랑신 님께 그런 무례한 말투를!"

"물러서 계세요! 프랑신 님! 저희가 이 불경한 자를 확실히 교육해둘 테니까요!"

그러자 추종자들이 글렌 일행을 제압하려는 듯 서서히 다가오기 시작했다. 프랑신이라는 소녀를 위해서라면 목숨조차 아깝지 않은 듯한 귀기 어린 표정으로…….

"얘……얘넨 또 왜 이래?"

글렌은 소녀들의 뭐라 형언할 수 없는 기묘한 분위기에 압도당하고 말았다.

"하! 흰 백합회는 여전히 하는 짓이 너절하구만!"

그 순간, 새로운 집단이 등장했다.

누가 봐도 기품이 넘치는 롤빵 머리 아가씨의 집단과 달리, 그녀들은 뭐랄까…… 교복을 미묘하게 고쳐 입은 데다 요즘 유행하는 장신구로 치장하고 몇몇은 머리카락까지 염색한 세련된 스타일…… 아니. 조금 노는 애들 같은 분위기를 풍겼다.

그런 새로운 집단의 리더인 듯한 소녀는 허리까지 닿는 긴 흑발과 날카로운 눈매가 특징적인 늠름한 미소녀였다. 그녀는 징이 박힌 장갑을 낀 양손을 허리에 댄 채 빈정거리는 미소로 롤빵 머리 아가씨의 집단을 자신만만하게 흘겨보았다.

"콜레트! 검은 백합회의 당신들이 왜 여기에?! 이 차량은 저희의—"

"하! 네놈들이 멋대로 정한 규칙 따윈 우리가 알 바 아니거든?! 프랑신!"

프랑신이라고 불린 롤빵 머리 아가씨와 콜레트라고 불린 흑발 불량소녀는 마치 부모의 원수와 마주친 표정으로 서로를 사납게 노려보았다.

"좌석 정도로 좀스럽게 굴지 말라고, 앙? 프랑신."

"예의범절 교육부터 다시 받고 오시죠, 콜레트. 당신은 그렇게 늘 우리 학교의 전통과 규율을 무시하죠. ……당신들, 검은 백합회는 우리 학교의 수치예요!"

"뭐가 전통과 규율이라는 거야?! 아앙? 요즘 세상에 좌석의 우선권? 웃기고 자빠졌네!"

"이건 선배들이 각 교류회 파벌 간의 쓸데없는 알력을 피하려고 만든 숭고한 전통이에요! 그걸 모욕하는 건 선배들에 대한 모욕—"

"흥, 바보 같군! 이런 식으로 자리 가지고 일일이 싸우는 게 더 시간 낭비라고! 그러니까 우리는 마음대로 아무 데나 앉을 거다! 누가 지적을 하든 불평을 하든! 자유석이건 지정석이건 상관없이!"

"아니, 그것도 횡포잖아!"

글렌은 성실하게 또 태클을 걸었다.

하지만 글렌이 끼어든 보람도 없이 프랑신이 이끄는 집단과 콜레트가 이끄는 집단은 격렬한 언쟁을 벌이며 일촉즉발의 분위기를 형성했다.

"나 원 참, 대체 뭐냐고……."

글렌은 이제 기가 막힌 표정으로 이 소동의 행방을 지켜볼 수밖에 없었다.

그 순간—.

"저기…… 두 분…… 오늘은 여기까지만 하면…… 안 될까요?"

당장에라도 상대에게 달려들 듯한 프랑신과 콜레트 사이에 엘자가 살며시 끼어들었다.

"어…… 이봐!"

도서실 구석에서 조용히 혼자 책이나 읽을 법한 인상의 엘자가 설마 이런 험악한 두 사람 사이에 아무런 망설임도 없이 끼어들 줄은 상상도 못했다.

"뭐라구요?!"

"아앙?! 너, 지금 뭐라 씨불였냐!"

예상했던 대로 두 소녀는 바로 엘자를 노려보았다.

십 대의 젊고 아리따운 소녀와는 동떨어진 박력과 서슬 어린 기세. 평범한 소녀였다면 몸을 움츠리고 떨었으리라.

"프랑신 양…… 이분들은 알자노 제국 마술학원에서 오신 유학생들과 임시강사인데…… 저기…… 오랜 여행으로 피곤하신 것 같으니 자리 좀 쓰게 해주면 안 될까요? 물론 제 자리는 없어도 괜찮아요."

하지만 뜻밖에도 엘자는 두 사람을 똑바로 바라보며 제안했다.

"콜레트 양도…… 오늘만이라도 좀 참으면 안 될까요? 유학생분들께 폐가 될 테니……."

엘자의 말투는 조심스러웠지만 딱히 겁을 먹은 기색은 없었다.

의외로 심지가 굳은 소녀였나 보다.

그러나—.

"시끄러! 박쥐 주제에 건방지게 지적하지 마!"

"이건 저희의 문제예요! 외부인은 참견하지 마시죠!"

완전히 머리에 피가 몰린 콜레트와 프랑신에게는 엘자의 말이 닿지 않았다.

두 사람은 동시에 엘자를 밀쳐 버렸다.

"……?!"

뒤로 비틀거린 엘자는 불행하게도 우연히 누군가의 다리에 걸려서 균형을 잃고 말았다.

"앗?! 죄, 죄송—."

"여, 역시 내가 지나쳤—."

프랑신과 콜레트가 황급히 손을 뻗었지만 이미 늦었다.

"야! 너희들, 이게 무슨 짓—."

글렌도 너무 멀다 보니 제시간에 맞출 수 없었다.

뒤로 넘어지는 엘자의 뒤통수가 좌석 손잡이에 부딪치려는 순간—.

"꺅?!"

그런 엘자의 등을 받아준 사람이 있었다.

……리엘이었다. 이 자리에서 마치 순간이동 같은 그녀의 움직임을 눈치챈 자는 글렌 일행을 제외하면 아무도 없었으

리라.

"……괜찮아? 아…… 엘자, 라고 했던가?"

"아…… 예. 전 괜찮아요."

"그래. ……그럼 됐어."

리엘은 그 말을 끝으로 이제 관심을 잃은 것처럼 엘자에게서 손을 떼고 정위치…… 시스티나와 루미아의 등 뒤로 모습을 감추었다.

엘자는 그런 무뚝뚝한 리엘의 등을, 눈을 깜빡이며 뜻밖이라는 표정으로 지켜보았다.

"휴……."

"후우……."

한편, 프랑신은 안도의 한숨을 내쉬었고 콜레트는 이마의 식은땀을 닦았다.

이윽고 두 사람은 하마터면 엘자를 다치게 할 뻔한 상황을 얼버무리려는 것처럼 입을 열었다.

"아, 아무튼! 콜레트! 계속 그렇게 우리 학교의 규율과 전통을 모욕한다면 용서하지 않겠어요! 지금 이 자리에서 제가 직접 당신을 처단해드리죠!"

프랑신은 오른손으로 레이피어를 뽑아 들고 왼손을 앞으로 내밀어서 주문을 영창하려는 자세를 취했다.

"호, 호오? 해보겠다고? ……좋아. 여기서 결판을 내볼까……?"

콜레트는 장갑을 낀 양손으로 권투 자세를 취하고 언제든지 상대의 품속으로 뛰어들 태세를 갖추었다.

"프랑신 님! 제가 지켜드릴게요!"

"콜레트 언니! 조력하겠습니다!"

주위의 추종자들도 임전 태세에 돌입하자 다시 일촉즉발의 공기가 감돌기 시작했다.

"이 녀석들이 진짜…… 거참, 이걸 어쩌면 좋지……."

다시 상황이 처음으로 되돌아오자 글렌은 두통이 오는 머리를 감싸 쥐었다.

"안녕하세요."

그러자 긴장감이 없는 목소리로 누군가가 인사했다.

어느 틈에 글렌 옆에 한 소녀가 서 있었다. 긴 회색 머리를 땋아 내린 무표정한 미소녀였다. 역시 그녀도 성 릴리 마술여학원의 교복을 입고 있었다.

"아, 안녕……?"

"아, 전 본의는 아니지만 저기 있는 롤빵 머리 프랑신 아가씨의 전속 시녀인 지니라고 해요. 앞으로 잘 부탁드립니다."

지니는 마치 국어책을 읽는 듯한 무기력하고 억양 없는 목소리로 담담하게 인사했다.

리엘과는 다른 타입의 4차원 소녀인 것 같았다.

"아~ 여러분은 유학생과 임시강사라고 하셨죠?"

"아, 응. 그렇다만?"

"아뇨, 죄송합니다. 처음이라면 많이 당황하셨겠네요."

지니(무표정)는 못 말리겠다는 듯 어깨를 으쓱였다.

"하아…… 우리 학교의 세상 물정 모르는 바보 아가씨와 겉멋만 든 불량소녀가 정말 폐를 끼쳤네요. 실은 말이죠……. 저런 식으로 흰 백합회(웃음)랑 검은 백합회(웃음)라는 파벌이 옛날부터 지금까지 쭈~~~욱 바보 같은 세력 다툼을 벌이는 게 우리 학교의 전통이라…… 파벌항쟁(폭소)이라는 구도에 심취했다고나 할까요?"

"으, 으응……?"

"……웃기죠? 어차피 어른들의 보호를 받는 비좁은 공동체 속에서 지들이 진짜 잘난 줄 알고 나대기는…… 풋. 사춘기 즐."

담담하게 내뱉는 독설과는 반대로 목소리에는 전혀 감정이 담겨 있지 않았다.

"자, 그럼…… 이제부터 저흰 검은 백합회와 한 판 붙어볼 모양인데…… 말려들고 싶지 않으시다면 여러분은 후방 차량 쪽으로 가세요. 그쪽은 파벌과 관계가 없으니까요."

"그, 그래? ……고맙다."

당황하는 글렌에게 지니가 고개를 꾸벅 숙인 순간―.

"잠깐만요, 지니! 거기서 뭘 하는 거죠?! 평소처럼 절 지원하세요!"

프랑신이 날카로운 목소리로 지니를 불렀다.

"예! 지금 당장 가겠습니다! 아가씨!"

그러자 갑자기 다른 사람처럼 돌변한 지니가 프랑신의 옆으로 단숨에 달려갔다.

"전위는 맡겨주세요, 아가씨! 이 불초 지니. 저런 악랄한 자들이 아가씨의 몸에 손끝 하나 못 대도록 하겠습니다!"

지니는 마치 발키리 같은 늠름한 기백을 드러내며 프랑신의 곁에 다가섰다.

"과연 선소대대로 우리 가문을 섬겨온 집사 가문의 딸이자 내 친우답네요! 당신이 절 섬긴다는 사실이 정말 자랑스러워요!"

"별말씀을."

"하! 드디어 납셨구만! 지니! 프랑신의 충견! 오늘이야말로 널 박살 내주마!"

그러자 콜레트가 이때를 기다렸다는 듯 주먹을 세우고 달려들었다.

"물러나라, 콜레트! 이 천한 것! 나는 프랑신 아가씨의 방패이자 검! 내가 있는 한 당신의 악랄한 송곳니가 아가씨에게 닿을 일은 결단코 없을지니!"

전투의 환희로 번들거리는 눈이 공간에 검은 선을 긋자, 지니도 가벼운 몸놀림으로 몸을 날렸다.

진공을 가르는 소리와 메마른 충격음.

콜레트가 맹렬한 기세로 휘두른 주먹을 지니가 칼집에 꽂힌 단검으로 막아냈다.

"큭……!"

"치이이잇!"

날카로운 기백과 긴박한 공기.

둘 다 학생치고는 제법 기량이 뛰어났다. 상당한 노력과 훈련을 쌓아왔으리라. 신체 능력을 강화하는 백마【피지컬 부스트】를 다루는 솜씨도 훌륭했다.

그리고 두 사람의 격돌을 계기로 양쪽 진영의 추종자들이 왼손을 들고 일제히 주문을 영창하기 시작했다.

"퇴, 퇴가아아아아아악!"

"앗!"

"꺄아아아아아악?!"

"우와아아……."

"……."

글렌은 황급히 엘자를 등에 업고 양 옆구리에 시스티나와 루미아를 낀 후 리엘의 목깃을 낚아채며 잽싸게 도주했다.

공격 주문의 작렬음과 소녀들의 비명과 고함을 등으로 느끼며—.
어썰트 스펠

'어라?! 왠지 내가 상상했던 여학교랑 전혀 다르잖아?! 우째서?!'

글렌은 앞으로 찾아올 미래에 불안을 느꼈다.

여학생 그룹 간의 항쟁이라는 의미 불명의 카오스 공간에서 간신히 도망쳐 나온 글렌 일행은 지니의 조언대로 자리를 찾기 위해 후방차량 쪽으로 이동했다.

그리고 마침내 방을 하나 확보하고 자리에 앉아 숨을 돌렸다.

제도부터 성 릴리 마술여학원까지는 열차로 몇 시간이나 걸리는 거리다.

정오에 제도를 떠났으니 저녁쯤에는 도착할 예정이었다.

시스티나와 루미아도 처음에는 엘자와 즐겁게 담소를 나눴지만 역시 긴 여행으로 피로가 쌓여 있던 모양이었다.

게다가 절로 잠이 오는 열차의 편안한 흔들림.

"새근……. 새근……."

"……으음……. 응……."

말수가 점점 줄어들던 두 사람은 결국 잠이 들고 말았다.

"드르렁…… 드르렁…… 드르렁……."

글렌도 시끄럽게 코를 골며 잠들어 있었다.

"……."

"……."

따라서 이 방에서 깨어있는 건 리엘과 엘자뿐이었다.

엘자는 두꺼운 책을 조용히 읽고 있었고…… 가끔 페이지를 넘기는 작은 소리가 들렸다.

리엘은 맞은편 자리에서 그런 엘자를 지그시 바라보고 있었다.

창밖으로 시선을 돌리자 열차는 지금 광대한 평원을 가로지르는 중이었다.

멀리 보이는 숲과 호수와 언덕. 사람의 손길이 닿지 않은 자연이 참으로 웅장하고 아름다웠다.

푸른 하늘 아래 아득히 먼 지평선에 늘어선 산들이 천천히 뒤로 흘러갔다.

덜컹, 덜컹.

열차가 규칙적으로 흔들리는 소리만이 둘 사이의 공간을 지배했다.

대화는 전혀 없었다.

이윽고 얼마나 시간이 흘렀을까.

"……그리고 보니…… 리엘 양."

갑자기 엘자가 입을 열었다.

"조금 전에는…… 정말 고마웠어요. ……절 구해줘서."

"……응? 무슨 소리야?"

리엘은 의아한 듯 고개를 살짝 갸웃거렸다.

"그게…… 아까 프랑신 양과 콜레트 양이 언쟁을 벌일 때…… 떠밀려서 넘어질 뻔한 저를 리엘 양이 받아줬잖아요? ……부끄럽게도 방금 그 일이 떠올라서…… 그리고 보니 아직 감사하다는 말도 못 했구나 싶었거든요."

엘자는 책을 덮고 리엘에게 미소를 지었다.

"……신경 쓰지 마. 엘자도 날 도와줬으니까."

리엘은 고개를 끄덕였다.

"응. 미아가 된 글렌이랑 두 사람을 같이 찾아줬어."

"……글렌? 아, 아하하…… 어디까지나 미아가 된 건 일행 분들이었다고 주장하시는 거군요."

"난 잘 모르겠지만…… 아마도 엘자는 좋은 사람. 그러니까 문제없어."

리엘이 담담한 녹소리로 말하자 엘자는 쿡쿡거리며 의미심장하게 웃었다.

"……왜 웃어? 엘자."

"아뇨……. 그게…… 안심해서요."

"……?"

다시 리엘이 의아한 듯 고개를 갸웃거리자 엘자가 뒷말을 이었다.

"죄송해요. 실은…… 당신이 절 싫어하시는 줄 알았거든요."

"싫어해? 내가? 엘자를? ……왜?"

리엘은 영문을 모르겠다는 듯 눈을 깜빡거렸다.

"그게, 리엘 양은 처음 만났을 때 갑자기 칼을 들이밀기도 했고…… 제가 말을 걸어도 반응이 없고…… 관심도 없어 보였고…… 제가 같이 있으면 폐가 되나 하고…… 멋대로 오해했어요."

"……아…… 그…… 미안……."

꾸벅.

리엘은 주의 깊게 지켜보지 않으면 눈치채지 못할 정도로 살짝 고개를 숙였다.

"……난…… 시스티나나 루미아랑 달리…… 그게…… 어떻게 대답해야 좋을지 몰라서……."

"예. 아무래도 쓸데없는 걱정이었던 것 같아서…… 안심한 거랍니다."

"……응. 난 엘자를 딱히 싫어하진 않아."

다시 둘 사이에 침묵이 찾아왔다.

하지만 신기하게도 지금까지와 달리 답답하지도, 무겁지도 않은 편안한 침묵이었다.

"후후…… 의외로 저흰 마음이 맞을지도 모르겠네요."

"……그래? 난 잘 모르겠는데."

"예……. 왠지 그런 기분이 들어요."

엘자가 그렇게 말하며 다시 미소를 짓자 리엘은 쑥스러운 듯 시선을 피했다.

그리고 시간은 쏜살같이 흘러갔다.

이윽고 글렌 일행을 태운 철도열차는 숲을 통과하고 언덕을 넘고 호수를 우회해…… 성 릴리 마술여학원에 도착했다.

성 릴리 마술여학원은 호수 지방인 릴리타니아에 세운 사립 기숙사제 마술학원이다.

사방을 에워싼 산과 숲, 호수로 외부와 격리된 지형과 남자 출입금지라는 제도 덕분에 혼전의 소녀들에게 이상한 벌레가 붙을 걱정 없이 맡길 수 있는 천연 모형 정원으로서, 주로 딸을 둔 상류 계급 부모들에게 인기가 많은 학교이기도 했다.

　글렌 일행에게는 낯선 땅, 새로운 장소.

　내일부터는 이 성 릴리 마술여학원에서 새로운 생활이 시작되리라.

제3장 성 릴리 마술여학원의 실태

가장 먼저 떠오른 것은 붉은색.

붉게 타오르는 우리 집, 붉게 핀 혈화(血華), 붉게 물든 사랑하는 사람들.

그리고…… 그 무엇보다도 선명하게 눈에 새겨진 붉은 머리카락.

나는 평소처럼 꿈을 꾸었다. 뜨겁게 타오르는 불꽃의 꿈을.

나라는 존재와 영혼을 지금도 붉게, 붉게, 붉게 태우고 있는 환몽의 불꽃.

그렇다. 나에게는『불꽃의 기억』이 있었다.

"안 돼애애애애애애! 아버지!"

그곳은 모든 것이 붉고…… 뜨거웠다.

타오르는 불꽃, 불타는 우리 집, 피 웅덩이 위에 누운 아버지와 어머니의 모습.

어린 나는 이미 숨이 끊어진 부모의 몸에 매달리며 무력하게 울부짖었다.

"당신……! 잘도…… 잘도…… 아버지를! 어머니를!"

눈물로 범벅이 된 눈으로 고개를 들자 한 소녀가 서 있었다.

타오르는 홍염을 배경으로 불꽃 같은 붉은 머리카락을 나부끼는 그 소녀의 손에는…… 지금 돌이켜봐도 터무니없을 정도로 거대한 검이 들려 있었다.

"나, 난 당신을 용서 못 해……. 용서하지 않을 거야! 절대로!"

나는 공포와 혼란과 분노와 증오로 몸을 태우며 그 소녀에게 소리를 질렀다.

쓰러진 아버지의 손에 있던 동방의 검……『타도(打刀)』를 들고 일어난 나는 씩씩 숨을 몰아쉬며 떨리는 검끝을 소녀에게 겨누었다.

"……."

그러자 소녀는 말없이 나를 향해 대검을 겨누었다.

목격자는 제거한다.

말로 하지 않아도 공허한 눈동자에는 그런 뜻이 담겨 있었다.

내가 태어나서 처음으로 실감한 죽음의 예감.

하지만 나는 꼴사납게 위축된 마음에 온 힘을 다해서 용기를 북돋웠다.

"……으……으아아아아아아아아아아아아아아아아아악!"

뒤집어진 목소리로 고함을 지르며 소녀를 향해 달려들었다.

평소에 늘 아버지에게 받은 훈련 덕분인지 이런 극한 상황에서도 용케도 기검체(氣劍體)를 일치시켰다고 나 자신을 칭찬해주고 싶을 정도였다.

지금의 내가 펼칠 수 있는 최고의 검격이 눈앞의 소녀를 향해 호선을 그렸다.

카앙!

"……?!"

하지만 그 검격은 소녀가 아무렇지도 않게 휘두른 대검에 간단히 튕겨나가고 말았다.

그 충격으로 내 손에서 벗어난 도가 어디론가 날아갔다.

방금 검이 맞부딪친 순간…… 나는 깨닫고 말았다.

그녀와 나의 실력차이를. 지금까지 검으로 쌓아온 것의 차이를…….

돌이켜보면 아무리 병 때문에 약해졌다고는 해도 역전의 군인이었던 아버지조차 소녀의 검에 죽고 말았다. 지금의 미숙한 나로선 하늘과 땅이 뒤집어져도 이길 수 있는 상대가 아니었던 것이다.

"히, 히익……?!"

바로 전의를 상실한 나는 꼴사납게 자빠져서 필사적으로 물러났다.

타오르는 불꽃이, 바닥의 피가, 흩날리는 불똥이 내 손발을, 시야를, 붉디붉게 불살랐다.

'……뜨거워, 뜨거워……. 누가 나 좀…….'

"시……싫어! 오, 오지 마……! 오지 마! 제발 목숨만은……"

어느새 부모를 살해당한 증오와 분노도 망각한 나는 그저 필사적으로 비참하게 목숨을 구걸했다.

하지만 붉은 머리카락의 소녀는 담담히 다가와…… 내 눈앞에 멈춰 섰다.

그리고 양손으로 대검을 가볍게 세워들었다.

"아…… 아아…… 아아아……!"

모든 것이 진홍으로 물든 세계에서— 뜨겁고 붉게 타오르는 세계에서—

붉은 머리카락의 소녀는 내 정수리를 향해 치명적인 쇳덩어리를 휘둘렀다.

붕!

공기를 가르는 무거운 소리.

하늘에서 떨어진 낙뢰 같은 검격이 나의 붉은 세계를 두 갈래로 양단했다.

"아아아아아아아아아아아아아아아아아아아아아아악!"

"헉!"

나는 평소처럼 이불을 거칠게 들추며 잠에서 깨어났다.

"허억……! 허억……! 허억……! 허억……!"

이곳은…… 성 릴리 마술여학원의 기숙사에 있는 내 방이었다.

오늘부터 다시 학교에 다니기 위해 어제 이 답답하고 지긋지긋한 방에 돌아온 것이다.

나는 그런 방 안에 있는 간소한 침대 위에 누워있었다.

온몸이 땀으로 흠뻑 젖은 불쾌한 기분.

숨결이 그야말로 불꽃처럼 뜨거웠고 심장은 터질 것처럼 크게 뛰었다.

나는 누군가에게 등을 떠밀린 것처럼 살풍경한 방 안을 몇 번이나 바쁘게 둘러보았다.

히지만 이세 붉은색은 어디에도 보이지 않았다. 뜨겁지도 않았다.

"……또…… 그 꿈……."

그 사실에 안심하면서도 이른 아침부터 기분이 우울해졌다.

대체 언제쯤이면 이 『불꽃의 기억』에서 해방될 수 있을까.

모든 것을 잃은 그 날부터 나는 줄곧 이런 갈등에 시달려 왔다.

"하지만…… 이것도 곧 끝. 아니, 내 손으로 끝을 내는 거야."

그렇다. 끝을 내는 거다.

이 손으로 과거에…… 지긋지긋한 『불꽃의 기억』에 종지부를 찍는 것이다.

그래서 나는 **두 번 다시 만나고 싶지 않았던 그 여자**의 제안을 받아들였다.

이 손으로 모든 것에 종지부를 찍기 위해. 그 꼴사나운 과거를, 약했던 나 자신을 청산하기 위해.

그래야 비로소 나는 새로운 인생을 시작할 수 있으리라.

성 릴리 마술여학원에 도착한 글렌 일행은, 일단 예정대로 역 앞에 마련된 손님용 기숙사에서 하룻밤 묵게 되었다.

그리고 다음 날 이른 아침.

오늘부터 등교하려고 기숙사를 나와 학교 부지 안을 걸었다.

"우와……."

루미아가 먼저 눈앞에 펼쳐진 광경에 눈을 휘둥그레 떴다.

어제는 어두워서 몰랐지만 학교 부지 안…… 특히 철도역 근처부터 성 릴리 마술여학원 본관으로 이어지는 대로변에는 놀랍게도 서점, 음식점, 꽃집, 오픈 카페, 미용실 같은 학생에게 필요한 다양한 가게가 우아하게 늘어서 있었다.

물론 종업원은 전부 여성이었다.

깔끔하게 포장된 도로, 예각 지붕의 건물들, 가게의 처마에 걸린 간판, 길가에 핀 다양한 꽃들, 길가에 늘어선 가로등…… 그 모든 것이 상상했던 것보다 훨씬 더 세련되고 화려한 광경을 형성하고 있었다.

"굉장하네……. 학교 부지 안에 이런 마을이 있다니……."

"……깜짝 놀랐어."

이 순간만큼은 리엘도 신기한 듯 주위를 두리번거렸다.

"규모는 작은 것 같지만 세련되고 멋진 거리네. 분위기가 진짜 좋아. ……음~ 나도 이런 학교에 다녀봤으면……."

완전히 신이 난 시스티나가 즐거운 목소리로 말했다.

"켁…… 숨이 턱 막힐 것 같구만. 집에 가고 싶다~."

하지만 글렌은 몹시 불쾌한 표정으로 그런 말을 내뱉었다.

"또 이러시네……. 뭐, 확실히 선생님과는 안 어울리는 분위기인 것 같지만요."

찬물을 끼얹는 글렌의 발언에 시스티나는 한숨을 내쉴 수밖에 없었다.

"바보야, 그런 게 아니라고. 너, 눈치 못 챈 거냐?"

글렌은 뒤통수에 깍지를 끼고 씁쓸한 표정을 지었다.

"이 학교…… 주위에는 울창한 숲과 호수와 산…… 철도열차가 없으면 탈출하는 건 거의 불가능……. 여긴 외부와 완전히 격리된 육지의 외딴 섬이잖냐."

"……!"

시스티나는 퍼뜩 놀랐다.

"……변경에 세운 기숙사제 아가씨 학교. 속세의 더러움을 병적일 정도로 배제한 무균 배양의 온실 세계. ……이거야 완전 새장이잖아. 이런 세련된 분위기를 연출해봤자 내 눈에는 새장에 갇힌 작은 새들의 비위를 맞추려고 필사적인 걸로밖에 안 보인다만."

시스티나는 어제 열차 안에서 본 광경을 떠올렸다.

제도에서 성 릴리 마술여학원으로 가는 열차 안에는 여학생들이 가득했다.

다시 말해, 그만큼 학생들은 학교 밖으로 나가고 싶어 했다는 뜻이다. 그다지 긴 휴일이 아니었는데도……

"어제 본 흰 백합회랑 검은 백합회…… 천진난만한 아가씨들만의 여학교에 왜 그런 녀석들이 있는 건지 궁금했는데…… 어째 이제 좀 알 것 같군."

"……."

시스티나는 대답할 말을 찾지 못하고 입을 다물었다.

그렇게 해서 일행이 일정한 간격으로 가로수가 늘어선 길을 걸어가자, 이윽고 눈앞에 귀족의 저택처럼 화려하고 웅장한 성 릴리 마술여학원의 본관이 위용을 드러냈다.

건물 안으로 들어간 글렌 일행은 먼저 학원장실로 갔다.

"어서 오세요. 먼 알자노 제국 마술학원에서 본교까지 와주신 여러분."

학원장실에서 글렌 일행을 맞이한 건 40대 초반 정도의 인자해 보이는 여성이었다. 성 릴리 마술여학원의 학원장인 마리안느였다.

"제국이 세계에 자랑하는 마술 교육기관으로 유명한 알자노 제국 마술학원…… 그런 곳에서 우수한 학생들과 고명한 강사분이 찾아오신 걸 무척 영광스럽게 생각한답니다."

마리안느는 기쁘게 웃으며 인사했다.

"아무튼 본교는 이런 폐쇄적인 곳이니까요. 외부의 학생과 강사분이 이 학교에 새로운 바람을 일으켜주시길 기대하고 있답니다.”

“음…… 너무 기대하셔도 곤란합니다만, 그것보다…….”

글렌은 먼저 상대의 의도를 살폈다.

“하필이면 왜 우리 리엘한테 단기 유학을 제안하신 거죠?”

“예? 왜라니요?”

마리안느는 의아한 듯 고개를 살짝 갸웃했다.

“저기…… 이번에 본교에서 외부의 마술학원에 단기 유학생을 특별 모집할 때…… 본교의 본부 사무국 교육 지원부의 사전 조사에 따르면 리엘 양은 우리 학교가 받아들일 만한 우수한 학생이라고 하던데…… 혹시 무슨 문제라도 있는 건가요?”

“…………”

수상했다. 입을 다문 글렌의 표정이 그렇게 말하고 있었다.

참담한 학업성적과 일상적으로 기물파손을 저지르는 문제아. 리엘이 이런 고상한 아가씨 학교에 어울리는 학생이 아니라는 건 조금만 조사해 봐도 알 터.

‘단순한 서류 기입상의 실수거나…… 소행 조사의 허위 보고…… 아니면…….’

누군가가 당초에 후보로 거론된 학생의 이름을 의도적으로 바꿔치기했다든가. 어느 쪽이건 수상하기 짝이 없었다.

하지만 지금의 글렌에게는 진실을 확인할 수단이 없었다.

자신이 이번에 해야 할 일은 리엘과 루미아의 주위를 경계하는 것이었다.

'뭐…… 루미아가 아니라 리엘을 지명한 시점에서 하늘의 지혜 연구회가 얽힌 문제는 아니겠지?'

"그보다 정말 죄송합니다만…… 렌 선생님."

글렌이 멍하니 그런 생각을 하고 있자 마리안느가 말을 걸어왔다.

"이번에 여러분을 알자노 제국 마술학원의 유학생으로 받아들이는 동시에 렌 선생님께서 맡으셔야 할 반이……."

"응? 무슨 문제라도 있슴까?"

왠지 말을 꺼내기 거북해하는 마리안느의 태도에 글렌은 눈살을 찌푸렸다.

"혹시…… 렌 선생님은 본교의 전통인 『파벌』을 알고 계신가요?"

"흰 백합회라든가 검은 백합회라든가 하는 그거요? 아뇨…… 잘은."

갑작스러운 화제전환에 글렌이 고개를 갸웃거리자 마리안느가 마지못해 설명을 시작했다.

"원래 성 릴리 마술여학원은 혼전의 상류층 아가씨들에게 그 지위에 어울리는 작법과 교양을 가르치는 걸 목적으로 세운 학교였답니다."

알자노 제국에서는 마술, 검술, 권투, 승마, 학문…… 이

다섯 가지를 귀족의 5대 교양으로 삼고 있다. 남들 위에 서는 자일수록 문무 양도로 뛰어나야 한다는 것이 제국 귀족의 낡은 전통이었다.

"……흐응. 국가의 기간을 지탱하는 마술의 기초 연구, 마술사의 육성을 목표로 삼은 알자노 제국 마술학원과는 근본이 다르다는 말씀이시군요?"

"예. 그걸 위한 폐쇄적인 공간, 임격한 교칙, 경직된 커리큘럼…… 그리고 학교에 다니는 모든 학생이 상류층 출신…… 그런 특수한 환경이 큰 영향을 끼친 것이겠죠. …… 학생들의 『파벌』 형성을."

"……호오?"

"학생 대부분이 반이나 학년과는 다른 『파벌』이라는 특수한 그룹에 소속되는 것이 본교의 전통이랍니다. 물론 이건 학교에서 공인한 정식 조직은 아닙니다만…… 우리 학교 운영 측도 무시할 수 없는 존재인 건 사실이에요."

"……그야 그렇겠죠. 『파벌』을 이룬 학생들은 제국 내의 유력 귀족이나 상인의 여식…… 하나같이 상류층 출신들일 테니까요."

만약 그녀들이 한마음 한뜻으로 어떤 목적을 가지고 부모에게 애원한다면…….

확실히 이건 어지간한 일로 치부할 문제가 아니었다.

"예. 원래는 이 학교 특유의 숨 막힐 듯한 폐쇄감을 견디기 위해 서로를 위로하려는 학생들의 교류회, 상호협동조합 같은 모임에서 시작된 『파벌』이지만…… 지금은 본교의 운영 방침에 참견할 수 있을 정도로 영향력이 큰 조직으로 발전했답니다. 오히려 대규모 유력 파벌에는 거스를 수조차 없는 것이…… 본교의 현 상황이죠."

"……완전히 막장이구만. 이 학교."

"그리고 현재 이 학교에는 그중에서도 특히 유력한 두 개의 파벌이 있답니다. 하나는 『흰 백합회』. 이 학교에서 가장 역사가 오래된 파벌이자, 대대로 질서와 규율을 중시해온 전통 파벌. 다른 하나는 『검은 백합회』. 최근에 급속히 성장한 자유를 중시하는 신흥 파벌이죠. 이 두 파벌이 현재 학교 안의 주도권을 걸고 대립하는 상태예요."

"왠지 이쪽도 여러모로 고생이 많으신 것 같네요."(국어책 읽기)

하지만 글렌은 말과는 반대로 전혀 관심이 없어 보였다.

"예, 한탄스럽기 짝이 없죠. 최근에는 이런 파벌 문제 외에도 본교의 일부 여학생들이 위저 보드[1] 수집이나 강령회 같은 오컬티즘에 심취해서 수상한 신흥 종교단체나 정체를 알 수 없는 마술 조직과 비밀리에 이어져 있다는 소문도……."

"아~ 이 학교의 폐쇄적인 운영에 슬슬 한계가 온 거 아닐까요?"

#1 위저 보드 일종의 심령대화용 점술판. 분신사바의 원형이라고도 한다.

까놓고 말해 심각했다. 글렌은 굳은 표정으로 그렇게 중 얼거렸다.

　"……그래서? 그건 그렇다 치고…… 그게 저희랑 무슨 상 관이 있는 거죠?"

　"으음…… 다시 말해, 렌 선생님. 당신이 맡을 반이라는 게…… 좀 문제가 있는 반이라…….'

　"……문제? 무슨 문제요?"

　"그렇군. ……이런 뜻이었나."

　……첫 수업을 시작한 글렌은 칠판 앞에서 묵묵히 강의를 하는 한편, 속으로는 절망의 탄식을 내뱉을 수밖에 없었다.

　성 릴리 마술여학원은 세 개의 학년과 꽃, 달, 눈, 별, 하 늘이라는 다섯 개의 반으로 구성되어 있었다. 조금 전에 마 리안느 학원장과 대화를 마친 글렌 일행은 바로 유학생들이 들어갈 반이자, 글렌이 임시로 담임을 맡게 된 2학년 달반 에 도착했지만—.

　"아～ 내 이름은 렌 글레더스. 오늘부터 짧게나마 너희의 공부를 도와주게 된 임시강사다. 앞으로 잘 부탁해!"

　"시스티나 피벨. 알자노 제국 마술학원에서 왔어요."

　"루미아 틴젤이라고 해요. 짧은 기간이지만 여러분, 앞으 로 잘 부탁드립니다."

"……리엘 레이포드."

글렌 일행은 학생들 앞에서 예정대로 자기소개를 했다.

"어, 어라……?"

조용…….

새로운 친구, 새로운 교사가 왔으니 제법 분위기가 들떠야 할 상황인데도 달반 학생들의 반응은 차갑고 무감동했다.

"……그래서 이 한 소절 주문이 여기로 들어가면 심리 법칙에 따라 마술식의…… 여기다. 이 부분을 증폭하여 물리 작용력이^{모스}……." ^{마테리얼}

그리고 왠지 거북한 분위기 속에서 시작된 글렌의 첫 수업.

글렌은 성 릴리 마술여학원의 진도에 맞춰서 칠판에 분필로 주문과 마술식을 적으며 친절하고도 세심하게 주문의 구문을 해설했다.

평소처럼 마술 초심자라면 더 쉽게 이해할 수 있도록, 마술 상급자라면 마술에 한층 더 이해가 깊어지도록…… 과연 항상 문제만 일으키는 데도 아슬아슬하게 글렌의 강사 자리를 보전해주는 훌륭한 수업다웠다.

"……다시 말해…… 더 강한 뜻을 가진 단어를…… 접두어로…… 대입하면……."

하지만 분필을 움직이던 손이 멈추더니 곧 몸 전체가 부들부들 떨리기 시작했다.

"야, 너희들! 사람 말 좀 들어어어어어어어어어어어어어!"

고개를 돌린 글렌의 눈앞에는 상상을 초월하는 심각한 광경이 펼쳐져 있었다.

현재 달반 교실 안에서는 어떤 두 학생을 중심으로 마흔 명에 가까운 학생들이 거의 절반씩 나눠 모여서 두 개의 집단을 형성하고 있었다.

"오호호호! 제법 향이 좋군요! 저에게 어울리는 일품이에요!"

교실 오른쪽에는 프랑신을 중심으로 모인 『흰 백합회』 집단.

"좋았어! 좋은 카드가 들어왔군. 칩 열 장 건다!"

교실 왼쪽에는 콜레트를 중심으로 모인 『검은 백합회』 집단.

게다가 흰 백합회는 책상 위에 티세트와 3단 트레이에 산처럼 쌓은 다과를 차려놓은 채 한 손에 시집을 들고 우아한 티타임을 즐기며 담소를 나누는 중이었고, 검은 백합회는 내기 포커와 체스 대결을 만끽하는 중이었다.

"아니, 지금 수업 중이거든?! 너희들, 대체 뭐 하는 거야! 이거, 학급 붕괴나 수업 거부 수준이 아니잖아!"

"정말이지! 『검은 백합회』! 아까부터 시끄럽잖아요! 그리고 선생님도!"

"아앙?! 시끄러운 건 너희들 『흰 백합회』겠지! 그리고 선생도!"

프랑신과 콜레트는 글렌을 완전히 덤 취급하며 서로에게 시비를 걸기 시작했다.

"시끄러운 건 너희들 전원이잖아아아아아아아아아아!"

우당탕!

글렌의 필살 오리지널 【교탁 뒤집기】가 발동했다.

하지만 그런 야단스러운 짓을 저질러도 두 집단은 글렌을 완전히 무시하고 언쟁을 벌이며 다투기 시작했다.

"좋아! 거기 가만히 있어봐라, 짜식들아! 전부 볼기짝을—"

관자놀이를 꿈틀거린 글렌이 손가락을 꺾으며 끼어들려 했지만……

""""""""외부인인 당신은 참견하지 마세요!""""""""

"끄아아아아아아아아아아아아아아아아아아아악?!"

일제히 날아든 전격, 돌풍, 물 대포, 충격파, 냉기, 열풍에 흠씬 두들겨 맞은 글렌은 넝마 같은 몰골로 칠판 앞까지 데굴데굴 굴러갔다.

완전히 깔보고 있는…… 수준조차 아니었다.

"괘, 괜찮으세요?! 선생님!"

"허억…… 허억…… 아, 젠장! 빌어먹을! 공부 좀 해봤다고 잘난 척하는 애들이 많긴 해도 알자노 제국 마술학원의 학생들이 얼마나 성실하고 모범적인, 교사에게는 무척 고마운 녀석들이었다는 걸 뼈저리게 알겠구만……"

루미아의 부축을 받으며 일어난 글렌은 게슴츠레하게 뜬 눈으로 투덜거렸다.

"……성실하게 수업을 듣지 않는 학생…… 반대로 선생님도 성실하게 수업을 하지 않는 교사를 보는 학생의 기분을 조금은 이해하셨을까요? ……뭐, 이미 늦었지만요."

그러자 교탁 바로 앞자리에서 턱을 괸 채 게슴츠레한 눈으로 글렌을 바라보는 시스티나가 그렇게 중얼거렸다.

"큭…… 진심으로 죄송했슴다……."

글렌은 자신의 과거를 돌이켜보고 뺨을 움찔거릴 수밖에 없었다.

하지만 이 상황에는 성실한 우등생의 대표인 시스티나도 무척 화가 난 모양인지 주먹을 부들부들 떨며 폭발할 타이밍을 재고 있는 상태였다. 유학생이라는 손님 입장이 아니었다면 벌써 행동으로 옮기고도 남았으리라.

그렇다.

글렌이 일시적으로 맡게 된 이 2학년 달반은…… 프랑신과 콜레트…… 흰 백합회와 검은 백합회라는 양대 그룹의 수장이 동시에 재적한 데다 두 파벌의 중심인물들이 죄다 몰려있는 파벌항쟁의 최전선이었다.

"참 나…… 책임자 좀 불러와. 대체 누구야? 반 배정을 이 딴 식으로 나눈 멍청이는. 아니…… 오히려 산업폐기물을 한곳에 모아두고 싶었던 건가?"

그 순간―.

"……저, 저기…… 죄송해요. 렌 선생님. 일부러 먼 우리 학교까지 와 주셨는데……."

마찬가지로 교실 맨 앞자리에 앉은 엘자가 침울하게 어깨를 움츠렸다.

놀랍게도 그녀 역시 이 반 학생이었다.

우연이라는 건 참 무서웠다.

"됐어. 네가 사과해봤자 어쩌겠냐."

글렌은 깊이 탄식했다.

"그런데 엘자…… 넌 그렇게 태평하게 내 수업을 들어도 괜찮은 거야? 내가 말하기도 좀 그렇지만…… 이러다 교우 관계에 문제가 생기지는 않을까?"

글렌은 두 그룹을 힐끔 흘겨보았다.

"아, 하하…… 그게…… 전…… 어느 파벌에도 소속되지 않았거든요."

엘자는 약간 쓸쓸한 표정으로 대답했다.

"전 사실 마술사로선 낙제생이라서요……."

"어? 그랬어?"

글렌은 뜻밖이라는 얼굴로 엘자가 한 필기를 내려다보았다.

수업의 요점을 요령 있고 세심하게 정리한 그 필기에서는 그녀의 성실함을 엿볼 수 있었다.

누가 봐도 위에서 세는 편이 빠를 것 같은 우등생이라는 느낌이었다.

"그러니 이런 제가 다른 애들 틈에 끼어드는 건 왠지 미안한 기분이 들어서……."

"뭐? 그게 대체 무슨 뜻? 너, 지금 무슨 소릴……."

글렌은 무심코 사정을 캐물으려 했다.

"사람에게는 저마다 사정이 있기 마련이에요. 쓸데없는 참견은 삼가주시죠, 렌 선생님."

그렇게 말하며 제지한 건 프랑신의 시녀인 지니였다.

어제 열차 안에게 글렌 일행에게 조언을 건네준 그녀 역시, 엘자와 마찬가지로 교탁과 가까운 자리에서 글렌의 수업을 듣고 있었다.

"……뭐, 네 말도 지당하긴 하다만."

확실히 글렌과 엘자는 아직 데면데면한 사이였다.

지니의 말에도 일리가 있다는 생각이 든 글렌은 이 화제는 그만 언급하기로 했다.

"그런데 지니……? 이 상황, 어떻게 좀 안 되겠냐?"

그리고 다시 교실 안의 참상으로 시선을 돌렸다.

아무래도 소란은 잦아든 모양이지만, 처참한 학급 붕괴 상태는 여전했다.

"무리예요. 제 말을 들어줄 정도였다면 전임 선생님도 그런 꼴을 당하지는…… 흑흑흑."(국어책 읽기)

지니는 완전히 남 일이라는 듯 연기조로 얼굴을 덮고 우는 시늉을 했다.

"잠깐…… 딱 봐도 좀 노는 애들 같은 검은 백합회는 그렇다 쳐도, 흰 백합회는 학교의 질서를 중시하는 파벌 아니었어?"

"예, 중시하고 있는데요? 아무튼 흰 백합회는 전통적으로 지금 이 시간대를 『모닝 티』 시간으로 정해놓고 있거든요. 흰 백합회 소속 중에 그걸 지키지 않는 사람은 질서를 파괴하는 『악』으로 규정하고 있어요."

　"뭐야 그게!"

　"애당초 흰 백합회 소속 학생들은 이 학교의 수업을 거의 안 들어요. 카페나 도서관이나 안뜰 같은 곳에서 자신들이 따로 초청한 『우수한』 가정교사를 둘러싸고 늘 같이 우아(웃음)하게 공부 모임(웃음)을 열고 있거든요."

　"자, 잠깐만! 그럼 출석은 어떻게 하고?!"

　"흰 백합회는 그 공부 모임에 참가하는 걸로 출석을 대신해도 된다는 학교의 공인까지 받았으니 그냥 지들 맘대로예요. 그리고 그 공부 모임의 일정은 시간과 규칙에 무척 엄격하니까 지들 딴에는 그 부분이 질서(웃음)인 거겠죠."

　"아, 가장 글러 먹은 케이스네. 어지간한 불량학생보다 더 질이 나쁘잖아……."

　글렌은 이제 기가 막히다 못해 한숨밖에 안 나왔다.

　"참 나, 이 학교는 진짜 이상한 녀석들 천지구만. ……그런데 너도 엘자처럼 내 수업을 듣네? 너도 일단은 흰 백합회의 멤버 아니었어?"

　"아, 그야 아까우니까죠."

　지니는 진심으로 그렇게 생각하는 건지 모를 평탄한 목소리로 대답했다.

"우리 반 애들은 엘자 양과 저 말고는 아무도 안 듣는 것 같지만…… 렌 선생님의 수업은 굉장히 수준이 높네요. 까놓고 말해 저 바보 아가씨들이 부른 가정교사 놈들이랑은 비교도 안 돼요. ……안 들으면 본인만 손해잖아요."

"정말 그래요! 저도 깜짝 놀랐어요!"

지니의 말에 엘자가 약간 흥분한 기색으로 동의했다.

"알자노 제국 마술학원분들은 늘 이런 훌륭한 수업을 받고 계신 건가요? 왠지 부러워요."

"아, 아하하…… 그래?"

시스티나는 왠지 자신이 칭찬을 받은 것 같아서 기뻐졌다.

"예, 그 말씀에는 저도 동의해요. 아무래도 우리 학교는 마술을 귀족의 교양 중 하나로 배우는 경향이 있다 보니 선생님처럼 본질을 세심하게 가르쳐주지는……"

만사에 관심이 없어 보이는 지니가 예상 외로 달변이 된 순간—

"지니! 거기서 뭘 하는 거죠?! 어서 차를 따르세요!"

교실 오른쪽에서 프랑신이 앙칼진 목소리로 부르자 지니가 노골적으로 혀를 찼다.

"칫……. 예! 바로 가겠습니다! 아가씨!"

하지만 바로 충견 모드로 전환하고 자리에서 일어났다.

"너…… 저런 애를 용케도 섬기네."

"……뭐, 저래 보여도 어릴 때부터 고락을 함께해온 자매 같은 존재니까요. 저도 딱히 싫어하는 건 아니에요. 가끔…… 아니, 항상 짜증은 나지만요."

지니의 무표정이 아주 조금이지만 쓸쓸하게 변했다.

"자, 그럼 쟤들 말인데요. 이런 반에 들어온 시점에서 운이 없었다고 포기하세요. 뭐, 저래 보여도 근본이 나쁜 애들은 아니니까 상관하지 말고 내버려 두면 딱히 해는 없을 거예요. 그냥 타협하시는 걸 추천하죠."

지니는 그다지 도움이 되지 않는 조언을 남기고 떠나갔다.

"그건 그렇고 이 상황을 어떻게든 해야겠는데……."

지금 눈앞에 닥친 가장 큰 문제는 리엘이었다.

그녀가 알자노 제국 마술학원의 낙제 퇴학 처분을 피하려면 이 성 릴리 마술학원에서 수업을 받고 일정 단위의 학점을 취득해야만 했다.

하지만 이대로는 수업 자체가 성립될 수 없었다. 시험도 못 볼 테고, 출석표에 사인조차 모으지 못할 테니 당연히 학점도 취득할 수 없으리라.

이 반의 참상을 해결하지 않는 한 리엘의 낙제 퇴학은 이미 확정이라고 볼 수 있었다.

"……어쩌죠?"

시스티나가 불안한 얼굴로 글렌에게 물었다.

글렌은 잠시 입가를 손으로 덮고 조용히 생각에 잠겼다.

"나한테 좋은 생각이 있어!"

"아, 그거 틀림없이 변변찮은 생각이겠네요."

글렌이 아주 자신만만한 표정을 짓자 시스티나가 바로 한숨을 내쉬었다.

"홋, 천만의 말씀. ……지금부터 내가 시도할 건 세리카에게 직접 전수받은 문제 해결방법이라고?"

"예? 아르포네아 교수님이요?"

세리카 아르포네아. 그녀는 인간을 초월했다는 셉텐데의 위(位)에 도달한 마술사이자, 과거에 제국 궁정 마도사단 특무분실 최강의 집행관으로 평가받은 전(前) 넘버 21 《세계》. 자타공인 대륙 최강의 마술사…… 즉, 세계 최고봉의 현자다.

"그, 그럼…… 어쩌면 기대할 만할지도?"

"그래! 그 세리카의 유일한 애제자인 나만 믿어!"

자랑스럽게 가슴을 편 오늘의 글렌은 무척 믿음직스럽게 보였다.

"홋…… 똑똑히 봐라! 그 세리카가 4백 년에 걸쳐서 쌓아온 위대한 지혜…… 온갖 고난을 해결해온 마법의 수단…… 그것은 바로……."

"……꿀꺽. ……그것은 바로?"

글렌은 태양 같은 밝은 미소로 몇 초간 뜸을 들이더니…… 빠직!

"강행 수단이다아아아아아아아아아아아아아아아아!"

갑자기 이성을 잃고 떠들썩한 여학생들을 향해 맹렬히 돌진했다.

"으라차아아아아아아아아아아아아아아아아아!"

와장창!

그리고 대포알 같은 수평 날아 차기로 프랑신 일행의 티세트와 다과가 담긴 3단 트레이를 성대하게 날려버렸다.

"아쵸쵸쵸쵸쵸쵸쵸쵸쵸쵸쵸쵸쵸쵸쵸쵸쵸쵸쵸쵸!"

파파팟! 파파파팟!

이어서 콜레트 일행이 들고 있는 잡지나 카드를 비롯한 놀이도구를 잔상까지 보이는 어마어마한 속도로 회수하더니—

"영차!"

물 흐르는 듯한 자연스러운 동작으로 창밖에 내던졌다.

그러자 『수업에 하등 필요 없는 물건』들이 포물선을 그리며 저 멀리 날아갔다.

"후우~ 속 시원하다~!"

마지막으로 글렌은 이마에 밴 땀을 훔치며 만족스럽게 웃었다.

"?!?!?!"

"⋯⋯엄청나다. 일 났네⋯⋯."

엘자는 눈을 휘둥그레 떴고 지니는 아연실색했다.

""""⋯⋯.""""

교실 안의 모든 학생들이 갑작스러운 상황을 따라가지 못해 넋을 잃고 말았다.

"수업 중에는 조용히 하렴☆"

다시 칠판 앞으로 돌아간 글렌은 웃는 얼굴로 학생들을 돌아보며 엄지를 척 세웠다.

"……하긴, 그 아르포네아 교수님이 전수한 게 제대로 된 방법일 리가 없지."

"아, 아하하……."

시스티나는 머리를 감싸며 엎드렸고 루미아는 그저 쓴웃음만 흘렸다.

"다, 다, 당신?! 이게 대체 무무무, 무슨 짓이죠?!"

"이봐, 선생……. 이걸 어떻게 수습할 생각이쇼? 어엉?!"

당연히 프랑신과 콜레트는 어깨를 들썩이며 살기등등한 추종자들을 거느리고 글렌을 위협했다.

"아~ 다시 말해, 이 구문을 분해해서 정리하면 주문의 각 기초 속성치의 변동은……."

하지만 글렌은 완전히 무시하고 수업을 재개했다.

"사람 말 좀 들으시라구요오오오오!"

"사람 말 좀 들어어어어어어어어어!"

역시 남을 도발하는 기술만큼은 세상 물정 모르는 아가씨들보다 글렌이 몇 수나 더 위인 모양이었다(전혀 칭찬할 만한 일이 아니지만).

"정말이지…… 알자노 제국 마술학원에서 온 임시 강사인지 뭔지 모르겠지만…… 아무래도 당신에게는 교육적 지도가 필요한 것 같네요!"

"이봐, 선생. 이 학교의 진짜 지배자가 누구인지 가르쳐줄까? 외부인 주제에 건방 떨지 말라고. 아앙?"

세상 물정 모르는 아가씨들답게 프랑신과 콜레트는 도발에 내성이 전혀 없었다.

콜레트는 징이 박힌 장갑을 낀 손으로 글렌의 어깨를 잡아채며 멱살을 잡아 올렸고…… 프랑신은 레이피어를 뽑아서 글렌의 목에 들이댔다.

마침내 교실 안은 언제 터질지 모르는 화약고로 변하고 말았다.

—그런 교실의 살기등등한 분위기에 민감하게 반응하는 자가 있었다.

'……쟤들은 뭐지? ……혹시, 글렌의 적?'

지금까지 졸린 듯한 무표정으로 관심 없는 태도를 고수하던 리엘이었다.

'……그렇다면 용서 못 해. ……베어버리겠어. 글렌의 적은, 나의 적.'

내버려 두면 혼자서 브레이크가 망가진 전차처럼 폭주하는 리엘이었다.

"······《만상에 바라노라·내 팔에·강인한 칼날을》······."

이번에도 그런 지극히 단순한 행동원리에 따라 그녀의 장기인 고속 무기 연성 주문을 조용히 영창했다.

연금술의 【형질변화법】과 【근원소(根源素) 배열 변화】를 응용해서 초고품질의 무기를 임시로 연성하는······ 그 어떤 상황에서도 적절한 무기를 조달, 운용할 수 있는 이 마술은 어떤 조직의 암살자가 즐겨 썼던 【히든 클로】라는 이름의 암살 마술이었다.

리엘은 이제 숨 쉬는 것처럼 자유롭게 쓸 수 있는 그 마술을 평소처럼 발동했다.

하공에서 빛의 입자가 모이며 리엘의 오른손에 대검을 형성하기 시작했다.

'먼저 글렌을 괴롭히는 저 이상한 사람들을······ 전부 가만히 안 둘 거야.'

시스티나와 루미아도 글렌의 동향에 주의를 기울이느라 이 순간만큼은 리엘의 폭주를 눈치채지 못했다.

막을 사람이 없는 리엘은 총구를 벗어난 총알과 다를 바 없었다.

유학생이 유학처에서 일으킨 끔찍한 상해 사건······ 리엘이 유학 첫날에 강제 송환 처분이라는 쾌거를 달성하려는 바로 그 순간—

"리엘······ 왜 그래?"

"아."

의자에서 일어나려는 리엘 앞에 엘자가 서 있었다.

"왠지 표정이 좀 무서운데…… 괜찮아?"

걱정스러운 얼굴로 고개를 갸웃하는 엘자의 모습에 독기가 빠진 리엘은 고속 무기 연성을 캔슬했다. 그러자 대검은 완전한 형태를 이루기 전에 빛의 입자로 흩어졌다.

"……조금 화가 났어. ……쟤들이 글렌을 괴롭히니까."

"그렇구나. ……리엘은 렌 선생님을 무척 좋아하나 보네?"

"응, 좋아해. 그러니까 난 글렌을 지킬 거야. 글렌을 괴롭히는 애들을 해치울 거야. 그러니까…… 비켜, 엘자."

"그래……. 그런데 리엘. 조금만 더 렌 선생님을 믿어보면 어떨까?"

"……!"

"아직 만난 지 얼마 안 됐지만…… 렌 선생님이 굉장한 분이라는 건 나도 어렴풋이 알 것 같아. 분명 선생님도 무슨 생각이 있으신 게 아닐까?"

"……."

리엘은 입을 다물었다.

"지금 리엘이 문제를 일으키면 틀림없이 이 학교에서 쫓겨날걸? 그러면 렌 선생님은 분명히 슬퍼하실 테고, 그리고……."

엘자는 리엘을 똑바로 바라보며 웃어주었다.

"……모처럼 이렇게 만나서 같은 반이 됐는데…… 좋은 친구가 될지도 모른다고 생각했는데…… 난, 그런 건 싫어."

그 말을 들은 리엘은 감정을 읽을 수 없는 눈으로, 마치 희귀 동물을 보는 듯한 눈으로 엘자를 물끄러미 바라보았다.

"……응, 알았어. 엘자 말대로 할게. ……글렌을 믿어볼게."

그리고 조심스럽게 다시 의자에 앉자 엘자가 방긋 웃었다.

리엘이 그렇게 남몰래 강제 송환 처분의 위기를 벗어난 한편─.

"애당초 알자노 제국 마술학원이라면 그거잖아? 나약한 공붓벌레 자식들을 모아놓은 촌구석 학교. 그딴 데서 온 강사 따위에게 배울 건 아무것도 없다고!"

"동감이에요. 저희는 귀족, 노블레스 오블리주의 의무를 짊어진 저희에게는 연약한 백성을 지킬 수 있는 확실한 『힘』이 필요하답니다. 그리고 『마술』은 이 세상에서 가장 강하고 위대한 『힘』…… 다시 말해, 고귀한 저희야말로 『마술사』라는 숭고한 호칭을 자부하기에 마땅한 자들입니다만……."

콜레트와 프랑신이 입을 모아 글렌을 비웃었다.

"요컨대 댁들이 알자노 제국 마술학원에서 배우는 『마술』이라는 건 탁상공론에 불과한 소꿉놀이잖아? 실전에선 못 써먹는, 개미 똥만큼도 쓸모가 없다."

"저희에게 필요한 건 『힘』, 그리고 『힘』이 있는 마술사가 되기 위해선 더욱 세련된 수업이 필요하기 마련이랍니다. 알아들으셨으면 방해하지 말아 주세요."

하지만 글렌은 마음대로 떠들라는 듯 침묵을 관철했다.

"애당초 렌 선생님. 당신이야말로 대체 뭐죠? 마치 남성분 같은 복장과 말투…… 그것도 이 격식 높은 학교의 강사로선 바람직하지 못한 태도라구요!"

"게다가 저 촌스러운 3인조…… 알자노 뭐시기라는 곳에는 저런 애들밖에 없는 거야? 왠지 분위기가 음침하달까~ 서빈틱하달까~ 아무튼 촌티 나. 촌구석에서 공부만 하면 저렇게 되는 건가? 아~ 싫다 싫어……."

그런 프랑신과 콜레트의 말에 동의하는지 추종자들도 글렌 일행을 멀리서 흘겨보며 바보취급하듯 쿡쿡 웃기 시작했다.

"얘, 얘들이 진짜……! 적당히 좀―."

결국 인내심에 한계가 온 시스티나가 자리에서 일어선 순간―.

"큭큭큭……."

글렌이 의미심장한 웃음을 흘리며 자신의 멱살을 잡은 콜레트의 손을 왼손으로 가볍게 잡고, 프랑신이 목덜미에 댄 레이피어의 칼날을 오른손으로 붙잡았다.

"어, 어라……?"

"앗?! 다, 당신…… 어느 틈에?!"

다음 순간, 글렌은 눈 깜짝할 사이에 멱살을 잡은 콜레트의 손을 풀고 프랑신의 레이피어를 빼앗았다.

그리고 빼앗은 레이피어를 프랑신에게 던져주더니 구겨진 목깃을 바로 잡고 이렇게 말했다.

"옳거니. 『힘』이란 말이지. ……뭐, 괜찮지 않아? 개인적으로는 전혀 추천하지 않지만 『힘』이 필요하다면 어디 마음대로 해보시던지? ……하하하!"

"왜, 왜 웃으시는 거죠?!"

레이피어를 황급히 받아든 프랑신이 격분했다.

"아니, 뭐…… 그 정도까지 『힘』을 고집하는 녀석들이 남들이 준 총을 쓰는 법만큼은 필사적으로 연습하는 주제에 운용법이나 전술, 혹은 총의 구조를 이해해서 더 위력이 강력한 대포를 만드는 일에는 눈길도 주지 않다니…… 뭐랄까, 하는 짓이 어중간하다고. 너희들은."

"무슨 뜻인지는 모르겠지만…… 저희가 모욕당했다는 건 알겠어요."

"이봐, 당신…… 이 상황에서 배짱 한 번 두둑하구만? ……아앙? 지금 시비 거는 거냐? 앙?"

흰 백합회와 검은 백합회 학생들 사이에 험악한 분위기가 흐르기 시작했다.

"홋…… 그럼 시험해볼까?"

그 분위기를 눈치챈 글렌은 대담하고도 자신 있는 미소를 지으며 바로 제안을 꺼냈다.

"너희들이 방금 바보 취급한 알자노 제국 마술학원……

그곳의 『도움이 되지 않는 수업』과 『촌스러운 놈들』의 실력이 어떤지…… 한 번 시험해볼래?"

예상치 못한 발언에 시스티나와 루미아가 숨을 삼켰다.

"마침 다음 수업은 『마도전 교련』…… 일대일 대결로는 뭔가 좀 부족하고, 집단끼리 붙는 마도병단전이라면 이쪽은 전술 단위를 복수로 편성할 만한 인원이 없어. 그런 고로 내 제자들과 너희들이 3대 3의 파티전으로 붙어보는 건 어때?"

파티전. 마술사의 전투 방식 중 하나다.

마도병 전력을 군단 규모로 안전히 운용하기 위해 전술 단위를 구성하는 마도병의 역할을 명확히 나눠서 각 전력을 일괄적으로 규격화하는 마도병단전과는 다른 개념으로서, 단순한 마술 전투 능력, 팀워크, 돌발 상황에 대응하는 유연성과 판단력…… 파티를 구성하는 개개인의 실력이 전황을 크게 좌우하는 전투 방식이었다.

"만에 하나라도 이 녀석들이 너희들에게 진다면 즉시 이 학교를 떠나주마. 하지만 이긴다면 너희는 내가 말하는 걸 뭐든지 하나만 들어주는 건…… 어떨까?"

대체 무슨 꿍꿍이가 있는 건지…… 글렌은 음험한 표정으로 학생들을 도발했다.

"아니면 뭐? 혹시 지는 게 무서운 거냐? 크헤헤……."

"자, 잠깐만요! 선생님! 왜 멋대로……."

시스티나가 황급히 끼어들었지만―.

"렌 선생님…… 당신, 아주 자신감이 넘치시는군요. 좋아요! 이런 모욕까지 당했는데 거절하는 건 귀족의 수치, 얼마든지 받아들이겠어요!"

"하! 후회하지나 말라고! 선생!"

이미 상황은 돌이킬 수 없는 지경까지 와 있었다.

"아, 진짜…… 왜 이렇게 되는 거냐구……."

"아하하……."

시스티나는 깊이 탄식했고 루미아는 모호하게 웃을 뿐이었다.

성 릴리 마술여학원 부지 안에 있는 넓은 운동장.

숲을 개척한 후에 땅을 다지고 부드러운 잔디를 심은 그곳에 달반 관계자가 전원 집합했다.

"그럼 이제부터『마도전 교련』수업을 시작하겠습니다~."

여학생들이 험악한 눈으로 노려보는 앞에서 글렌이 천연덕스럽게 선언했다.

"아, 진짜…… 분위기 거북해. 왜 이렇게 싸움을 거는 짓을……."

"그래도…… 덕분에 반 애들이 선생님의 수업에 참가해줬잖아?"

시스티나가 불편해하자 루미아가 웃으며 말했다.

"그럼 선생님은 이러려고 일부러 애들을 도발했다는 거야?

글쎄……. 반 정도는 진심이었을 것 같은데…… 역시 불안해."

시스티나는 한숨을 내쉴 수밖에 없었다.

"그럼 선생님, 규칙을 확인하죠."

그러자 프랑신이 의기양양한 얼굴로 글렌에게 말을 걸었다.

"3대 3 파티전. 방식은 비살상 주문에 의한 가상 전투. 모조 검이나 맨손으로 근접 격투를 벌이는 것도 가능. 항복, 기절, 장외 퇴장 혹은 사망 판정을 받은 사람은 그 자리에서 틸락…… 이러면 되겠죠?"

가상 전투란 학생 수준의 모의 마술 전투에서 흔히 쓰이는 방식이다.

학생용 비살상 어설트 스펠의 대미지를 유사한 살상용 어설트 스펠의 대미지로 치환해서 사망 판정을 내리는 식이다.

예를 들자면 가상 전투 규칙에서 비살상 주문인 【쇼크 볼트】는 효과 범위가 흡사한 살상 주문인 【라이트닝 피어스】와 동일시되므로 마술 방어도 없이 정통으로 맞는다면 사망 판정을 받게 된다.

"그래, 그걸로 하자."

딱히 특이한 규칙도 아니기에 글렌은 적당히 흘려들었다.

"그리고 한 가지 더. ……이 대결, 설령 비살상 주문이라도…… 염열 계통 주문만은 사용을 금지하죠."

"……염열 계통 주문만 빼달라고?"

묘한 규칙을 추가하자 글렌이 눈살을 찌푸렸다.

확실히 염열 계통 주문은 비상상 주문 중에서도 특히 위력이 강한 편이다. 『비상상』이라는 단어가 붙긴 했지만, 정통으로 맞으면 가벼운 화상을 입을 위험성이 있었다. 물론 힐러 스펠법의 주문을 쓰면 흔적도 남지 않게 치료할 수 있지만…….

'뭐…… 이 녀석들은 귀한 집 아가씨니까. 아마 일시적이라도 피부에 상처가 나거나 머리카락이 타는 게 싫은 거겠지. ……참 나, 진짜 『어설픈』 녀석들일세.'

프랑신은 글렌이 속으로 그런 생각을 하는 줄도 모르고 고압적으로 선언했다.

"형식은 달라도 이건 어떤 의미로는 마술사 간의 『결투』예요. ……렌 선생님, 당신 같은 품성이라곤 눈곱만큼도 찾아볼 수 없는 저열한 인간을 당장 이 학교에서 쫓아내 드리죠!"

"뭐, 만에 하나라도 너희가 이긴다면 말이지! 꺄하하하하하하하!"

글렌은 뺨에 손등을 대고 폭소를 터트리며 한층 더 상대를 도발했다.

"……진짜 어른스럽지 못하다니까……."

시스티나는 한숨을 내쉬며 그런 글렌을 어이가 없는 눈으로 바라보았다.

"그야 리엘이 있으니 우리가 이기는 게 당연하겠지만……."

그리고 멍~하니 서 있는 리엘의 옆얼굴을 슬쩍 훔쳐보았다.

제국 궁정 마도사단 특무분실 집행관 넘버 7《전차》의 리엘.

그녀는 자신들 같은 학생들과는 차원이 다른 수준의 반칙에 가까운 존재였다.

"그래도 뭐…… 쟤들의 학생답지 못한 태도에는 나도 좀 화가 난 참이었으니…… 벌이라고 생각하면 괜찮지 않을까?"

시스티나는 그렇게 생각했다.

"아~ 맞아. 이쪽도 규칙을 추가하지. 이대로면 완전히 일방적일 테니 너희들에게 핸디캡을 주마. ……야, 리엘. 넌 공격 금지다."

""엑?!""

글렌이 그렇게 말하자 프랑신은 눈을 부릅떴고 콜레트는 관자놀이를 씰룩거렸다.

시스티나도 아연실색한 눈으로 글렌을 쳐다보았다.

"넌 가만히 서 있기만 하면 돼. 근접 격투가 있는 규칙에서 네가 진심을 발휘하면 단순한 학살이 될 뿐이니까. 오히려 절대로 진심으로 싸우지 마. 절대로!"

글렌의 말을 들은 리엘은 관심도 없는 눈으로 프랑신 일행을 힐끔 쳐다보았다.

"응, 알았어. 왠지 약해 보이니까 봐줄게."

"뭐라고?! 요 꼬맹이가…… 날 깔보는 거냐!"

지극히 당연한 사실을 말하는 듯한 솔직한 말투에, 자존심이 크게 상했는지 콜레트가 무시무시한 표정으로 리엘을 노려보았다.

"……?"

하지만 왜 자신을 노려보는지 이해하지 못한 리엘은 졸린 듯한 무표정으로 고개를 살짝 갸웃거릴 뿐이었다.

"자, 잠깐만요! 선생님! 정말 괜찮은 거예요?!"

예상치 못한 핸디캡에 시스티나가 황급히 글렌에게 달려갔다.

그리고 남들이 듣지 못하게 귓속말을 건넸다.

"화, 확실히 리엘이 진심을 발휘하면 상대도 안 되겠지만…… 그렇다면 실질적인 전력은 저랑 루미아뿐이잖아요! 다시 말해, 저희가 탈락하면 진다는 뜻인데…… 아무래도 그건 좀…….."

"……응? ……너, 지금 무슨 소리 하냐?"

하지만 글렌은 머리를 벅벅 헤집으며 어이가 없는 얼굴로 말했다.

"저기 말이다……. 지금의 너희들이 저 정도 애들한테 질 리가 없잖아?"

"……예?"

……이러니저러니 하는 사이에 결국 3대 3 파티전의 준비가 끝났다.

"먼저 저희가 상대해드리죠."

"잘 부탁해요."

"칫…… 왜 내가 흰 백합회 자식들이랑 한 팀이 돼야 하는 건데?"

프랑신, 지니, 콜레트는 시스티나, 루미아, 리엘의 전방 10 미트라 지점에 서 있었다.

"어쩔 수 없잖아요. 렌 선생님이 직접 지명하신 거니까요. 일단은 이것도 수업은 수업이니까요."

"하! ……선생, 대체 무슨 생각이지? 설마 조금이라도 상황을 그쪽에 유리하게 끌고 가려고 이쪽의 불화를 노린 건가?"

콜레트는 징이 박힌 장갑을 낀 주먹을 맞대며 도발적인 미소를 지었다.

"아~ 전혀 아니거든?"

하지만 글렌은 게슴츠레한 눈으로 손사래를 쳤다.

"내가 보기에 이 반에서 제일 강한 게 너희 세 사람이라서다."

"호오? 당신 제법 보는 눈이……."

"그러니까 가장 먼저 묵사발을 내주면 다음부터 편해지잖아?"

빠직빠직빠직!

글렌의 가감 없는 솔직한 말을 듣고 프랑신과 콜레트는 관자놀이에 시퍼런 힘줄을 세웠다.

"야, 프랑신……. 파벌 간의 관계는 잠시 미뤄두자. 먼저 저 서민 놈들을 박살 내고 선생을 입 닥치게 만드는 건 어때?"

"……웬일로 마음이 맞는군요."

그리고 글렌의 시합 개시 신호와 동시에 학생들은 흰 선으로 나눈 경기장 안에서 사방으로 흩어졌다.

시스티나 쪽은 리엘을 전위로 세운 삼각 진형.

프랑신 쪽은 지니와 콜레트를 전위로 세운 역삼각 진형.

양쪽 다 3대 3 파티전에서 흔히 볼 수 있는 정석적인 진형 이었다.

"먼저 선두에 서세요! 지니!"

"예! 엄호를 부탁드립니다! 아가씨!"

프랑신이 지시를 내리자 지니가 가벼운 몸놀림으로 빠르게 지면을 박찼다.

중간에 도약. 공중에서 몸을 비틀어 회전하고 착지. 백마 【피지컬 부스트】로 증폭된 신체 능력에 의한 야생동물 같은 유연한 동작으로 리엘 앞에 대치했다.

그리고 지니는 그대로 리엘을 향해 양손에 든 두 자루의 단검을 겨누었다.

지니와 리엘. 피아의 거리는 약 세 걸음.

"굉장해! 저 지니라는 애, 분명 상당한 근접 격투 능력자일 거야!"

"응. 움직임이 깔끔해."

지니가 선보인 멋진 체술에 후방에 있는 시스티나와 루미아가 눈을 휘둥그레 떴다.

"후훗, 유감이네요. 렌 선생님. 우리 학교의 교육 방침은 문무 양도. 그쪽 학교처럼 책상 앞에 앉아서 공부만 파고드는 나약한 학생만 있는 게 아니랍니다."

"자, 그럼 리엘……이랬던가? 저 파란 허수아비 같은 녀석은 어쩌려나?"

프랑신과 콜레트는 비웃음을 흘렸다.

"꺄악~! 프랑신 님~!"

"지니~! 그 서민들을 혼쭐 내주세요~!"

그리고 경기장 밖에서는 두 사람의 추종자들이 성대한 성원을 보냈고—.

"리엘……."

엘자는 손을 맞잡으며 걱정스러운 눈으로 리엘을 바라보았다.

"왠지 여러모로 죄송하네요. 리엘 양."

리엘과 대치한 지니가 담담한 목소리로 말했다.

"진짜 내키지는 않지만…… 우리 바보 아가씨의 명령이라 봐 드리진 못하겠네요."

"응. 그래."

허리를 낮추고 빈틈없는 자세를 잡은 지니와 대조적으로 리엘은 그냥 맨손인 채 가만히 서 있었다.

"사실 전 동방의『닌자』가 쓰는 기술을 대대로 전수하는 마을 출신인데……."

지니는 경쾌하게 스텝을 밟으며 무방비하게 멍~하니 서 있는 리엘의 빈틈을 살폈다.

"일족 중에서는 아직 풋내기지만 기량만큼은 상당한 편이라고 자부……."

리엘은 언뜻 보기에 빈틈투성이라기보다 빈틈 그 자체로 보였지만—.

"……아. 이건 무리."

그런 실력자이기에 대치한 순간 리엘과의 차원이 다른 실력 차이를 깨달은 지니는, 이마에 약간 식은땀을 흘리며 게슴츠레한 눈으로 신음을 흘렸다.

"저기…… 리엘 양? 당신, 대체 정체가 뭔가요?"

"응. 리엘."

"아, 아뇨……. 그런 뜻이 아니라……."

지금 자신이 터무니없는 괴물 앞에 서 있다는 사실을 자각한 지니는 가면 같은 얼굴에 웬일로 짙은 동요를 드러내며 뒷걸음질을 쳤다.

"뭐 해요! 지니! 어서 공격하세요!"

하지만 후방에서 프랑신이 카랑카랑한 목소리로 명령하자 이젠 한숨밖에 나오지 않았다.

"……그렇군요. 그리고 보니 렌 선생님께선 당신에게 진심으로 싸우지 말라고 하셨는데…… 진심으로 감사할 따름이네요. 그럼…… 한 수 배워보겠습니다."

"응. 그렇게 해."

다음 순간—.

지니는 앞으로 상체를 바짝 숙인 후 잔상을 남기며 돌진했다.

리엘의 발목을 날카롭게 베려고 한 그녀의 몸이 갑자기 안개처럼 사라졌다.

"하아아아아아아아아아아아앗!"

그 순간, 사라진 지니는 머리와 발의 위치가 반대로 된 상태로 리엘의 머리 위에 떠 있었다.

하늘 높이 도약한 후에 밑으로 떨어지는 섬전 같은 기습.

학생 수준을 뛰어넘은 탁월한 신체 능력과 체술에 이 자리의 모두가 눈을 부릅떴다.

하지만 탄력 있는 채찍처럼 십자를 그리며 휘두른 두 자루의 단검을—.

"응."

리엘은 보지도 않고 몸을 흔들어서 가볍게 피했다.

"큭!"

공격에 실패한 지니는 공중에서 다시 몸을 비틀어서 착지하는 동시에 왼손을 축으로 삼아 소용돌이 같은 하단 돌려차기를 날렸지만, 이미 리엘은 한걸음 물러나서 공격 범위를 벗어난 후였다.

지니는 헛발질로 끝난 자세의 반동을 이용하여 다시 일어선 후, 그 자리에서 재빨리 물러나 태세를 재정비했다.

지니의 일련의 동작은 학생 수준을 아득히 벗어난 훌륭한 체술이었다.

"……하하, 당신이 공격을 봉인당한 게 이토록 고마울 줄은……."

하지만 당사자는 씁쓸하게 표정을 일그러트릴 수밖에 없었다.

"리엘 양, 그 발놀림과 체중 이동으로 미루어보건대…… 당신의 본업은 검사죠? 이건 엉뚱한 질문이겠지만…… 방금 일합, 실전이었다면 당신은 몇 번이나 제 목을 날렸나요?"

"응…… 잘은 모르겠어. 아마 세 번쯤?"

리엘이 전혀 관심 없는 태도로 대답하자 지니는 쓴웃음을 지었다.

"이거 참, 당신의 진짜 실력을 조금이라도 끌어낼 수 있다면 좋겠습니다만…… 하앗!"

그리고 다시 리엘을 향해 달려들었다.

"지니! 당신, 대체 왜 진심으로 싸우지 않는 거죠?!"

프랑신은 짜증을 숨기려 하지도 않고 히스테릭하게 외쳤다.

지니는 숨 쉴 틈도 없는 연속 공격으로 리엘을 몰아붙이고 있었다.

내려치기, 대각선 베기의 탄성을 이용해서 역 대각선 베기, 좌우로 베며 다시 회전 베기.

그 모습을 마치 거칠게 휘몰아치는 소용돌이 같았다.

하지만 리엘은 흐느적거리는 움직임으로 그 맹공을 계속 피하기만 했다. 눈이 어지러울 정도로 위치가 바뀌는 건 지니뿐이었고 리엘는 처음 위치에서 거의 벗어나지도 않았다.

"……마, 말도 안 돼……."

"지, 지니는 근접 격투술만이라면 콜레트 언니에게 필적하는 실력자인데……."

이 예상을 벗어난 전개에 추종자 들은 아연실색했다.

"굉장해……."

엘자도 눈을 크게 뜨고 리엘을 응시했다.

"큭…… 쟤가 진짜!"

프랑신은 허리춤에 찬 레이피어의 칼자루를 꽉 쥐며 이를 갈았다.

지니가 깊이 파고들어서 적을 교란하는 사이에 프랑신이 멀리서 마술로 공격하는 것이 그녀가 계획한 필승 패턴이었건만, 리엘의 존재가 전부 물거품으로 만들었다.

"나 원 참, 지니 녀석. 실력이 떨어진 거 아냐?"

콜레트는 징이 박힌 장갑을 낀 주먹을 맞대며 어이가 없다는 듯 중얼거렸다.

"저 파란 머리…… 리엘? 이랬던가? 아무리 봐도 움직임이 완전 풋내기잖아."

"큭…… 부, 분명 상대가 풋내기니까 놀아주는 것뿐일 거예요!"

"뭐, 그럴 가능성이 농후하겠지만…… 저 녀석한테 그런 악취미가 있었던가?"

그리고 탄식하며 리엘과 지니가 싸우는 건너편으로 시선을 돌린 콜레트의 날카로운 눈동자가, 가까이 붙어 서 있는 시스티나와 루미아를 포착했다.

"뭐, 아무럼 어때. 저 꼬맹이는 영문을 알 수 없는 추가 규칙 때문에 중앙에서 움직이지 못하니 처음부터 전력 외였어. 우리가 저 안쪽에 있는 두 사람을 박살 내면 문제없겠지."

"으, 음…… 뭐, 그렇죠. 훗, 그럼 먼저 가벼운 인사 대신……"

냉정함을 되찾은 프랑신이 왼손으로 시스티나와 루미아를 겨누었다.

그리고 자신만만하게 흑마(黑魔) 【쇼크 볼트】를 한 소절 주문으로 영창했다.

"《뇌정(雷精)의 자전이여》!"

프랑신의 손가락에 깃든 전격이 화살처럼 날아가려 한 순간—.

"《흩어져라》!"

퍼엉!

먼저 발동한 흑마 【트라이 배니시】가 프랑신의 주문을 해제했다.

대항 주문으로 해제된 주문이 마력의 입자로 변해서 안개처럼 흩어졌다.

시선을 돌리자 건너편에서 시스티나가 왼손 검지를 든 채 이쪽을 응시하고 있었다.

　"……후훗! 제법 빠른 카운터 스펠이네요! 하지만 이건 어떨까요!"

　시스티나의 멋진 솜씨에 한순간 넋을 잃었던 프랑신은 곧 냉정함을 되찾고 다시 주문을 영창했다.

　"《뇌정이여》!"

　조금 전보나 빠르게 완성된 주문.

　"《흩어져라》!"

　하지만 시스티나의 카운터 스펠이 다시 그 주문을 해제했다.

　"흐, 흥! 건방지긴! 《뇌정의 자전이여》!"

　강한 동요를 드러낸 프랑신이 옆으로 달리며 주문을 영창했다.

　그 움직임에 반응한 시스티나가 프랑신에게 왼손을 내밀었지만, 주문은 발동하지 않았다.

　"……!"

　프랑신의 움직임과 주문 영창에 손가락을 겨누던 시스티나가 한순간 굳어 버렸다.

　'속임수예요. 주문의 발동 타이밍을 바꾸면 해제하지 못하겠죠?'

　프랑신이 비웃음을 흘리며 이번에는 제대로 주문을 영창했다.

"《뇌정의 자전이여》!"

"《흩어져라》!"

퍼엉!

하지만 시스티나는 전혀 동요하지 않고 담담히 주문을 해제했다.

"헉! 제 속임수를 눈치챈 건가요?!"

프랑신은 경악하며 완전히 굳어 버렸다.

"아, 짜증나네 진짜! 《위대한 바람이여》!"

이번에는 콜레트가 자신이 나설 차례라는 듯 【게일 블로】를 영창했다.

물질 중의 전소(電素)[에트론] 조작으로 생성되는 염열, 냉기, 전격의 3속성 에너지. 그리고 그것들을 0[제로]기저(基底) 상태로 되돌려서 해제하는 주문이 【트라이 배니시】.

그러므로 【트라이 배니시】로는 다른 역학에 기반을 둔 바람의 마술을 해제할 수 없었다.

"조금 전부터 하나 밖에 모르는 바보처럼 해제 주문만 노리는 모양인데, 이건 어떠냐!"

"대기의 벽이여!"

하지만 이것도 읽고 있었다는 듯 시스티나는 흑마 【에어 스크린】을 발동했다.

"이 주문에도 대응했어?!"

돌풍은 시스티나를 에워싼 튼튼한 공기 장벽에 가로막혔다.

"건방지긴…….《힘이여 무로 돌아가라》예요!"

그러자 프랑신이 인챈트나 결계나 장벽 같은 한 곳의 지속 주문 효과를 캔슬하는 카운터 스펠, 흑마【디스펠 포스】를 재빨리 영창하자 마력을 상쇄하는 파동이 시스티나의 공기 장벽을 거둬냈다.

"지금이에요!《하얀 겨울의 폭풍이여》!"

"이거나 먹어라!《하얀 겨울의 폭풍이여》!"

쁘랑신과 콜레트가 흑마【화이트 아웃】을 동시에 발동했다.

게다가 이번에는 시스티나뿐만 아니라 루미아까지 노리며…….

'아무리 카운터 스펠 실력이 뛰어나다 해도…….'

'동시에 두 개의 주문을 막거나 해제시키는 건 무리겠지!'

상대를 행동 불능 상태로 만드는 냉기의 방사형 파동이 인정사정없이 루미아와 시스티나를 덮쳤다.

가상 전투 규칙상【화이트 아웃】은【아이스 블리자드】와 동일하게 취급된다.

'틀림없는 사망 판정! 이걸로 적어도 둘 중 한 명은 탈락이다!'

그러나—.

"《빛나는 수호의 장벽이여》!"

이것도 예상했다는 듯 시스티나는 흑마【포스 실드】를 발동했다.

빛나는 육각형 모양으로 늘어선 마력 장벽이 눈앞에 나타나 두 사람의 몸을 지켰다.

흑마 【에어 스크린】과 흑마 【포스 실드】.

언뜻 보기엔 비슷해 보이는 방어형 카운터 스펠이지만, 실제로는 다른 성질의 주문이다. 대상 지정 방식의 주문인 【에어 스크린】과 달리 【포스 실드】는 좌표 지정 방식 주문. 어디에, 어떤 범위로, 어떤 형태로 전개할지 수치와 좌표를 술자 본인이 직접 지정해야만 했다.

그런 수고가 드는 【포스 실드】로 두 개의 【화이트 아웃】을 낭비 없이 신속하게 광범위로 막아냈다는 뜻은―.

"……저희의 다음 행동도 예상했다는 건가요?"

"대, 대체 뭐야. 저 녀석들……."

조금 전부터 무슨 수단을 동원해도 상대가 한 수 위인 이 상황.

뭔가가 이상하다. 프랑신과 콜레트의 표정이 흔들리기 시작했다.

"음…… 이상하네?"

한편 시스티나는 떨떠름하게 고개를 갸웃했다.

"뭐랄까…… 저 두 사람, 엄청 알기 쉬워."

"그래?"

시스티나가 그렇게 중얼거리자 루미아도 고개를 갸웃하며 대답했다.

"응……. 확실히 스펠링 속도는 엄청 빠른데…… 주문을 쓰고 싶은 순간이라든가 발동 타이밍이라든가 속임수라든가 다음에 뭘 하려는지…… 엄청나게 알기 쉬워. 혹시 우리를 방심하게 하려고 일부러 저러는 걸까?"

"흐응, 굉장하네. 시스티. 난 전혀 모르겠는데……."

"그야 넌 처음부터 싸우려고 마술을 공부한 게 아니니까……《흩어져라》!"

퍼엉!

시스티나는 다시 날아든 주문을 루미아와 이야기를 나누다가 해제했다.

'……그러고 보니 선생님도 말씀하셨었지. 권투와 마술 전투도 근본적인 부분에선 똑같다고.'

아직도 그녀는 글렌에게 아침 특훈을 받고 있었다.

몇 가지 군용 마술을 더 배웠고 권투 훈련도 계속 받는 중이다.

처음에는 일방적으로 당하기만 했지만 최근에는 많이 나아졌다. 글렌에게서 무심코 아깝다는 말이 나올 만한 공격도 가끔 펼칠 수 있게 되었다.

'……조금은 공수의 기점을 읽는 감각이 생긴 걸까?'

"……그뿐만이 아니지."

멀리서 마술 전투를 지켜보던 글렌은 시스티나의 생각을 읽고 웃었다.

"근접 격투 훈련만으로는 그 수준까지 도달하지 못해. 그렇게 따지면 저 아가씨들도 검술과 권투…… 귀족님의 다양한 영재교육을 받은 몸이니까. 하지만……."

글렌은 주문으로 응수하는 시스티나의 모습을 힐끔 훔쳐보았다.

"지금까지 네가 떨리는 무릎을 부여잡고, 질질 짜며 필사적으로 목숨을 걸고 싸운 적들이 누구였지? 너와 어깨를 나란히 하고 싸웠던 게 누구였더라? 하하…… 온실에서 자란 아가씨들이 지금의 널 당해낼 수 있을 리 없지."

그리고 씨익 웃었다.

"아직 비상시에 내 등을 맡기기에는 부족한 햇병아리다만."

하지만 그렇게 혼잣말을 중얼거린 글렌의 표정은 왠지 자랑스러워하는 것 같았다.

"빌어먹을! 저 녀석은 대체 뭐야!"

콜레트는 주문을 펼치며 자기도 모르게 욕을 내뱉었다.

시스티나는 그녀들이 날리는 주문을 모조리 파악하고, 해제하고, 막는 것에 그치지 않고 때때로 반격까지 하는 여유를 보였다.

파직!

이번에는 시스티나가 날린 전격이 콜레트의 왼손에 직격했다.

"앗 뜨거! 제, 제기랄! 아, 아직이야! 아직 끝난 거 아니라고! 【트라이 배니시】를 썼어! 난 아직 안 죽었어!"

"하지만 그게 만약 【라이트닝 피어스】였다면 마술을 써야 하는 왼손이 날아갔을걸? 실전이라면 이미 죽은 거나 다를 바 없지. 뭐, 이번에는 눈감아주마!"

글렌이 그렇게 도발하자 콜레트의 관자놀이에 시퍼런 힘줄이 돋았다.

그리고 한층 더 뜨겁게 달아오른 전투 중에―.

"루미아!"

"응, 알았어! 시스티! 《허공에 외쳐라……》."

시스티나의 지시를 받은 루미아가 빈틈이 큰 세 소절 주문을 담담한 목소리로 영창하기 시작했다.

"칫! 이번에는 저 녀석인가. 귀찮게시리! 《뇌정의 자전이여》! 《뇌정의 자전이여》!"

"쓰게 내버려 둘 순 없죠! 《위대한 바람이여》!"

그런 루미아의 스펠링을 방해하기 위한 한 소절 주문들.

연속으로 날린 전격이, 휘몰아치는 돌풍이 루미아를 노리고 날아들었다.

'자, 그 건방진 스펠링을 멈추고 꼴사납게 도망치시죠! 그러면…….'

'그 틈에 우리가 반격해주지!'

그러나―.

"《소리를 남기는……》".

자신의 눈앞에 주문들이 날아오는 데도 루미아는 도망치지 않고 침착하게 응시하며 계속 담담히 주문을 영창했다.

"어?!"

"도망을 안 쳐?! 쟤, 바보 아냐?! 하지만 이걸로 이겼……."

루미아가 주문에 직격당하기 일보 직전—.

"《빛나는 수호의 장벽이여》!"

루미아의 눈앞에 다시 빛의 마력 장벽이 전개되었다.

시스티나의 방어 주문이었다.

정말로 아슬아슬하게 루미아에게 날아드는 주문을 막아냈다.

"《……풍령의 포효》!"

눈앞에서 어설트 스펠들이 마력 장벽과 부딪치는 와중에도 루미아의 주문은 지체 없이 완성되었다.

흑마 【스턴 볼】.

압축 공기탄이 프랑신과 콜레트를 향해 호선을 그리며 날아갔다.

"꺄아아아아아아아악?!"

"우와아아아아아아앗?!"

두 소녀는 주문 발동 후에 흐트러진 마나 바이오리듬을 가다듬을 새도 없이 허둥지둥 흩어져서 【스턴 볼】을 피했다.

쿠웅!

강렬한 소리와 진동과 충격.

직격은 간신히 피했지만 주문의 여파에 노출된 프랑신과 콜레트의 몸이 파르르 떨렸다.

"가상 전투 규칙상【스턴 볼】은【블레이즈 버스트】. ……음~ 아슬아슬하게 살아남은 걸로 쳐줄까? 실전이라면 빈사 상태가 됐겠지만."

이미 두 소녀에게는 글렌의 빈정거리는 목소리조차 들리지 않았다.

"젠장…… 이게 뭐야!"

어떤 수단을 동원해도, 아무리 머리를 써도 전부 통하지 않았다.

속수무책으로 당한 두 사람은 숨길 수 없는 짜증을 드러냈다.

"시스티나라는 분도 어지간하지만, 저 루미아란 애는 대체 뭐죠?!"

두 사람이 보기에 루미아는 딱히 스펠링 능력이 우수한 것 같지 않았다. 시스티나와는 비교도 되지 않는 송사리…… 개인의 능력만 놓고 보면 딱 그 정도였다.

하지만 실전에서는 아니었다.

"저 녀석…… 정신 구조가 대체 어떻게 되먹은 거지?"

루미아에게는 반드시 마지막까지 주문을 정확하게 영창할

거라는 절대적인 안정감이 있었다. 그러다 보니 견제가 전혀 먹히지 않았다.

오히려 견제를 하려다가 이쪽의 빈틈이 드러나는 게 아닌가.

그리고 시스티나의 서포트도 항상 완벽했다. 서로를 완벽히 신뢰하며 굳이 길게 말하지 않아도 서로의 의도를 눈치채는 절묘한 콤비네이션.

"루미아! 이번에 내가 쓸 세 번째 주문에 맞춰서 【플래시 라이트】! 그리고 이어서 【스턴 볼】 영창 개시! 망설이지 말고 쏴! 날 믿고!"

"응! 알았어, 시스티."

"간다! 《뇌정의 자전이여》! 《츠바이》! 《드라이》!"

"《눈부신 햇살이여》! ······후우······ 《허공에 외쳐라······.》"

확실히 루미아는 단순한 전투 요원으로서는 대단한 수준이 아니었지만······ 시스티나의 외부 스펠링 장치로서는 무시무시한 힘을 발휘했다.

"큭······! 또, 또 와요!"

"젠장, 대체 뭐냐고! 저 루미아라는 여자는! 송사리 주제에!"

"흥······. 마술이라는 건 까놓고 말하면 심상을 현실에 반영하는 기술이라고."

글렌은 농락당하는 프랑신과 콜레트를 보며 어깨를 으쓱였다.

"바로 눈앞에 죽음이 다가온 극한 상황에서도 평정을 유지하는 게 얼마나 굉장한 일인지…… 보기 드문 재능인지…… 뭐, 모를 놈은 평생 모르겠지."

자신의 제자들이 아가씨들을 압도하는 광경에 여학생들이 저마다 아연실색한 와중에도 글렌은 역시 미소를 짓고 있었다.

지니는 야생동물 같은 움직임으로 리엘을 향해 달려들었다.

"하아아아아아아앗!"

날카로운 질주, 잔상을 남기는 가벼운 도약 후 몸을 회전했다.

양손에 든 단검으로 펼치는 초고속 4연격.

그 틈에 교묘하게 숨긴 변칙적인 일격.

단숨에 펼쳐진 총 4 + 1의 섬광이 공간에 궤적을 남기며 리엘의 시야를 종횡무진 가로질렀다.

"응."

하지만 리엘은 아무렇지도 않게 앞으로 한 걸음 나와 그 참살 공간을 벗어났다.

"……이조차 안 통하나요. 이래 보여도 초견살(初見殺) 기술인데 말이죠."

지니는 재빨리 태세를 재정비하고 거리를 벌렸다.

"일단 좀 여쭤볼게요. 방금 제 기술을…… 어떻게 피하신 거죠?"

"……감으로."

이런 규격을 벗어난 괴물을 어쩌라고?

지니는 절망 끝에 오히려 속이 시원해질 지경이었다.

"큭……. 반드시 제 기술로…… 당신께 닿고 말겠어요!"

"뇌, 《뇌정의 자전》이여! 지니! 당신, 언제까지 놀고 있을 거죠?! 그런 애는 얼른 해치우고 우리를 엄호하라구요!"

주문을 사용하여 응수하는 도중에 프랑신은 절박한 목소리로, 마치 이성을 잃은 것처럼 리엘을 공격하는 지니를 향해 외쳤다.

"《대기의 벽이여》! 아니, 저 리엘이라는 녀석…… 저건 상당한 실력자야! 거동이 풋내기 같아서 착각했어."

핸디캡을 가진 리엘. 콜레트는 처음부터 지니에게만 맡기지 말고 자신도 함께 나서서 리엘부터 해치워야 했다며 후회했다.

"어, 어쩌죠?!"

"칫! 어쩔 수 없군!"

조바심이 난 콜레트는 징이 박힌 장갑을 낀 주먹을 세우고 리엘을 향해 돌진했다.

"저 꼬맹이가 지니의 공격에 정신이 팔린 틈에 내가 옆에서 속공으로 쓰러트려주지!"

백마 【피지컬 부스트】에 의해 증폭된 신체 능력으로 발휘하는 움직임은 비록 거칠기는 해도…… 엄청나게 빨랐다. 순간적인 속도는 지니를 뛰어넘을지도 몰랐다.

　"빨라! 큭…… 《뇌정의 자전이여》! 《츠바이》! 《드라이》!"

　즉시 반응한 시스티나가 3연속 【쇼크 볼트】를 날렸지만―.

　"하! 조준이 어설퍼! 어떻게 된 거냐!"

　속도에 몸을 맡긴 콜레트는 날아오는 전격을 좌우로 피하며 방향을 선환했다.

　그리고 지니를 상대하느라 정신이 없(어 보이)는 리엘과 단숨에 거리를 좁혔다.

　"《하얀 빙정(氷精)이여·내 손바닥 위에서·춤을 추어라》"

　콜레트가 짧게 주문을 외우자 하얀 냉기가 오른손을 감쌌다.

　아무래도 그녀는 마투술(魔鬪術)과 유사한 기술을 쓸 수 있는 듯했다.

　냉기를 두른 주먹이 바람을 가르며 리엘의 무방비한 등을 노렸다.

　"뒈져어어어어어어어어어어어어어어!"

　그것으로 승부의 결말이 정해졌다.

　"음~ 여기까지 예상대로면 왠지 좀 미안하네……."

　"어쩔 거야? 시스티."

"뭐, 됐어. 지면 우리도 곤란하니까…… 써."

펑!

"우오오오오오오오오오오오오오오오오오오?!"

갑자기 발밑이 폭발. 충격에 말려든 콜레트의 몸이 위로 날아갔다.

콜레트의 발밑을 노린 주문의 정체는…… 흑마 【스턴 플로어】.

음파 충격과 공기 진동으로 폭도를 진압하는 지뢰형 마술^매직 함정^트랩— 루미아가 시스티나의 지시로 미리 영창해둔 주문이었다.

리엘이 근처에 있으니 인챈트한 장소를 밟아야 발동하는 『조건 기동식』이 아니라 루미아가 설정한 『임의 기동식』이었다.

"크헉!"

시스티나의 3연속 【쇼크 볼트】로 【스턴 플로어】가 설치된 곳까지 감쪽같이 유도당한 콜레트는 바닥에 내동댕이쳐진 채 더는 일어나지 못했다.

"가상 전투 규칙상 【스턴 플로어】는 【번 플로어】……. 두말 할 필요 없는 사망 판정이다."

"코, 콜레트!"

프랑신은 경악에 몸을 떨며 동요했다. 쓰러진 콜레트의 모습에 이성을 잃고 완전히 의식을 빼앗긴 순간이…… 그녀의 마지막이었다.

"《위대한 바람이여》!"

시스티나가 기회를 놓치지 않고 날린 【게일 블로】가 아무런 마술적 방어 조치도 취하지 않은 프랑신의 몸을 직격했다.

"으갸아아아아아아아아아아아아아아아아아아!"

돌풍에 넝마가 돼서 날아간 프랑신은 결국…… 경기장 밖으로 추락해 장외 판정을 받고 말았다.

"계속할 거야?"

리엘은 지니에게 작은 목소리로 중얼거렸다.

둘 다 무표정이었지만 어깨를 들썩이며 땀으로 온몸이 젖은 지니와는 반대로 리엘은 땀은커녕 호흡조차 흐트러지지 않았다.

그리고 3대 1이라는 상황…… 이젠 하늘과 땅이 뒤집혀도 승산이 없었다.

"큭……."

하지만 지니는 말 없이 자세를 낮추었다.

"자~ 그만!"

그러자 글렌이 가볍게 손뼉을 치며 시합 종료를 알렸다.

"말려들게 해서 미안했다, 지니. ……이젠 됐잖아?"

"하긴 뭐, 그러네요. 항복하죠. 아~ 피곤해."

무표정이지만 납득하지 못한 기색의 지니에게 글렌이 눈

짓을 보내자, 그녀는 평소처럼 가벼운 태도로 손을 털었다.

"뭐, 이걸로 우리의 완벽한 승리로군!"

글렌은 마치 이 순간을 기다렸다는 듯 프랑신과 콜레트에게 의기양양한 표정을 지어 보였다.

"으으…… 이럴 수가……. 제가 지다니……."

"제, 제길…… 말도 안 돼……. 이런…… 콜록!"

한편 프랑신과 콜레트는 바닥에서 제대로 일어나지도 못했다. 둘 다 아직 주문의 대미지가 남아있는 듯했다.

사실 그보다는 패배의 충격이 더 큰 모양이었다. 아무튼 이 대결은 아무리 좋게 봐도 접전은커녕 선전했다고도 볼 수 없었으니 말이다. 시종일관 상대에게 농락당한 끝에 참패, 완패했다.

그리고—.

"말도 안 돼. 세상에…… 프랑신 님이…… 저렇게 산난히……?"

"코, 콜레트 언니가…… 속수무책으로 당하다니……."

웅성웅성웅성.

그런 경천동지할 시합 결과에 여학생들은 저마다 동요를 드러내며 서로의 얼굴을 마주 보았다.

"자, 그럼……. **다음.**"

글렌은 그런 여학생들을 돌아보며 말했다.

""""……예?""""

여학생들은 새파랗게 질린 얼굴로 굳어 버렸다.

"아니, 그러니까 **다음**. 다음 시합 말야. 자신 있는 사람부터 세 명씩 얼른 앞으로 나와. 아니면 내가 또 지명해줄까? 응?"

글렌은 악귀 같은 표정으로 심술을 부렸다.

그러자 여학생들은 울상이 돼서 고개를 붕붕 저었다.

반 최강의 실력자들이 속수무책으로 당했는데 그런 상대를 자신들이 이길 수 있을 리가 없었다.

"참 나, 큰소리 떵떵 친 주제에 푸딩 같은 멘탈이구만……. 됐다. 그럼 일단 저기 뻗어 있는 두 녀석을 이리로 데려오도록."

"""""아, 예!"""""

결국 여학생들은 힘 앞에 굴복하고 말았다.

아직 제대로 움직이지도 못하는 프랑신과 콜레트가 글렌 앞으로 끌려왔다.

그리고 추종자들은 두 사람을 데려오자마자 냉큼 물러나는 박정한 태도를 보였다.

"자, 그럼 너희들…… 잘도 건방을 떨었겠다?"

그리고 글렌은 손가락을 꺾으며 두 사람을 내려다보았다.

"히, 히익?!"

"뭐! 왜!"

자신감이 완전히 박살 나서 마음이 약해진 두 사람은 자신들이 지금까지 글렌에게 어떤 태도를 취했는지 그제야 떠올렸다.

"자, 잠깐! 선생! 내가 잘못했어! 잘못했다니까!"

"지, 지니! 어서 절 구하세요!"

"아~ 전 무리임다. 엄청 지쳤거든요~. 뭐, 적어도 죽진 않겠죠~."

"지니이이이이이이이?! 아니, 그보다 당신! 성격이 바뀌지 않았나요?!"

"지금은 연기하는 것도 벅차거든요. 여러모로."

"연기?!"

글렌은 세 사람의 목소리를 무시하고 손가락을 꺾으며 프랑신과 콜레트를 위협했다.

"자, 그럼. 이제부턴 사람을 깔보는 건방진 너희들을 위한 교육 시간이다. ……각오는 됐겠지?"

"히이이이이익?! 그만! 누가 저 좀 구해주세요~!"

"잠깐만! 나, 나한테 손을 대면 아빠가 가만히 있지 않을 걸?! 이건 정말이야!"

"공교롭게도…… 난 이 학교 관계자가 아니거든? 너희 부모님들이 이 학교에서 얼마나 큰 힘을 가지고 있건 말건 상관없어. 꽤 진심으로."

프랑신과 콜레트는 글렌의 악귀 같은 표정 앞에서 눈물을 글썽거리며 서로를 부둥켜안았다.

"그리고 아까 약속했지……? 내가 이기면 뭐든지 시키는 대로 하나만 들어주겠다고. 자, 그럼 뭘 시켜볼까……. 크헤헤헤헤헤."

"“아으으으…….”"

글렌이 한 걸음 다가오자 두 사람은 몸을 떨며 위축되었다.

"그럼…… 먼저 너부터다. 프랑신."

"히, 히익?! 사과할게요! 사과드릴 테니까 난폭한 짓을 하지 말아주세요!"

"……감정이 얼굴과 동작에 노골적으로 드러나더군. 그런 상태로는 뭘 해봤자 소용없어."

글렌은 프랑신을 가리키며 그렇게 말했다.

"죄송해요! 죄송해요! ……어라?"

호되게 혼이 날 줄만 알았던 프랑신은 어리둥절한 표정을 지었다.

"마술 전투에서 상대와 자신의 숙련도와 전력이 백중지세일 경우에는…… 얼마나 냉철하게 상대의 속내를 파악하느냐가 중요해. 전장에 선 마술사에게는 얼음 같은 냉정한 판단력이 필요한 법. 너처럼 예상을 벗어난 상대의 일거수일투족에 일일이 감정을 드러내고 동요하는 인간은, 동격 이상을 상대로는 아무리 발버둥 쳐도 못 이겨. 애당초 마술사라면 상대의 의표를 찌르는 비장의 수단을 숨겨두는 게 당연하지만 말이지!"

"아, 예에……."

프랑신은 맥 빠진 얼굴로 눈을 깜빡거렸다.

"자, 저기…… 그, 그걸로 끝인가요? 당신은 저희의 태도에 화가 나셨던 게……."

"뭐? 그야 화가 난 게 당연하지! 이 멍청아!"

"히이이이익?! 죄송해요!"

글렌이 마치 잡아먹을 것처럼 입을 벌리자 프랑신은 머리를 감싸며 몸을 움츠렸다.

"화가 나긴 했다만…… 말했잖아? 내가 하는 말을 뭐든지 하나만 들어달라고. 그러니까 내 수업을 들려주는 거다. 모자란 학생인 너한테 조금 전의 전투에서 뭐가 문제였는지 가르쳐주는 거지. 오케이?"

"으, 으으…… 지도해주셔서…… 감사……합니다……."

글렌은 풀이 죽은 프랑신을 무시하고 이번에는 어안이 벙벙한 콜레트에게 시선을 돌렸다.

"다음은 콜레트. 넌 그냥 바보다. 마술사 실격이라고, 이 얼간아."

"윽……."

"저런 노골적인 함정에 뛰어들면 어쩔 거야? 하긴, 그 상황이라면 누구나 리엘을 배제하고 3대 2의 상황으로 몰고 가고 싶겠지. 나라도 그랬을 테니까. 그러니까 더 안 되는 거라고. 적도 네가 유리해지는 걸 피하고 싶어할 게 당연하잖아. 그런데 무턱대고 돌진하다니…… 너, 체스도 약하지?"

"헉?! 당신, 어떻게 그걸……?!"

"불리한 상황을 바꾸고 싶으면 먼저 상대의 의표를 찌르는 것부터 생각해. 쉬운 길로 뛰어들지 마. 마술사에게 필요한 건 힘이 아니야. 힘을 효과적으로 쓰는 지혜라고."

이어서 글렌은 멀리서 자신은 관계없는 일이라는 듯 딴청을 부리는 지니를 돌아보았다.

"지니, 너도 마찬가지다. 이런 일에 말려들게 한 건 미안하다만…… 그렇다 쳐도 상황 파악 능력이 너무 떨어져. 왜 리엘을 돌파하지 못한 시점에서 바로 물러나지 않은 거지? 규칙상 리엘은 무시해도 될 상황이었을 텐데."

"윽?! ……그, 그건……."

지니는 한순간 말문이 막혔지만 곧 차가운 눈으로 담담하게 입을 열었다.

"렌 선생님. 당신은 분명 이해하지 못하시겠지만…… 저에게도『닌자』일족의 기술을 계승하는 자로서의 긍지라는 게……."

"응. 이해 못 해. 못 이기겠으면 냉큼 물러나. 긍지 같은 건 던져버리고 다른 수단을 생각해. 네 목적이 뭐였지? 리엘을 이기는 게 아니었잖아?"

단칼에 부정하는 글렌의 태도에 지니는 경악했다.

"이 학교에 재적한 이상 너도 일단은 마술사야. 상대보다 실력이 떨어지는 건 마술사로서 부끄러운 일이 아니라고. 실력이 부족하다는 걸 알면서도 아무런 대응책을 취하지 않는 걸 부끄러워하면 모를까."

"······지적해주셔서, 감사합니다."

그리고 글렌은 마지막으로 입을 다문 달반 여학생들을 둘러보았다.

"너희는 근본적인 부분을 착각하고 있어. 마술 따윈 그저 힘일 뿐이고, 마술사는 결국 자신의 목적과 욕망을 위해 세상의 섭리조차 비트는 교만하고 죄 많은 인종이다. 그래서 더 자유롭기도 하지만····· 아무튼 진리 탐구나 긍지는 마술사의 존재 방식 중 일부에 불과하고, 마술은 그것들을 추구하는 수단 중 하나에 불과해."

"······."

"결국 마술사에게 마술은 수많은 수단 중 하나에 불과하다는 뜻이다. 마술, 검술, 체술, 하다못해 재력이나 권력이라도 상관없어. ······힘의 성질을 따지지 않고 지금 자신이 가지고 있는 수단을, 목적을 달성하기 위해 최대한 효과적으로 쓸 수 있는 지혜로운 자가 바로 마술사인 셈이지만······."

그리고 글렌은 주위를 돌아보며 어이가 없다는 듯 어깨를 으쓱였다.

"귀족의 의무인지 힘인지 모르겠다만····· 너희들, 말로는 그렇게 잘난 듯이 떠들어봤자 하는 짓은 양아치나 다를 바 없더군. 마술이라는 조금 강한 무기를 가졌다고 우쭐대는 양아치 『마술 사용자』. 『마술 사용자』가 『마술사』를 자부하기 위한 『지혜』는 어디에도 찾아볼 수 없어."

"……으……."

"게다가『마술』이라는 힘을 가진 자신들을 묘하게 특별 취급하느라 자신을 돌아볼 줄 모르는……『마술』을 쓰기는커녕『마술』에 휘둘리고 있더군. 확실히 우리 학교에는 공부밖에 모르는 비실비실한 애들도 많지만…… 적어도 내가 가르치는 학생들은 올바른『마술사』다."

자신들의 카리스마적인 존재이자 가장 강한 프랑신과 콜레트가 글렌의 제자들에게 속수무책으로 당했다는 사실에, 여학생들은 완전히 자신감을 잃고 의기소침하게 고개를 숙이고 말았다.

"……자, 너희들은 이렇게 말했지? 나한테 배울 것 따윈 아무것도 없다고."

타이밍을 재고 있던 글렌은 흐뭇하게 웃으며 말을 계속했다.

"단언해주지. 나라면 너희들을『마술사』로 만들어줄 수 있다."

그러자 고개를 숙이고 있던 학생들이 퍼뜩 고개를 들며 글렌을 주목했다.

"여기 오래 있지는 못하겠지만…… 그사이에 내가『마술사』가 어떤 존재인지 정도는 가르쳐주마."

"서, 선생님……?"

"뭐, 관심 없는 녀석은 굳이 내 수업에 참가하지 않아도 돼. 그저 내 방해만 하지 마. 티타임이나 싸움이나 게임이

하고 싶으면 교실이 아니라 딴 데서 해. 딱히 말릴 생각도 없으니 맘대로 해. 하지만……."

글렌은 씨익 웃으며 당당하게 선언했다.

"조금이라도 내 수업을 듣고 싶은 녀석은 환영하마. 진짜 마술이라는 게 뭔지 가르쳐주지."

글렌의 그런 쓸데없이 거만하고 남자다운 말투에 여학생들은 눈빛을 바꾸며 술렁거렸다.

"세, 세상에 이런 분이…… 그토록 오만불손했던 저희를 용서해주시는 건가요?"

"진짜 남자다워……. 지금까지의 선생들은 죄다 우리 비위만 맞추려고 하거나, 고압적으로 나오거나, 비굴하게 무시하는 인간들뿐이었는데……."

"이런 분은…… 처음이에요……."

처음 만났을 당시의 모멸에 가까운 시선은 이미 어디에도 찾아볼 수 없었다.

"""""서, 선생님……."""""

이젠 전원이 글렌에게 완전히 심취한 시선을 보내고 있었다.

"진짜 쉬운 여자들이네……. 역시 세상 물정 모르는 새장의 아가씨들……."

그중에서도 지니만 차가운 눈으로 기가 막힌다는 듯 투덜댈 뿐이었다.

"굉장해……. 선생님이 눈 깜짝할 사이에 반 애들의 마음을 사로잡으셨어!"

그런 광경을 지켜보던 루미아가 마치 자기 일처럼 기뻐했다.

"설마 선생님은 처음부터 이런 전개를 노리고……? 그, 그렇다면……."

시스티나는 글렌에게 존경 어린 시선을 보냈다.

'후하하하! 마음을 꺾은 후에 적당히 설교하자마자 벌써 이런 반응을 보이다니……. 역시 세상 물정 모르는 아가씨들은 간단하구만!'

하지만 당사자는 헤실헤실 풀어진 얼굴로 음흉하게 웃고 있었다.

'이야~ 이걸로 내일부터 즐거워지겠군! 아무튼 하나같이 나한테 호감도가 높은 귀여운 여자애들뿐이니까! 실수인 척하고 탈의실이나 샤워실에 들어갈 수도…… 이거 완전 장밋빛 학교생활이잖아?! 꺄하하하하!'

"아니야. ……저건 틀림없이 변변찮은 꿍꿍이가 있는 얼굴이야."

시스티나의 시선이 단숨에 쓰레기장의 음식물 쓰레기를 보는 시선으로 바뀌었다.

"저기…… 서, 선생님……."

"……선생……."

그리고 프랑신과 콜레트는 뜨겁게 젖은 눈으로 글렌을 똑바로 바라보았다.

"홋…… 왜? 나한테 무슨 용건이라도…… 있니?"

글렌은 이 순간을 기다려왔다는 듯 상쾌하고 정숙한 숙녀처럼 대응했다.

"그게…… 지금까지 저희가 무례하게 굴어서…… 정말 죄송했어요."

"미안, 선생……. 저기…… 용서해줄 수 없을까?"

두 사람은 빨갛게 익은 얼굴로 감히 글렌과 시선을 마주치지도 못하고 손을 꼼지락거리며 얌전한 목소리로 말했다.

"교육이라는 건 먼저 학생의 미숙함을 용서하고 인정하는 데서부터 시작하는 거랍니다. 교육자의 분노는 학생을 위한 사랑의 매가 돼야만 해요. ……여러분이 이미 반성하고 후회하고 있으니 제가 화를 낼 이유는 없답니다."

"징그러!"

글렌이 미소를 지으며 여자 같은 말투로 말하자, 시스티나가 게슴츠레한 눈으로 독설을 내뱉었다.

"""""서, 선생님……♥"""""

하지만 프랑신과 콜레트를 비롯한 여학생들은 완전히 홀딱 넘어간 얼굴이었다.

"선생님…… 부탁드릴 게 있어요. 아무쪼록 저희에게 가르침을……."

"그래, 맞아. 아직 미숙한 우리를 지도해줘……."

─후훗, 물론이죠. 당신들이 그렇게까지 원한다면.

글렌이 만족스러운 얼굴로 그렇게 대답하려는 순간—.

"제 파벌—『흰 백합회』에서!"

"내 파벌—『검은 백합회』에서!"

프랑신과 콜레트의 말에는 뭔가 결정적인 차이가 있었다.

"……응?"

바로 불길한 예감에 사로잡힌 글렌의 이마에 비지땀이 맺혔다.

"……어머? 콜레트…… 지금 뭐라고 말씀하셨죠?"

"호오…… 나야말로 뭔가 묘한 소리를 들은 것 같은데? 프랑신……."

프랑신과 콜레트가 바로 서로를 노려보며 불꽃을 흩뿌리기 시작했다.

여학생들도 그녀들을 따라 두 그룹으로 나눠서 서로를 노려보았다.

"콜레트…… 무지몽매한 당신이 이해하지 못하는 건 어쩔 수 없는 일이지만……."

프랑신이 글렌의 오른손을 잡았다.

"렌 선생님은 저희 파벌을 가르치고 이끌어주실 분이에요. 선생님이야말로 세련되고 고귀한 저희의 스승이 될 자격이 있으신 분……."

"자, 잠깐……."

"하! 웃기는 소리 하지 마, 프랑신."

콜레트가 글렌의 왼손을 잡았다.

"렌 선생님은 우리의 우두머리가 될 사람이라고. 우린 선생님 같은 사람이라면 믿고 따를 수 있어. ……아니, 따라가고 싶어!"

꾸우욱…….

"아야야야야!"

그리고 두 사람은 글렌의 팔을 붙잡은 채 줄다리기를 시작했다.

"엥?!"

시스티나는 그런 글렌의 모습을 보고 뺨을 움찔거렸다.

"렌 선생님! 저런 여자는 무시하세요! 저희만 봐주세요! 저희의 언니가 되어주세요!"

"선생님! 저러 음험한 여자하곤 관계를 끊어! 우리랑 같이 가자고! 나랑 의자매의 연을 맺는 거야! 응?"

"야! 너희들, 갑자기 태도가 너무 다르잖아?! 앗, 아야야야야야!"

"여러분! 프랑신 님께 가세하죠!"

"콜레트 언니를 도와드리자!"

그러자 각 파벌의 멤버들이 좌우로 갈라져서 프랑신과 콜레트 뒤에 줄을 지어 서더니—.

꾸우우우우우우우우우우우우우우우우욱!

"이, 바보 자식들아아아아아아! 이러다 큰일 난다고! 찢어지겠어!"

……위험하니까 절대로 따라 하면 안 되는 줄다리기 대회를 시작했다.

"다, 다, 《당신들·적당히 좀·해》애애애애애애애애애애!"

그리고 묘하게 화가 난 시스티나가 목이 터져라 주문을 외쳤다.

""""꺄아아아아아아아아이아아아아아아아아아아악!""""

"왜 나까지?!"

평소보다 강력한 돌풍이 글렌과 학생들을 한꺼번에 날려버렸다.

"…………."

리엘은 조금 떨어진 장소에서 소동을 벌이는 글렌 일행을 혼자서 오도카니 바라보고 있었다.

또 글렌이 심한 꼴을 당한 모양이지만 조금 전처럼 갑자기 대검을 연성해서 달려들려고 하지 않았다. 그때와 달리 지금은 불쾌한 느낌이 들지 않았기 때문이다.

오히려─.

"시합하느라 고생했어. 리엘."

그러자 엘자가 수건과 주전자를 들고 리엘에게 다가왔다.

"너한테는 그다지 필요 없을지도 모르겠지만…… 자."

엘자는 리엘의 머리에 수건을 얹어주고 컵에 물을 따라서

건넸다.

　"……응. 고마워."

　컵을 받은 리엘은 물을 고양이처럼 찔끔찔끔 핥으며 마셨다.

　"그건 그렇고 굉장해! 리엘은 엄청 강했구나!"

　뺨이 상기된 엘자는 벌써 흥분한 기색이었다.

　"……그래?"

　"응! 나, 계속 지켜봤어. 지니 양의 빠른 공격을 리엘이 전부 간단히 피해버리던걸. 깜짝 놀랐어!"

　리엘은 진심으로 칭찬해주는 엘자를 힐끔 흘겨보았다.

　……신기하게도 나쁜 기분은 아니었다.

　"……."

　이윽고 리엘은 컵을 바닥에 두고 엘자가 준 수건으로 흘리지도 않은 땀을 닦으려는 듯 얼굴을 문지르기 시작했다.

　왠지 쑥스러운 기분이 들었기에…….

제4장 혼돈의 유학 생활

커튼을 완전히 내린 성 릴리 마술여학원의 어두운 학원장실.

"……이떤가요? 오늘로 닷새째인데…… 이제 그녀를 좀 파악했나요?"

학원장 마리안느는 팔짱을 낀 자세로 업무용 책상 앞에 앉아 여학생에게 질문했다.

"……아직이에요."

그 소녀는 마치 옥구슬 같은 늠름하고 패기에 찬 목소리로 대답했다.

"며칠 전에 마도전 교련 수업이 있었는데…… 그녀는 공격을 금지한 데다 진심조차 발휘하지 않았어요. 그 정도로 그녀의 실력을 파악하는 건 도저히 무리죠."

소녀가 조용히 왼손을 앞으로 들자 지금까지 아무것도 없었던 곳에 마치 마술처럼 한 자루의 도검이 나타났다.

으아리 꽃의 무늬가 들어간 코등이, 검게 칠한 검집에 꽂힌 완만한 곡선의 도검이었다.

마름모꼴의 쇠못이 깔끔하게 일렬로 늘어선 손잡이.

그것을 오른손으로 든 소녀는 도를 뽑았다. 그러자 검집에서 4촌(寸) 정도의 도신이 모습을 드러냈다.

　재질은 옥강(玉鋼). 호조(鎬造)로 담금질한 도신에 떠오른 것은 타오르는 불꽃 같은 인문(刃文).

　거울처럼 매끄러운 도신에 소녀의 날카로운 두 눈동자가 비추었다.

　그저 아름다웠다. 실용성과 예술성. 상반되는 속성을 고차원으로 융합시킨 명품.

　제국에서는 거의 볼 수 없는 이 도검은 『타도』. 동방의 검이었다.

　"……자신은 있어요. 아버지가 진 후 저는 그녀를 쓰러트리는 것만을 목표로 지옥 같은 수행을 거듭해왔으니까요. 하지만 만약을 위해서 좀 더 그녀를 관찰하고 싶네요."

　"……그래요. 뭐, 신중히 해보세요. ……아무튼……."

　마리안느는 쿡 하고 웃음을 흘렸다.

　"당신에게는 **치명적인 약점**이 있으니까요."

　그 한 마디에 거울 같은 도신에 투영된 소녀의 눈동자…… 그녀의 미간이 살짝 찌푸려졌다.

　"……어머? 기분 상했나요? 미안해요. 전 그저 당신을 걱정한 것뿐이랍니다. 그야 당신은 제 소중한……."

　"……웃기지도 않는군요."

　그렇게 대답한 소녀의 표정은 냉정했지만 목소리에는 짜증이 담겨 있었다.

"얌전히 지켜보기나 하세요, 마리안느. 전 반드시 그녀를…… 베겠어요."

마음의 동요를 얼버무리려는 듯 소녀는 도를 검집에 꽂으며 맑은 금속음을 울려 퍼트렸다.

뚝!

"어라?"

그 무렵, 알자노 제국 마술학원 2학년 2반의 수업 중 칠판에 필기를 하던 세리카는 갑자기 부러진 분필을 보고 눈을 깜빡거렸다.

"이거 참, 너무 의욕을 냈나?"

그리고 바닥에 떨어진 분필 조각을 주워들었다.

"분명 피곤하신 거겠죠. 아르포네아 교수님…… 잠시 쉬시는 건 어떨까요?"

웬디가 굳은 표정으로 배려하듯 말했다.

"흠…… 어깨가 좀 뻐끈하긴 하네. 역시 익숙하지 않은 짓은 하지 말 걸 그랬나."

그러자 세리카는 크게 기지개를 켠 후 목을 풀었다.

"그런데…… 강의라는 건 예상보다 힘들군. 글렌 녀석은 매일 이런 걸 하고 있었던 거였나……. 조금 감탄했다."

"마, 맞아요! 글렌 선생님은 이런 저희도 늘 완벽하게 이해할 수 있는 수업을 해주셨다고요!"

"서, 선생님은…… 그래 보여도 늘 저희를 생각하며 수업을 해주셨어요."

"선생님은 지금쯤 뭘 하고 계실까~? 빨리 돌아와 주지 않으시려나~?"

카슈와 세실이 묘하게 글렌을 치켜세웠다.

자세히 보면 기블, 테레사, 카이, 로드, 린…… 2학년 2반 학생들은 죄다 하나같이 굳은 표정으로 뺨을 실룩거리며 비지땀을 흘리고 있었다.

하지만 그런 이상한 분위기를 전혀 눈치채지도 못하고 글렌의 칭찬을 들어서 신이 난 세리카는 활짝 웃으며 팔을 걸어붙였다.

"호오라! 그렇단 말이지? 그럼 조금이라도 그 녀석의 빈자리를 채울 수 있도록 나도 좀 더 분발해야겠군!"

"""""아뇨! 수업은 딱히 분발해주시지 않아도 돼요!"""""

울상이 된 학생 일동은 고개를 붕붕 저으며 이구동성으로 비명을 질렀다.

칠판에는 지금까지 세리카가 한 수업의 흔적…… 너무나도 어려워서 대체 무슨 내용인지 감도 안 잡히는, 복잡기괴하기 짝이 없는 거대 마술식이 빼곡하게 적혀 있었다.

물론 이 마술식을 이해하는 학생은 이 교실 안에 단 한 명도 존재하지 않았다.

"하하하, 사양하지 마라. 제군. 이런 간단한 것밖에 가르

쳐주지 못해서 미안하다만…… 내가 완벽하게 그 녀석의 대역을 완수해줄 테니까."

"아, 아뇨. 교수님, 그런 뜻이 아니라……."(새파랗게 질린 웬디)

"그야 교수님께는 다차원 연립 세계에서 에너지를 주관적 시점의 제1 세계로 끌어오는 증폭 차원식과, 1 더하기 1이 같은 수준의 이야기일지도 모르겠습니만……."(비지땀을 흘리는 기블)

"저, 저희는 그 1 더하기 1을 배우고 싶은 건데요……."(울상이 된 린)

하지만 그런 학생들의 목소리는 글렌의 대역을 맡느라 신이 난 세리카에게 전혀 닿지 않았다.

"이걸 이렇게 하면 말이지! 출력이 256퍼센트나 상승하는데다 개념 파괴 속성까지 붙어!"

이미 생각하는 걸 포기한 학생들의 앞에서 칠판에 적힌 식이 한층 더 기괴한 변모를 이루었다.

'저거…… 처음에는 초급 어설트 스펠인【게일 블로】의 마술식이었지?'

'저 변태 같은 마술식은 대체 뭐야……. 이미【게일 블로】가 아니잖아…….'

'으으…… 어째서 이런 일이…… 학생 수준에 맞는 수업을 해주는 글렌 선생님은 역시 굉장한 분이셨어…….'

그저 눈물밖에 안 나오는 학생들 앞에서 마(魔)개조를 끝낸 세리카는 웃는 얼굴로 등을 돌린 후 가슴을 펴고 이렇게 선언했다.

"……뭐, 이상이다. 이걸로 제군들은…… **신을 죽일 수 있다.**"

"""""웃기지 마아아아아아아아아아아아아!"""""

"""""글렌 선생님! 어서 돌아와주세요오오오오오오오오!"""""

"이젠 싫어어어어어! 어서 돌아가고 싶다고오오오오오!"

그 무렵, 글렌은 알자노 제국 마술학원에서 멀리 떨어진 성 릴리 마술여학원에서 복도를 맹렬하게 질주하는 중이었다.

"아앙! 기다려주세요오오오오오오! 렌 선생니이이이임!"

두두두두두두두두두두두두두두두두두두두!

그런 글렌의 뒤를 프랑신을 선두로 세운 여학생들이 우르르 쫓아갔다.

"저기요! 선생님! 점심은 저희랑 같이 드셔주세요!"

"시, 싫어! 오지 마아아아아아아아! 너희랑 같이 있으면ㅡ."

그 순간ㅡ.

"야, 인마! 프랑시이이이이인! 너, 우리 렌 선생님에게 무슨 짓이야아아아아아아아!"

전방에서 콜레트가 이끄는 집단이 등장했다.

"선생이랑 같이 점심을 먹는 건 우리거든!

"*끄*아아아아아아?! 역시 나타났잖아아아아아아!"

글렌은 무심코 다리를 멈추고 말았다.

"선생님~!"

"우어어어어어어어어어어?!"

그런 글렌을 따라잡은 프랑신이 몸을 거칠게 날리며 덥석 끌어안았다.

"야, 너 무슨 짓이야! 렌 선생님한테서 떨어져!"

"으갸아아아아아아아아아아아아아아!"

게다가 콜레트도 태클을 날리는 바람에 글렌은 완전히 넝마 같은 꼬락서니가 되고 말았다.

"렌 선생님한테서…… 떨어지시죠! 콜레트!"

"너야말로…… 렌 선생님한테 달라붙지 마! 프랑신!"

"에잇! 여러분! 해치우세요!"

"짜식들아! 날 엄호해!"

""""예!"""""

그리고 추종자들은 글렌의 주위에서 성대한 마술 전투를 벌이기 시작했다.

복도 한켠에서 벼락과 폭풍이 몰아치나 싶었지만─.

"《위대한 바람이여》!"

"""""꺄아아아아아아아아아아아아아아아아아아아악!"""""

갑자기 복도를 가로지르며 불어온 강렬한 돌풍이 프랑신과 콜레트의 추종자들을 복도 저편으로 날려 버렸다.

"앗?!"

"정말이지…… 당신들은……!"

글렌의 양 옆구리에 매달린 프랑신과 콜레트가 고개를 돌리자 누가 봐도 불쾌해 보이는 얼굴로 왼손을 들고 숨을 거칠게 몰아쉬는 시스티나와―

"……아하하, 프랑신 양이랑 콜레트 양…… 선생님이랑 거리가 너무 가깝지 않아? 아무리 선생님이 마음이 넓으셔도 그렇지, 좀 폐가 되지 않을까? 응? 응?"

말투는 정중하고 부드러웠지만 눈이 전혀 웃고 있지 않은 루미아가 서 있었다.

"선생님도 선생님이에요! 그런 애들은 내버려두고 어서 저희랑 식사하러 가자구요!"

"후훗, 분명 리엘도 배를 꼬르륵거리며 기다리고 있을 거예요."

시스티나와 루미아도 글렌의 등에 매달렸다.

"자, 잠깐만요! 당신들! 렌 선생님은 저랑……."

"야, 너희들! 렌 선생님은 나랑……."

"흐응…… 그래서, 뭐? 선생님은 당신들의 선생님이기 이전에 우리 선생님이거든?"

시스티나는 불만을 드러내는 프랑신과 콜레트에게 차갑게 응수했다.

바로 험악한 분위기가 주변 일대를 지배했다.

그리고 누가 먼저라 할 것 없이 소녀들은 타이밍을 잰 것처럼 동시에 글렌을 해방했다.

"야, 잠깐…… 얘들아……?"

글렌은 그 한가운데에서 어쩔 줄 몰라 했다.

"시스티나, 루미아. 확실히 너희는 렌 선생님에게 줄곧 가르침을 받은 만큼 굉장해. 인정해. 요전에는 완패였어……."

"하지만…… 그날 이후로 저희는 렌 선생님의 수업을 성실하게 들으며 마술사로서의 올바른 자세에 대해 열심히 공부해왔답니다."

"마술사의 존재 방식과 마음가짐, 마술을 쓰는 방식, 마술의 근본 원리, 마술사의 전투 이론…… 확실히 우리는 자만심에 사로잡혀 있느라 아무것도 모르고 있었어. ……하지만 이젠 달라."

"선생님과의 만남을 계기로 저희도 마술사로서 크게 성장했다고 생각해요."

그리고 프랑신과 콜레트는 시스티나를 도발하는 미소를 지었다.

"그러니 이제 슬슬 리벤지 매치를 해도 괜찮지 않을까?"

고오오오오……

그런 배경음이 들릴 것 같은 분위기였다.

"……뭐야. 고작 며칠 배웠다고 아는 척하긴."

"후후후, 선생님께서 가르쳐주시는 마술의 진수는 그런 짧은 시간 내에 전부 배울 수 있을 만큼 바닥이 얕지 않거

든요?"

두우우우우우웅.

그런 중저음의 환청이 한층 더 중압감을 더했다.

—여학교. 꽃도 부끄러워할 처녀의 화원. 여자가 많다기보다 여자들밖에 없는 세계. 상류계급층의 고귀한 아가씨들만 모이는 꿈 같은 낙원…….

갑자기 글렌의 머릿속에 경애하는 스승의 목소리가 재생되었다.

—눈을 감으면 떠오르지 않아? 고귀하고 세련된 분위기 속에서…… 화목하고 천진난만하게 웃고 떠드는 아름다운 요정 같은 소녀들의 모습이…….

그러고 보니 확실히 주위를 훑어보면 고귀하고 세련된 분위기(시스티나의 주문에 말려든 고귀한 신분의 엑스트라 아가씨들이 사방팔방에 줄줄이 쓰러져 있을 정도로)이긴 했다.

"프랑신! 엄호해! 저 녀석들을 박살 내주자!"

"루미아! 내 등을 지켜줘! 자기밖에 모르는 인간들은 혼쭐을 줘야겠어!"

그러고 보니 확실히 화목하고 천진난만하게 웃고 떠드는 아름다운 요정 같은 소녀들의 모습(화목한 나머지 서로 전격이나 돌풍을 주고받을 정도로)이 있긴 했다.

—잘해서 네가 교사로서 그녀들의 신뢰를 얻는다면…… 너무 인기가 많아서 곤란한 상황이 벌어질지도…… 하지만

그 정도는 약과겠지.

글렌은 게슴츠레한 눈으로 귀여운 소녀들을 쳐다보았다.

"선생님은 당신들의 소유물이 아니에요! 적당히 좀 하시라구요!"

"시끄러워요! 그럼 완력으로 빼앗아드리죠!"

그리고…….

―그래. 넌 그런 꿈과 이상이 담긴 낙원의 일원이 될 수 있을 거야.

"그래, 네 말대로였어, 세리카, 지금 내 앞에는 내가 추구하던 꿈과 이상의 낙원이 펼쳐져 있어. ……난 지금 맹렬하게 감동하고 있다고. ……하하하……하하하하…….."

과거에 소망해왔던 광경 앞에서―.

온화한 미소를 지으며 그 숭고한 광경을 잠시 지켜보던 글렌은―.

"이게 아니야아아아아아아아아아! 내가 바라던 광경은 이게 아니라고!"

마침내 현실 도피를 그만두고 머리를 부둥켜안으며 하늘을 향해 절규했다.

그리고 제자들의 폭주와 사투를 막기 위해 달리기 시작했다.

"에잇, 얘들아! 그만해애애애애! 나 때문에 싸우지 마아아아아아! 어라? 내가 한 소리지만 어째 말이 이상……."

"아앗?! 선생님 쪽으로 주문이?!"

"끄아아아아아아아아아아아아아아아아아아아!"

결국 여느 때처럼 압축 공기탄의 폭발에 말려든 글렌은 너덜너덜해진 몰골로 복도 끝까지 날아갔다.

"⋯⋯⋯⋯⋯⋯."

그 무렵⋯⋯ 한산해진 2학년 달반 교실 안에서는 리엘이 혼자 교과서와 눈싸움을 하고 있었다.

굉장히 보기 드문 광경이었다.

평소의 리엘이었다면 아무런 용건이 없어도 어미 새를 쫓아다니는 아기 새처럼 루미아와 시스티나를 졸졸 따라다녔을 테지만⋯⋯ 오늘은 자발적으로 교실에 혼자 남았다.

'난⋯⋯ 해야만 하는 일이 있으니까.'

리엘은 열심히 교과서와 눈싸움을 하며 멍하니 그런 생각을 했다.

그렇다. 사실 리엘은 이번 단기 유학⋯⋯ 글렌과 시스티나와 루미아를 자신의 사정에 말려들게 한 것에 죄책감을 느끼고 있었다.

그래서 이런 결심을 했다.

될 수 있는 한 세 사람을 의지하지 않고⋯⋯ 자력으로 이번 시험을 돌파하겠다고.

'나 때문에 여기까지 왔는데⋯⋯ 루미아랑 시스티나는 이

반 애들이랑 수업 중에도, 쉬는 시간에도 항상 전투 훈련을 하고 있어. ……굉장해.'

첫날부터 글렌에게 적대감에 가까운 감정을 보였던 이 반 애들은 아무래도 이젠 글렌을 좋아하게 된 모양이었다.

그건…… 틀림없이 글렌이 선생으로서 성실하게 자신의 소임을 다하고 있기 때문이리라.

'……응. 다들, 애쓰고 있으니까…… 나도 애써봐야지. 글렌이랑 루미아랑 시스티나가 안심할 수 있게…….'

리엘은 문득 손에 든 교과서의 표지로 시선을 돌렸다.

'글렌이 골라준 이 교과서……. 난 그다지 머리가 좋진 않지만…… 제대로 눈으로 훑으면 분명 나한테 도움이 될 거야…….'

—잘 들어! 넌 기초지식이 전혀 없으니까 일단 이 책을 눈으로 훑어둬! 알겠…… 윽?! 또 그 두 녀석이잖아! 대피!

며칠 전에 묘하게 당황한 기색으로 이 책을 리엘에게 떠넘기고 사라진 글렌의 말을 떠올렸다.

'응…… 글렌. 나, 노력할게. 노력해서 유학? 에 성공해서…… 시스티나랑 루미아…… 그리고 2학년 2반 애들이랑…… 다시 그 교실에서 지낼 거야.'

다시 결의를 다진 리엘은 교과서의 문장을 눈으로 훑는 작업을 재개했다.

항상 졸려 보이는 눈을 크게 뜨고…….

마치 전장에 서 있을 때 같은 극한의 집중력이 리엘의 의식을 지배했다.

책의 문장을 왼쪽 끝에서 오른쪽 끝까지 확실히 눈으로 훑은 후 페이지를 넘겼다.

'……응. 굉장해. 글렌이 준 이 책…… 읽으면 읽을수록 힘이 생기는 것 같은 기분이 들어. ……혹시 공부는 의외로 재미있는 거……?'

무의식적으로 의욕이 샘솟는 것이 느껴졌다. 이렇게 한걸음씩 착실히 나아가면 언젠가는 자신도 반 친구들의 학력을 따라잡을 수 있을지도……?

리엘이 그런 생각을 한 순간—

"저, 저기…… 리엘?"

누군가가 조심스럽게 말을 걸어왔다.

안경을 쓴 작은 체구의 소녀…… 엘자였다.

"왜? 방해하지 마. 난, 지금, 공부 중."

리엘은 엘자에게 무뚝뚝한 시선을 보냈다.

"아…… 미안. 그, 그런데……."

엘자는 어째선지 말을 어물거렸다.

"뭐?"

"그, 그게…… 책이 거꾸로 뒤집혔거든?"

엘자의 지적에 리엘은 잠시 책을 가만히 바라보았다.

"……눈치 못 챘어."

그리고 느릿느릿하게 책을 뒤집었다.

"어, 어라? 책을 뒤집어 들고 앞부터 순서대로 페이지를 넘겼다는 건…… 요컨대 마지막 페이지부터 반대로 읽었다는 뜻이니까…… 혹시 리엘, 지금까지 전혀 읽지 않았던 거야?"

"아니야. 글렌 말대로 제대로 눈으로 훑었어."

"그럼 책 내용은 이해했고?"

엘자가 그렇게 묻자 리엘은 그녀를 지그시 바라보며 당당하게 대답했다.

"응, 전혀 모르겠어. 이거 무슨 책이야?"

"……."

"……그래도 괜찮아. 왠지…… 엄청 힘이 강해진 것 같은 기분이 들어."

졸린 듯한 무표정으로 자랑스럽게 가슴을 편 리엘에게서는 어서 칭찬해달라는 의도가 다분히 느껴졌다.

"……그, 그건…… 가장 안 좋은 공부 방법인데……."

하지만 엘자는 모호하게 쓴웃음을 지을 수밖에 없었다.

"……안 좋아?"

"응, 공부한 듯한 기분만 들고…… 실제로는 전혀 도움이 안 됐을 거야."

엘자가 그렇게 지적하자 리엘은 풀이 죽은 듯 어깨를 축 늘어뜨렸다.

"……그래도…… 열심히 하지 않으면…… 난……."

그리고 다시 비장한 분위기로 교과서를 읽기 시작했다.

"으음, 주문의 기초……? 문법……? 구문……? 절을 분해해서…… 표의 룬이랑…… 표의 룬을…… 음…… 어려워……. 쿨…… 쿨…… 새근…… 새근……."

하지만 고작 십초 만에 꾸벅꾸벅 졸더니 귀여운 콧소리를 내기 시작했다.

"……헉! 안 돼……. 제대로 공부해야……. 평범하게 읽으면 졸리니까…… 역시 거기로 읽을래. ……하지만 그럼 내용을 모르겠는데……. 음, 난감하네……."

리엘은 미간을 찡그렸다. 옆에서 보면 혼자서 만담을 하는 걸로밖에 안 보였지만 아무래도 본인은 진심으로 난처한 모양이었다.

"아하하…… 리엘은 역시 재미있어."

엘자는 그런 리엘을 보고 미소를 지었다.

"저기, 리엘…… 혹시 진심으로 해볼 생각이라면…… 나랑 같이 공부하는 건 어때? 모르는 곳이 있으면 내가 아는 범위에서 가르쳐줄게."

"……!"

리엘은 구김살 없는 미소의 엘자를 물끄러미 바라보았다.

엘자, 묘한 계기로 만난 새로운 인간.

이러니저러니 해도 그녀는 리엘이 글렌, 루미아, 시스티나의 도움을 받지 않고 만든 첫 번째 지인이었다.

라이첼 크루스 철도역에서도 도움을 받았고, 유학처인 이성 릴리 마술여학원에서도 새로운 생활에 당혹스러워하는 자신을 여러모로 신경 써 준 상대.

리엘은 솔직히 이 엘자라는 소녀가 싫지 않았다.

하지만—.

"⋯⋯."

"⋯⋯리엘?"

과거의 리엘은 오빠 대신 의존했던 글렌 말고는 그 누구에게도 관심을 보이지 않는 소녀였다.

그나마 최근에 마음의 변화를 겪은 덕분에 루미아와 시스티나와 친해졌고, 그녀들을 통해 2학년 2반 학생들과도 서서히 말을 터놓으며 조금씩 관심을 갖게 되었다.

하지만 이건 어디까지나 루미아와 시스티나의 전적인 도움 덕분이었다.

만약 혼자였다면 리엘은 지금도 반에서 외톨이였을 것이다.

지금도 두 사람 없이 반 친구들과 접하는 건 조금 저항감이 있었다.

리엘이 처음에 단기 유학을 완강하게 거절한 이유도 그 때문이었다.

이대로는 좋지 않다는 걸 어렴풋이 느끼고는 있었다. 언제까지나 글렌과 루미아와 시스티나에게 의존할 수 없다는 건 어렴풋이 자각하고 있었다.

항상 앞을 향해 나아가는 그들. 자신도 이대로 계속 변하지 않는다면 언젠가 혼자 남겨질지도 모른다는…… 그런 기분이 들었다.

 ─하하하. 진심으로 그렇게 생각한다면…… 흐음. 이번 유학처에서 루미아랑 하얀 고양이를 의지하지 않고 친구 한두 명쯤 만들어봐. 그러면 그 녀석들도 조금은 안심할 거다.

 이 학교에 오는 도중에 글렌이 한 말이 불현듯 떠올랐다.

 그렇다면 이건 찬스다. 리엘은 용기를 내서 한걸음을 내딛기로 결심했다.

 "……응. 알았어. 공부…… 가르쳐줘……."

 지금까지는 루미아와 시스티나가 옆에 있어줘서 말할 기회가 없었던 말을 모기처럼 작은 목소리로 띄엄띄엄 중얼거렸다.

 약간 고개를 앞으로 숙인 얼굴은 평소와 똑같이 졸린 듯한 무표정이었지만, 실제로는 석상처럼 딱딱하게 굳은 채 가슴을 두근거리며 있는 힘껏 용기를 내서 한 말이었다.

 "……저기…… 자……잘 부탁해……. 에, 엘자……."

 "……!"

 무척 작은 중얼거림이었지만 엘자는 똑똑히 들었는지 한순간 눈을 깜빡거렸다.

 그리고 방긋 웃으며 리엘의 손을 잡았다.

 리엘은 엘자의 갑작스러운 행동에 당황했지만 기분이 나쁘지는 않았다.

엘자의 따스한 미소를 보고 있자니 왠지 자신의 가슴도 따스해지는 것 같았다.

……무릇 세상일이란 막상 시도해보면 예상보다 쉬운 법이었다.

많은 사람이 북적거리는 성 릴리 마술여학원의 식당에서 글렌은 시스티나, 루미아, 프랑신, 지니, 콜레트를 비롯한 수많은 여학생들에게 둘러싸여 있었다.

조심스럽게 점심식사를 쟁반 위에 얹으며 떠들썩하게 식사를 즐기는 소녀들.

글렌의 오른쪽 옆자리에는 시스티나, 왼쪽 옆자리에는 루미아, 맞은편 자리에는 프랑신과 지니와 콜레트가 앉아 있었다.

"오호호…… 처음부터 이렇게 렌 선생님을 둘러싸고 다 같이 식사를 하면 될 걸 그랬네요."

"아하하! 어쩔 수 없지! 오늘은 이걸로 참아주마!"

"그래! 역시 다 함께 먹는 식사가 맛있는 법이니까!"

"같이 식사를 하고 있으니 왠지 여러분과 거리가 좀 가까워진 것 같네요."

그렇게 말하는 프랑신, 콜레트, 시스티나, 루미아는…… 눈이 조금도 웃고 있지 않았다.

시선으로 파직파직 불꽃을 흩뿌리며 서로를 견제하는 상

태였다.

"……와~ 꿈에 그리던 하렘이다~. ……전혀 기쁘진 않지만."

아무것도 먹지 않았는데 속이 더부룩해진 글렌은 머리를 부둥켜안을 수밖에 없었다.

"……위가 따끔따끔해……. 하얀 고양이랑 루미아까지 대체 왜 이래……?"

"인기인은 고생이 많으시네요."(국어책 읽기)

글렌이 고개를 푹 넣자 지니가 전혀 감정이 실리지 않은 목소리로 위로했다.

"야, 완전히 남의 일처럼 말하기냐."

"완전히 남의 일이니까요."

글렌이 원망스러운 눈으로 쳐다보자 지니는 쌀쌀맞게 응수했다.

"하지만…… 뭐, 이래 보여도 선생님께는 감사하고 있답니다."

"……?"

글렌이 의아한 표정을 짓자 지니가 살짝 눈짓을 했다.

그쪽을 향해 시선을 돌리자―.

"근데 시스티나, 넌 진짜 강하더라……. 정말 우리랑 같은 나이의 학생 맞아?"

"뭔 소리래. 너희도 학생치곤 이상할 정도로 강하면서."

"프랑신 양이랑 콜레트 양은…… 역시 너무 호흡이 안 맞는 게 문제가 아닐까? 둘 다 독불장군 기질이 심하달까……."

"큭…… 콜레트. 나중에 시간 좀 내요. ……연계 연습을 해야겠어요."

"그래. ……확실히 이 녀석들한테 이대로 계속 당하기만 하는 건 내 성미에 안 맞아."

소녀들이 그런 대화를 나누고 있었다.

"응? 이 녀석들…… 혹시 의외로 친해진 건가?"

글렌은 뜻밖이라는 표정으로 눈을 깜빡거렸다.

"선생님 덕분에 사상 최악이라는 평판을 듣는 우리 반도 조금은 나아진 것 같거든요."

"그게 무슨 뜻이지?"

영문을 알 수 없는 지니의 발언에 글렌은 의문을 던졌다.

"결국…… 어차피 이 학교에 존재하는 『파벌』이라는 건 폐쇄된 공간 속에서 어른들이 강요하는 틀에 맞출 수밖에 없는 우물 안 개구리 같은 아가씨들이, 자신들만의 개성…… 아이덴티티를 유지하기 위해 만든 위로회…… 소꿉놀이 집단에 불과해요."

"호오?"

"뭐, 어쩔 수 없죠. 다들 세상 물정 모르는 아가씨들인 데다 집안 사정 때문에 자유를 제한 받을 수밖에 없는 입장이니까요. 자신의 장래조차 자유롭게 선택하지 못해요. 인간이라면 그런 상황에 반발하고 싶은 게 당연하잖아요? 그렇다면 적어도 이 좁은 세상 속에서만큼은 자신들의 『힘』이 특별하다고 허세를 부리고 싶은 거예요. ……다들 아직 젊으니까요."

"……."

"하지만…… 여러분이 완전히 자존심을 꺾어주신 덕분에 허세만으로는 『진짜』에게 이길 수 없는 것을, 『진짜』가 될 수 없다는 것을 개인의 차이는 있겠지만 어느 정도는 깨닫게 됐어요. 선생님께서 가르쳐주신 마술사의 존재 방식…… 「자신의 욕망과 목적을 위해 세상의 섭리조차 비트는 교만하고 죄 많은 인종이기에 오히려 자유롭다」라는 말씀도…… 그저 집안과 주변 환경에 타협하고 살아갈 수밖에 없었던 그녀들에게는 마치 신의 계시처럼 들렸겠죠."

"……."

"갑자기 변하는 건 무리겠지만, 이 『파벌』 항쟁도 서서히 완화될지도 모르겠네요. ……어차피 사춘기의 가벼운 일탈 같은 거였으니까요."

"……지니, 너. 대체 몇 살이냐? 애늙은이 같은 것도 정도가 있지."

"……그냥 내버려두시죠."

글렌이 기막혀하자 지니는 뾰로통하게 대답했다.

"하아…… 그런데 리엘은 어디로 간 걸까?"

시스티나가 포크로 파스타를 둘둘 감으며 그렇게 중얼거

렸다.

"응. 모처럼 이렇게 다 같이 식사를 하게 됐으니…… 리엘도 있었으면 좋았을 텐데."

"리엘이라면 그 파란 꼬맹이 말이지? 너희 뒤를 졸졸 따라다니던."

테이블 위에 팔꿈치를 대고 호쾌하게 빵을 먹던 콜레트가 그 말에 반응했다.

"……저기 있는 재 아냐?"

"응? 어디?"

콜레트가 가리킨 곳에서는―.

"앗! 리엘……."

"엘자도……."

건너편 테이블에서 리엘과 엘자가 나란히 앉아 식사를 하는 중이었다.

"……공부 가르쳐줘서 고마워, 엘자. 이건 보답…… 딸기 타르트."

"앗…… 미안, 리엘. 난 딸기가 안 맞아서…… 좀 무리일지도."

"그래? ……엘자, 불쌍해……."

"그, 그런 이 세상에서 가장 불행한 사람을 보는 듯한 눈을 할 것까지는……."

"괜찮아. ……내가 엘자 몫까지 딸기 타르트를 먹어줄 테니까."

"……리엘, 눈이 엄청 반짝반짝해……."

구체적으로 무슨 대화를 나누는 것까진 안 들렸지만 엘자는 평소보다 즐거워보였고 리엘도 내심 기뻐보였다.

"야, 저것 좀 봐. 프랑신……."

"예. 엘사…… 응. 당신도 누군가와 그런 식으로 웃을 수 있었군요."

그런 리엘과 엘자의 모습에 프랑신도 왠지 안심한 표정으로 중얼거렸다.

"그러고 보니…… 엘자는 두 그룹으로 뭉친 너희들 사이에 끼지 않고 늘 혼자 있더라? ……혹시 따돌림? 너무해~."

"그런 건 좋지 않다고 생각해. ……다들 친하게 지내야지."

시스티나와 루미아는 게슴츠레한 눈으로 두 소녀를 노려보았다.

"야, 너희들…… 혹시 집단 괴롭힘이냐? 나한테는 아무리 무례하게 굴어도 상관없다만, 순진무구한 소녀를 괴롭히다니…… 진심으로 화 좀 내봐도 될까?"

글렌도 손가락을 우둑우둑 꺾더니 주먹에 하~ 하고 입김을 불었다.

"아, 아니야! 우린 따돌린 적 없다고!"

"그 말씀대로예요! 엘자가 처음부터 저희와 거리를 둔 것뿐인걸요! 애초에 집단 따돌림 같은 건 약자를 지켜야 하는 귀족이 할 짓이 아닌걸요!"

그러자 콜레트와 프랑신이 황급히 변명했다.

"저 녀석, 저번 학기 도중에 우리 반으로 편입했는데……."

"물론 저랑 콜레트도 각각 『파벌』로 들어오라고 권유했었어요. 파벌의 전력을 확충하기 위해!"

"진짜 너희는 예전부터 변함이 없었구나……."

"그런데…… 뭐랄까…… 저 녀석은 늘 우리의 권유를 이리저리 피하며…… 항상 쓸쓸하게 혼자 있더라고."

"성적 우수, 품행 방정. 누구에게나 예의 바르고 친절하지만…… 왠지 타인과 벽을 만들고 있다고 해야 할지…… 외로운 늑대 같다고 해야 할지……."

"그래서 우리도 놀랐다고. 엘자가 저런 식으로 다른 사람이랑 같이 있는 건 처음봤거든."

프랑신과 콜레트의 입에서 나온 엘자의 평가에 글렌은 의아함을 감출 수 없었다.

'……엘자가 외톨이였다고? 도저히 그렇게는 안 보이는데…….'

엘자는 확실히 얌전한 소녀이긴 해도 사교적인 면이 있어서 친구가 많을 거라고 생각했다.

지금도 리엘을 대하는 태도에서 외톨이라는 인상을 전혀

느낄 수 없었다.

설령 그렇다 해도 왜 하필이면 리엘인 것일까. 굳이 대인 기피증세가 있는 리엘이 아니라도 루미아나 시스티나처럼 훨씬 친해지기 쉬운 유학생들이 있는데 말이다.

우연히 마음이 맞았다고 치면 딱히 할 말은 없겠지만—.

"사실 엘자는…… 약간 마음에 문제를 가지고 있어서요."

"……문제?"

"뭐랄까…… 보기에도 딱한 문제인데…… 아무래도 그것 때문에 거리를 두는 것 같아. ……우린 별로 신경 쓰지 않 건만."

"제 입으로 더 자세히 말씀드리는 건 좀 그렇네요."

마음의 문제. 타인과 거리를 두는 이유.

신경 쓰이기는 했지만…… 섣불리 참견할 문제는 아니리라.

적어도 본인이 말해주기 전까지는…….

"뭐…… 아무튼 저런 식으로 다른 녀석이랑 함께 웃을 수 있으면 이제 괜찮겠지?"

"예, 좀 안심했어요."

콜레트와 프랑신이 안도의 한숨을 내쉬자 주위의 분위기 가 따스해졌다.

"하! 실은 너희가 끈질기게 권유를 해대니까 피한 거 아냐?"

하지만 글렌은 인정사정없는 농담으로 온화한 분위기를 박살냈다.

"윽…… 그건 부정할 수 없지만……."

"말씀이 너무 심하신 게……."

"하지만 뭐…… 다행이군."

글렌은 의기소침해진 콜레트와 프랑신에게 씨익 웃어주었다.

"처음에는 막 나가는 불량소녀들인 줄 알았는데…… 의외로 근본은 착한 애들이었구만. 난 그런 녀석들은 싫어하지 않거든?"

그 순간, 갑자기 프랑신과 콜레트의 얼굴이 새빨갛게 물들었다.

"세?! 세상에! 저, 저를 좋아하신다구요?!"

"자, 잠깐만! 선생님! 난 아직 열다섯이라고! 일러! 동성끼리 그런 관계가 되는 건…… 무엇보다 난 아직 마음의 준비가……."

"그러니까! 너희들은 말이지! 반응이 일일이 부담스럽다고 오오오오오오오! 『싫어하지 않는다』는 말이 왜 그런 식으로 해석되는 건데?!"

처음에는 먹구름이 어둡게 드리워졌던 네 사람의 파란만장한 유학생활은 반 내의 파벌 항쟁이 어느 정도 가라앉은 후부터는 모든 게 순조로웠다.

……어느 날 쉬는 시간.

"후읏!"

지니가 나무로 둘러싸인 안뜰의 잔디 한복판에서 펼친 고속 2연격을—.

"이이야아아아아아압!"

리엘이 올려친 대검이 정면으로 튕겨냈다.

"으, 크윽?!"

그 무겁고 날카로운 충격에 공중으로 떠오른 지니의 양손에서 난검이 튕겨 날아간 순간, 대검이 섬전 같은 속도로 선회했다.

그대로 착지하는 동시에 목젖에 칼날이 닿자 지니는 어쩔 수 없이 양손을 들어서 항복을 표시했다.

"졌습니다. ……과연 리엘. 변함없이 강하네요."

"응."

리엘이 뒤로 물린 대검은 즉시 마력의 입자로 변해서 허공으로 흩어졌다.

"흠…… 대충 문제점이 보이기 시작하네요. 전, 제가 생각했던 것보다 이상한 부분에서 고집을 부리는 경향이 있으니 알기 쉬운 거죠?"

"응. 지니가 다음에 어떻게 공격할지, 대충 알아."

"후훗…… 당신도 할아버님과 똑같은 말씀을 하시는군요. 아무튼 오늘도 시간을 내주셔서 감사했습니다."

"……응. 언제든지 상대해줄게."

리엘은 어딘지 모르게 만족스러운 얼굴로 떠나는 지니를 눈으로 배웅했다.

"응. 역시 몇 번을 봐도 리엘은 굉장한 것 같아."

두 사람의 대련을 조마조마한 얼굴로 지켜보던 엘자가 뜨거운 존경의 눈으로 리엘을 응시했다.

"존경스러울 정도야……. 저기, 어떻게 이렇게까지 강해진 거야?"

"잘 모르겠어. 내 기술은…… 내 것이 아니니까."

"……그게 무슨 뜻……?"

리엘의 영문을 알 수 없는 발언에 엘자가 고개를 살짝 갸웃했다.

"말할 수 없다기보다…… 뭐라고 말해야 좋을지, 잘 모르겠어."

리엘은 난처한 듯 살짝 고개를 숙였다.

"하지만…… 나한테는 소중한 기술이야. ……이 기술을 쓸 때는 죽은 시온 오빠랑 일루시아의 존재가 가깝게 느껴지고…… 무엇보다…… 글렌이랑 루미아랑 시스티나…… 내 소중한 사람들을 지킬 수 있으니까."

"일루시아……? 응…… 그렇구나. 소중한 기술이라……."

엘자는 깊이 캐묻지 않고 온화한 미소를 지었다.

"지키기 위해 검을 휘두른다라……. 그게 네 강함의 비결일지도 모르겠네. ……부러워. 나도 너처럼 강했다면……."

"괜찮아. 엘자도 내가⋯⋯."

리엘이 뭔가 말하려 한 순간―.

"""""선생니이이이이이이임~♥"""""

"끄아아아아아아아아아아악?!"

또 학교 어딘가에서 글렌의 처절한 비명이 울려 퍼졌다.

"⋯⋯응. 슬슬 돌아가자, 엘자. ⋯⋯또 공부 가르쳐줄래?"

"응."

그렇게 두 사람은 나란히 걸음을 옮겼다.

성 릴리 마술여학원에서의 나날은 마치 세찬 물결처럼 빠르게 지나갔다.

글렌은 날마다 프랑신과 콜레트를 필두로 한 담당 반 여학생들이 일으키는 소동에 휘둘려 다녔다. 게다가 이유는 모르겠지만 시스티나와 루미아까지 매번 가세하니 도저히 감당할 수 없을 지경이었다.

그런 소란스러운 풍경과는 반대로 리엘은 엘자와 조용히 교우를 다져나갔다.

분명 서로 파장이 맞은 것이리라.

여러 가지 의미로 신경 써줄 여유가 없는 글렌, 시스티나, 루미아 대신 엘자가 리엘과 함께 있는 시간이 점점 늘어났다.

"⋯⋯다들 열심히 하고 있으니, 나도 열심히 공부할래."

리엘도 나름대로 유학을 성공리에 마치기 위해 공부에 열의를 보이며 엘자에게 가르침을 청했고…… 엘자도 늘 온화한 표정으로 그녀의 요청을 받아주었다.

그런 평범한 나날이 계속되었다.

그리고 완전히 해가 저물고 차가운 냉기와 정적이 바깥세상을 점령한 심야.

성 릴리 마술여학원의 부지 안에 있는, 귀족 저택처럼 으리으리한 학생과 교직원의 공동 기숙사 중 한 곳. 고급 대리석을 아낌없이 쓴 넓디넓은 욕실.

"흐아~ 이 몸은 아무래도 어깨가 좀 결리네……."

시야를 새하얗게 뒤덮은 수증기 속에서, 수영도 할 수 있을 정도로 넓은 욕조에 여자의 몸으로 들어간 글렌은 피로에 지친 신음을 흘렸다.

"홋…… 설명해주지! 지금 시간대는 교직원의 사용 시간! 그리고 내가 임시로 쓰는 이 공동 기숙사에는 나 말고 다른 교직원이 없다. ……즉, 이 욕실에서의 이 시간대는 내가 유일하게 마음껏 쉴 수 있는 개인 시간인 셈이지……."

글렌이 그렇게 혼잣말을 중얼거린 순간—

욕실과 인접한 탈의실에 누군가가 줄줄이 들어오는 기척이 느껴졌다.

"선생님~! 지금 목욕 중이시라고 들었어요! 저희도 들어갈게요!"

"선생님! 우리가 등 밀어줄게!"

이어서 프랑신과 콜레트…… 달반 여학생들의 소란스러운 목소리가 들렸다.

"역시 그렇게 나오기냐. ……하긴 뻔하지. 이제 굽든 삶든 맘대로 해라……."

예상했던 전개가 펼쳐지자 글렌은 체념의 한숨을 내쉬었다.

"……그런데 이거…… 곰곰이 생각해보면 엄청 이득 아냐? 크헤헤헤……."

하지만 바로 그런 생각을 떠올리고 음흉한 웃음을 흘렸다.

아무튼 이 상황은 아무런 사회적 페널티도 없이 합법적으로 당당하게…… 여학생들의 입욕을, 알몸을 가까이에서 감상할 수 있는 기회인 것이다.

"크윽~! 처음에는 진짜 터무니없는 학교에 온 줄 알았고…… 실제로 매일 심한 꼴을 당했지만…… 그걸 전부 해소하고도 거스름돈이 남을 이 포상……. 우오오오옹! 살아있길 잘했어어어어어어어!"

글렌은 지금까지의 고난을 떠올리며 통곡했다.

이윽고―.

""""""선생님~♥""""""

욕실 문이 열리고 프랑신과 콜레트를 필두로 알몸의 소녀들이 욕실 안에 강림했다.

"우오오오오오오오오오오오오! 왔구나 왔어!"

첨벙!

글렌은 자기도 모르게 굳게 쥔 주먹으로 욕조에 물기둥을 일으키며 미친 듯이 기뻐했다.

눈앞에 펼쳐진 것은 수증기와 살색의 도원향이었다.

약간 말랐지만 청초한 곡선을 그리는 프랑신의 매혹적인 나신.

쭉쭉빵빵하고 야성적인 곡선이 아름다운 콜레트의 요염한 나신.

젊고 아리따운 소녀들은 너나 할 것 없이 싱그러운 알몸을 수증기 속에서 아낌없이 드러내고 있었다.

유아체형부터 모델 저리가라 할 완벽한 몸매에 이르기까지 온갖 취향의 속성이 모인 이 숭고한 광경이야말로 소녀라는 이름의 아름다움과 정의를 드높이 칭송하는 천국이 틀림없으리라.

그야말로 파라다이스.

낙원은 이곳에 존재했다.

"어머……? 선생님?"

"무슨 일이야? 갑자기 왜 울어?"

"하하하…… 아무것도 아냐. 그래……. 아무것도…… 아니야……."

프랑신과 콜레트가 의아한 얼굴로 묻자, 글렌은 소중한 일상을 지키기 위해 세계의 이면에서 영원토록 계속될 고독한 싸움의 길을 선택한…… 그런 이야기 속의 주인공 같은 애절한 표정으로 울며 미소를 지었다.

"그래…… 이걸로 됐어……. 그때 내가 한 선택은…… 틀리지 않았던 거야……."

"후훗, 이상하기도 하시지. 그런데…… 너무 뚫어지게 쳐다보시면 부끄럽답니다."

살짝 뺨을 붉힌 프랑신은 가슴을 팔로 가리며 몸을 비틀었다.

"참 나…… 같은 여자끼린데 뭘 부끄러워하는 거야? 그보다 선생님, 이리 좀 와 봐. 우리가 등 밀어줄게!"

콜레트는 글렌을 재촉해서 목욕 의자에 앉혔다.

"그럼 평소의 감사하는 기분을 담아 실례할게요."

"바라는 게 있으면 사양하지 말고 뭐든지 말해!"

수많은 소녀들이 글렌의 온 몸에 달라붙어서 등을, 팔다리를 우아한 손놀림으로 씻기기 시작했다. 비누거품이 듬뿍 묻은 스펀지가 미끄러지며 온 몸을 거품투성이로 만들었다.

"……나야말로 인생의 승리자."(번뜩)

칠칠맞게 풀어졌던 글렌의 표정은 오히려 상황이 여기까지 오자 늠름하게 변했다.

기분 좋은 거품의 감촉과 함께 소녀들의 수많은 살결이, 손가락이 글렌의 온 몸을 스치고 지나갔다.

마침내 찾아온 극상의 시간.

"이제 알자노 제국 마술학원 따윈 망하면 안 되려나?"

"예? 선생님, 지금 뭐라고 하셨어요?"

"아니, 아니…… 아무 말도."

"그런데, 선생님! 기분은 어때?"

"조금 심심할지도 모르겠지만 부디 용서해주세요."

"괜찮아, 괜찮아. 이젠 그냥 최대한 천천히 부탁하마! 으 햐햐햐햐……."

여유 있는 척한 글렌이 소녀들에게 몸과 마음을 맡기려 한…… 바로 그 순간—.

푸슈우~.

몸에서 묘한 위화감이 느껴졌다.

시선을 내리자 몸 여기저기에서 연기가 나며 삐꺽거렸다.

……이 묘한 감각은 기억에 있었다.

"……뭐야……? 이, 이건…… 설마?"

글렌은 새파랗게 질려서 기억을 끄집어냈다. 이 감각은 세리카가 억지로 변신약을 먹어서 육체가 남자에서 여자로 변했을 때의 감각과…… 완벽히 동일했다.

그렇다는 건 즉—.

'컥?! 설마 나, 남자의 몸으로 돌아오는 거야?! 이 타이밍에?!'

마술적으로 인간의 성별 자체를 바꾸는 변신술은 상당히 특수한 고도의 마술이라 다른 변신술과 달리 유지 시간이 길지 않았다. 그래서 변신을 유지하려면 전용 변신 유지약을 정기적으로 복용할 필요가 있었지만……

'잠깐! 아직 변신 유지약을 복용할 시기가 아닐 텐데! 세리카 녀석, 그냥 적당히 말했던 거냐아아아아아!'

참고로 세리카가 준 변신 유지약은 글렌이 임시로 빌린 방 안에 있었다.

"크, 큰일 났다! 얼른 방으로 돌아가야……"

이대로 있다간 언제 남자의 몸으로 돌아올지 몰랐다.

글렌이 황급히 목욕 의자에서 일어선 순간—

"뭐야, 선생님. 아직 끝난 게 아니라고!"

"피곤하시죠? 좀 더 느긋하게 계세요."

주위를 에워싼 열몇 명의 소녀가 일어서려는 글렌을 다시 억지로 앉혔다.

상황이 이렇게 되자 낙원의 천사들이었던 소녀들이 이제는 자신을 사회적으로 파멸시키려는 사신(死神)들로밖에 안 보였다.

"으아아아아아아아?! 이, 이거 놔아아아아아아아아아아!"

글렌은 아무것도 모르는 소녀들에게 완전히 제압당하고 말았다.

어떻게든 이 자리를 벗어나려 했지만 다수의 힘 앞에서는 무력했다.

"나, 난 슬슬 현기증이 난다고! 그, 그러니까……"

"자, 자. 그러지 말고 이왕 서로 알몸이 된 거 솔직하게 친

목을 다져보자고."

"그런데 오늘은 이상할 정도로 수증기가 짙네요. 선생님의 몸이 잘 안 보여요."

"그리고 선생님의 몸…… 왠지 전체적으로 딱딱해진 거 같지 않아?"

이러는 사이에도 몸의 위화감이 점점 강해졌다.

수많은 소녀들에게 몸을 농락당하는 낙원의 한걸음 앞에서 보이는 지옥,

'으아아아아! 이젠 될 대로 되라아아아아아아아아!"

……당연하다면 당연하겠지만.

어느 순간, 글렌의 몸을 씻기던 소녀들의 손이 딱 멈추었다.

일단 거품을 씻어내려고 누군가가 뜨거운 물을 끼얹은 것이다.

"저기…… 선생님?"

"그, 그게…… 그 몸은 대체……?"

망연자실한 얼굴의 콜레트와 프랑신이 이 자리에 있는 소녀들의 마음을 대변했다.

"훗…… 그래. 내 몸이랑 너희의 몸…… 자세히 보면 조금 다르지? 주로 몸의 중심 근처가…….

글렌의 몸은…… 완전히 남자로 돌아온 후였다.

자포자기했는지 위풍당당하게 팔짱을 끼고 선 알몸의 글렌.

멀리서 그 모습을 주시하며 석상처럼 굳어버린 소녀들.

너무나도 충격적인 광경이 낳은 사고의 공백이 뭐라 형언할 수 없는 배덕적인 침묵의 세계를 형성한…… 순간—.

"잠깐! 너희들! 뭐하는 거야! 지금은 교직원 전용 입욕 시간이잖아!"

다시 난폭하게 열린 욕실 문이 그 침묵을 깨트렸다.

시스티나와 루미아였다.

완전히 옷을 벗고 그 위에 목욕수건을 두르고 있었다. 하지만 긴 목욕수건조차 그녀들의 늘씬하게 뻗은 다리, 요염한 가슴골과 목덜미, 쇄골을 전부 가려주지는 못했다.

"어차피 선생님의 등이라도 밀어드리려는 속셈이었겠지?! 그런 부러운…… 교칙상으로도, 윤리적으로도 금지인 게 당연……."

"맞아! 선생님의 등을 밀어드리는 건 우리……."

두 사람은 기세에 몸을 맡기고 묘한 말을 하려다가…… 예상대로 굳어버렸다.

알몸으로 당당하게 서 있는 글렌과 두 소녀의 눈이 마주쳤다.

""""……""""

침묵. ……침묵. ……고통스러울 정도의 침묵. 이 자리를 지배하는 절대적인 정적.

그리고—.

《꺄아아아아아아아아아아아아아아아아아》!"

"이건 너무 불합리하잖아아아아아아아아아아아!"

가장 먼저 정신을 차린 시스티나가 비명을 주문으로 개변한다는……, 쓸데없이 고도의 기교를 발휘해서 날린 【게일 블로】가 평소와 다름없이 글렌을 날려버렸다.

욕실에서 그런 소동이 벌어질 무렵.

기숙사 안에 있는 학생용 담화실. 융단, 소파, 테이블, 그림, 책상, 난로…… 고상한 취향의 가구들이 늘어선 차분한 공간.

테이블 위의 마정석 촛대가 발하는 은은한 마술의 빛이 어두운 실내를 주황색으로 밝히고 있었다.

"………………."

리엘은 그런 테이블 위에서 교과서와 공책을 펼친 채, 홀로 묵묵히 공부를 하고 있었다.

조용한 공간에 깃펜의 잉크가 종이 위를 스치는 소리만 울려 퍼졌다.

이윽고 한숨 돌리려는지 깃펜을 펜 거치대에 꽂은 리엘이 귀엽게 기지개를 켜자…… 조용히 담화실 문이 열렸다.

"리엘…… 아직 깨어있었구나. 열심히 하네."

열린 문틈에서 불쑥 얼굴을 내민 건 안경을 쓴 엘자였다.

"응. 엘자 덕분에 이제 좀 알 것 같아."

"그건 다행이네. ……하지만 시간이 많이 늦었잖아? 어서 자지 않으면 내일 영향이 있을 거야."

"……응. 그래도…… 좀 더 공부해야……."

그렇게 말한 리엘은 다시 깃펜을 들고 공부를 재개했다.

"후훗…… 요즘 줄곧 밤늦게까지 열심히 하네."

희미하게 웃으며 리엘에게 다가 선 엘자는 손에 든 담요를 어깨에 걸쳐 주었다.

특수한 영맥(靈脈)과 기후대에 걸쳐 있는 알자노 제국의 밤은 연중 쌀쌀했다.

"왜 그렇게까지 열심히 하는 거야?"

"난…… 글렌이랑, 모두랑 함께 있고 싶어. ……그래서야."

리엘은 교과서에서 눈을 떼지 않고 대답했다.

그녀의 눈은 평소와 다름없이 졸려 보였지만…… 지금은 교과서의 지식을 나름대로 음미하고 이해하려는 명확한 의지를 드러내고 있었다.

"다들 착하니까…… 아마 내가 멈춰 서도…… 나랑 같이 있어줄 거야. 지금까지 늘 그랬어. ……하지만 이대로는 좋지 않다는 기분이 들어."

"……."

"다들…… 응, 말로는 잘 표현 못 하겠는데…… 항상 앞을 향해 걷고 있는 것 같아. 그러니까 나도 함께 있으려면…… 그게…… 나도 함께 걸어가야만 해. 의지하기만 해선 안 된다는…… 그런 느낌?"

잠시 두 사람 사이에 침묵이 찾아왔다.

리엘은 가만히 교과서를 읽으며 때때로 공책에 뭔가를 적었고…… 엘자는 그런 리엘의 모습을 지켜보고 있었다.

"그래……. 리엘…… 너도 앞으로…… 미래를 향해 나아가려는 거구나. ……나랑 달리."

"……엘자?"

갑자기 들려온 엘자의 목소리에 리엘은 고개를 갸웃했다.

그러자 엘자는 감정을 읽을 수 없는 웃는 얼굴로 이렇게 말했다.

"저기, 리엘. 나도 여기 있어도 돼? 만약 너만 괜찮다면…… 나도 네 공부를 도와주고 싶어."

"……왜? ……괜찮겠어?"

"왠지…… 널 응원해주고 싶어졌거든. ……안 될까?"

"아니. 전혀 문제없어. 고마워."

엘자를 돌아본 리엘은 입가를 살짝 움직여서 웃는 표정을 지었다.

"응. 그럼 이것 좀 가르쳐줘. ……잘 모르겠어."

"음…… 어떤 거?"

"……나 원 참, 재난이었어."

옷을 갈아입은 글렌은 기숙사의 복도를 성큼성큼 걷고 있었다.

이미 몸은 완전히 남자로 돌아와 있었다.

임시로 건 변신 마술이 완전히 풀린 탓에 더는 여자의 몸으로 변할 수도 없었다.

"너희들도 대체 왜 그래? 요즘 왠지 반응이 이상하지 않아?"

글렌은 언짢은 얼굴로 자신을 따라오는 시스티나와 루미아를 돌아보았다.

"윽……."

"아, 아하하…… 죄송해요. 선생님. 저기…… 선생님이 저희 말고 다른 여자애들이랑 친하게 지내시는 걸 보고 조금 질투가 나서…… 그만."

루미아는 손을 맞대더니 미안한 듯한, 쑥스러워하는 듯한 얼굴로 그렇게 말했다.

"앗?! 그게 무슨 소리야! 루미아! 난 딱히 질투 같은 건……."

"야, 이런 늦은 시간이잖아. 조용히 좀 해라, 하얀 고양이."

완전히 할 말이 없어진 시스티나는 입을 뻐끔거릴 수밖에 없었다.

참고로…… 글렌의 정체는 『과거에 건 변신 마술의 후유증으로 뜨거운 물을 끼얹으면 남자의 몸으로 변한다』라는 황당무계한 변명으로 얼버무렸다.

위조이긴 해도 공식 서류상 『렌』이라는 인간은 틀림없는 『여자』라는 것. 시스티나와 루미아의 필사적인 변호. 그리고 이미 글렌에게 심취한 여학생들이 그런 거짓말을 의심 없이 받아들여준 덕분에 간신히 원만하게 수습됐다.

그중에서도 지니만 「아……」 하고 뭔가를 눈치챈 듯한 얼굴이었지만…… 결국 아무 말도 하지 않은 걸 보아하니 아무래도 비밀을 지켜주려는 듯했다. 솔직히 고마웠다.

"그건 그렇고…… 젠장. 벌써 이런 시간인가……."

글렌은 회중시계의 침이 가리키는 시간을 확인하고 한숨을 내쉬었다.

"난 내체 뭘 한 거지'? ……어서 리엘의 공부를 봐줘야 하는데……."

"예……. 저희도 완전히 이 학교의 분위기에 휩쓸려서 들떠 있었어요. 리엘은 벼랑 끝에 몰려있는데……."

시스티나도 후회하는 얼굴로 고개를 숙였다.

"그리고 보니 리엘…… 방금 전 소동에도 끼어들지 않았네요? 뭐랄까…… 평소보다 더 마이 페이스라고 해야 할지……."

"그 녀석이 자립심을 기를 좋은 기회라고 생각해서 내버려 둔 건데…… 이건 좀 과했던 걸지도 모르겠군. ……주로 공부적인 측면에서."

글렌과 시스티나는 동시에 한숨을 내쉬었다.

"선생님, 시스티. 아직 시간이 있으니 다 같이 리엘을 도와주죠."

"그래. 우리가 협력해서 리엘에게 공부를 가르쳐준다면……."

"그런데…… 그 녀석 벌써 자고 있는 거 아냐? 어쩔 수 없군. 억지로 깨워서…….”

글렌 일행이 그런 대화를 나누며 담화실 앞을 지나친 순간―.

살짝 열린 담화실 문 안쪽에서 조용한 목소리가 들렸다.

“응? ……누구지? 이런 늦은 시간에.”

글렌은 문틈으로 방 안을 확인했다.

“……!”

그러자 담화실 안에서 이쪽에 등을 돌리고 나란히 앉은 리엘과 엘자의 모습이 보였다.

놀랍게도…… 리엘은 엘자와 함께 공부를 하고 있었다.

게다가 일방적으로 공부를 배우기만 하고 있는 것이 아니었다.

“……응. 다시 말해…… 이 주문…… 이 마술 함수로 반환 값을 내면 되는 거야?”

“맞아, 응. ……리엘, 이제 잘 아네.”

“그래. 그럼 이 경우는……?”

리엘 자신이 생각해서 엘자에게 가르침을 청하는…… 즉, 자발적으로 공부를 하는 상황이었다. 일방적으로 한쪽이 떠드는 주입식 교육이 아니라.

“세상에…….”

시스티나도 놀란 표정으로 입가를 가렸다.

하긴 무리도 아니었다. 알자노 제국 마술학원에서는 글렌이 의욕 없는 리엘을 혼내며 일방적으로 가르치는 광경이 일상적이었으니까.

"……저 녀석."

글렌은 그런 리엘의 뒷모습을 가만히 지켜보다가…… 피식 웃었다.

"……왜 그러세요? 선생님."

루미아는 부드러운 표정으로 글렌의 옆얼굴에 말을 걸었다.

"앞으로 저희도 힘을 합쳐서 리엘의 공부를 봐줄까요? 하지만 왠지……."

그러자 글렌이 목소리 톤을 낮추며 이렇게 대답했다.

"그래. 내버려두자. ……이번에는 우리가 나설 차례가 없을 것 같군."

"후훗, 그러네요. ……이번에는 우리가 필요 없을 것 같아요."

"……저 녀석의 오빠 대리로선 좀 쓸쓸하지만 말이지."

그리고 글렌 일행은 발소리를 내지 않도록 조용히 그 자리를 떠났다.

"……힘내라, 리엘."

옆에서 걷는 시스티나와 루미아도 들리지 않을 정도의 격려를 남긴 채…….

그리고—.

유학은 눈 깜짝할 사이에 14일째로 접어들었다.

글렌은 전날 수업에서 치른 필기시험 결과를 달반 학생들에게 나눠주었다.

"오! 나, 성적이 꽤 올랐네!"

"저도 저번과 비교하면 많이 올랐네요……."

글렌의 지도하에 순조롭게 성적을 올린 학생들이 기뻐하는 가운데, 리엘은 답안지를 받자마자 글렌을 향해 종종걸음으로 다가갔다.

"……칭찬해줘, 글렌."

그리고 답안지를 글렌에게 들어보였다.

리엘의 점수는 백 점 만점 중 65점. 겉치레로도 좋은 점수라고는 할 수 없었고 이 점수가 언제까지 유지될지도 불투명했지만…… 지금까지의 리엘에 비하면 파격적인 진보였다.

"……잘했어."

글렌은 리엘의 머리를 거칠게 쓰다듬어주었다.

"응……."

그러자 리엘은 기분 좋은 듯 눈을 가늘게 떴다.

"저기, 글렌……. 나, 열심히 했어."

"응. ……그런 것 같더라."

"엘자 덕분이야."

"그렇군. ……고맙다, 엘자."

글렌은 자리에 앉아서 흐뭇한 눈으로 리엘을 바라보는 엘자에게 시선을 돌렸다.

"아뇨, 그런…… 전 열심히 공부하는 리엘을 도와준 것뿐인걸요."

"아니, 네가 없었으면 이 녀석이 이렇게까지 열심히 하진 않았을 거다. 내가 아무리 가르쳐도 이 정도까지 성적이 오른 적은 없었는데…… 하하. 왠지 교사로서 자신이 없어지는군."

글렌은 어깨를 움츠리며 너스레를 떨었다.

"그렇지 않아요. 렌 선생님."

그러자 엘자가 부드러운 미소로 대답했다.

"리엘은 지금까지 진심으로 공부할 의욕이 없었던 것뿐이에요. 하지만 이번에는 여러분과 대등하게 있기 위해, 자신이 있을 곳을 지키려고 필사적이었던 것……뿐이었어요."

"그런가……. 그 리엘이……."

리엘은 졸린 듯한 무표정이었지만, 왠지 의기양양하게 칭찬해달라는 것처럼 시스티나와 루미아에게 답안지를 보여주고 있었다.

"역시…… 여기 오길 잘한 걸지도."

글렌은 그런 흐뭇한 리엘의 모습을 눈으로 쫓으며 감회 깊은 목소리로 중얼거렸다.

"자, 그럼……."

다시 마음을 다잡은 글렌은 교탁 앞에서 손뼉을 쳐서 학생들의 주목을 모았다.

"오늘 수업은 이걸로 끝이다. 알다시피 하얀 고양이, 루미아, 리엘…… 이 녀석들이 앞으로 너희들과 함께 있을 수 있는 시간도 얼마 남지 않았어. 뭐, 낯간지러운 말이지만 추억을 만들어보자고. 남은 시간은 다 같이 마구스 발리 대회라도 열어볼까?"

마구스 발리란 마술을 쓰는 배구와 흡사한 구기 종목이다. 제국의 마술학원에 다니는 마술사 후보생들에게는 제법 대중적인 유희이기도 했다.

글렌이 그렇게 선언한 순간 여학생들이 성대한 환호성을 터트렸다.

"우오오오오! 역시 렌 선생님! 뭘 좀 아셔!"

"좋아요! 검은 백합회 여러분에게 패배의 쓴맛을 안겨 드리겠어요!"

"야, 너희들! 흰 백합회 녀석들한테는 절대로 지지 마!"

"……왜 너희들은 파벌 대결이 전제인 거냐. ……뭐, 아무렴 어때."

그렇게 해서 달반 전원은 의기양양하게 교실을 나와 운동장으로 향했다.

"……"

하지만 그런 가운데…… 엘자는 혼자 몰래 대열을 이탈하려고 했다.

"야, 어디 가려고? 엘자."

"그래요. 설마 이제 와서 빠지겠다느, 분위기 깨는 말씀은 안 하시겠죠?"

그런 엘자의 앞을 가로막은 두 소녀는 콜레트와 프랑신이었다.

"아……."

"오늘 정돈 어울려줘요. 엘자 양."

"예. 가끔은 다 같이 놀아보죠."

시스티나와 루미아도 엘자에게 다가왔다.

그러자 엘자는 난처한 듯 시선을 내리깔고 고개를 숙였다.

"하, 하지만…… 저는…… 그게…… 여러분과 함께 있을 자격이……."

"저기요, 엘자 양. 지금까지 몇 번이나 말씀드렸지만…… 당신의 문제 같은 건 아무도 신경 쓰지 않는다구요."

어느새 지니도 근처에 서 있었다.

"쓸데없이 신경 쓰느라 제멋대로 거리를 둔 건 당신뿐이에요. 그리고…… 당신 친구는 당신과 함께 놀고 싶은 모양인데요?"

"……예?"

지니의 시선을 따라 엘자가 고개를 돌리자…… 그곳에는 리엘이 오도카니 서 있었다.

"엘자…… 왜? 같이 안 가?"

"아, 아니…… 그래도 난, 그게…….”

"난 엘자랑 같이 놀고 싶어. ……그럼 안 돼?”

"……리엘…….”

리엘은 엘자를 계속 똑바로, 올곧게 바라보았다.

마치 어머니에게 과자를 달라고 보채는 어린애같은 순진 무구한 눈.

잠시 입을 다물었던 엘자는 이윽고 졌다는 듯 살포시 웃음을 터트렸다.

"……그러……네요. 알았어요. 오늘 정도는…….”

글렌은 그런 학생들을 멀리서 지켜보며 따스한 미소를 지었다.

이번 유학은 완벽한 대성공.

이때의 글렌은 그렇게 굳게 믿어 의심치 않았다.

…….

……그날 밤.

'……난 정말 옳은 일을 하고 있는 걸까?'

학생 기숙사의 아무것도 없는 어둡고 살풍경한 방.

그 소녀는 침대 위에 앉아 칼날에 자신의 눈동자를 비추며 자문자답했다.

'그 애가…… 정말로 내『불꽃의 기억』속에 있는 그 악귀일까? 저래선 마치…… 모두에게 뒤처지지 않으려고, 모두

와 함께 있으려고 열심히 노력하는 평범한…….'

붕붕 고개를 저은 소녀는 그런 나약한 생각을 억지로 떨쳐내려 했다.

"……으응, 아니야. 다시 떠올려봐. 그날의 굴욕을…… 증오를!"

그렇다. 나는 그 애를 처단해야만 한다. 나는 지금까지 그것만을 위해 살아왔다.

그렇다. 그 애는 어차피 흉악한 범죄자일 뿐. 그리고…… 아버지의 원수.

이겨야만 한다. 반드시 이겨야만 한다. 응보를, 법의 철퇴를 받게 해야만 한다.

그 애를 완전히 극복하고 나서야 나는…… 비로소 새 인생을 살아갈 수 있으리라.

하지만 떠올리면 떠올릴수록 기억 속의 소녀와 그 애가 겹쳐 보이지 않았다.

아니, 애당초 내 『불꽃의 기억』 속에 있는 그녀는…… 정말로 그저 악귀에 불과했을까?

마지막 순간, 그녀는―.

"……."

자신의 눈동자를 비추는 칼날은 의문에 답해주지 않았다.

칼날 속의 눈동자는 망설임으로 흔들리고 있었다.

소녀가 그렇게 고뇌하고 있자―.

"⋯⋯설마하니."

한밤중의 방문자⋯⋯ 학원장 마리안느가 비웃는 듯한 목소리로 말했다.

"당신, 그녀에게 접근하는 사이에 정이라도 든 건 아니겠죠? 그럼 곤란해요. ⋯⋯그야 저에게는 당신밖에 의지할 사람이⋯⋯."

"⋯⋯농담하지 마세요."

소녀가 그렇게 중얼거린 순간, 마리안느는 무심코 숨을 삼키고 말았다.

검끝이 어느새 목젖에 닿아 있었기 때문이다.

"그녀에게는 어디까지나 표면적인 신뢰를 쌓기 위해 접근한 것뿐이었어요."

짜증스럽게 중얼거린 소녀는 그 늠름하고 칼날처럼 날카로운 눈으로 마리안느를 노려보았다.

"지금까지 줄곧 그녀의 옆에서 몸놀림과 호흡을 읽어왔어요. 그녀의 실력은⋯⋯ 이미 간파했어요. 틀림없는 강적이지만⋯⋯ 저라면 이길 수 있을 거예요."

소녀는 날카로운 시선을 마리안느에게 고정한 채 그렇게 선언했다.

"예정대로 내일 결행하겠어요. 당신도 계획대로 진행해주시죠."

"⋯⋯후, 후훗⋯⋯. 과연 그 사람의 딸답네요. 기대하죠.

······**엘자.**"

동요를 억누른 마리안느의 목소리에······ 소녀는 주머니에서 안경을 꺼내 썼다.

"······각오하세요, 리엘. ······아니, **일루시아 레이포드······**."

그렇게 중얼거린 엘자의 목소리와 눈은······ 등골이 서늘해질 정도로 차가웠다.

'정말이지, 여전히 다루기 어려운 아이네요. 내 도구에 불과한 주제에······.'

마리안느는 결의를 다지는 엘자의 등을 싸늘한 눈으로 쳐다보았다.

'그래도 뭐······ 만약의 경우에는 **이게** 있으니······ 이 아이 정돈 문제없겠죠. 그러니 후훗······ 애써 제 발판이 되어주시길, 엘자.'

그렇게 조소를 흘리는 마리안느는 허리에 한 자루의 낡은 검을 차고 있었다.

그 검의 코등이에는 고대 문자로 이렇게 적혀 있었다.

―『^{파렘}불꽃』이라고.

제5장 불꽃의 기억

단기 유학도 마침내 15일째, 마지막 날이 찾아왔다.

완전히 해가 저문 밤. 성 릴리 마술여학원 부지 안에 있는 학생 거리.

""""건배~!""""

그 한켠에 있는 오픈 카페에서 음료를 담은 컵을 든 소녀들의 시끄러운 목소리가 울려 퍼졌다.

글렌이 담당하는 2학년 달반 학생들이, 큰길에 인접한 야외 테이블을 전세내고 모여서 유학생들의 송별회를 연 것이다.

각 테이블에는 피시 앤 칩스나 소세지 같은 가벼운 파티 요리를 시작으로 케이크나 쿠키 같은 디저트, 주스와 와인과 티 세트 등의 음료가 산더미처럼 쌓여 있었다. 즉흥으로 연 파티치고는 굉장히 호화스러운 구성이었다.

"뭐랄까…… 진짜 눈 깜짝할 사이였구만."

상석에 앉은 글렌은 손바닥에 턱을 괴고 새우튀김을 집어 들었다.

"후훗, 리엘이 단기 유학을 성공적으로 마쳐서…… 정말 다행이에요."

글렌의 왼쪽 옆자리에 앉은 루미아는 마치 자기 일처럼 기뻐했다.

결국 이런저런 일이 있었지만, 프랑신과 콜레트를 비롯한 여학생들이 마음을 고쳐먹고 글렌의 수업에 성실하게 나와 준 덕분에 리엘이 유학처에서 받은 수업이 무산되는 일은 없었다.

그리고 본인의 노력 덕분에 필요한 학점도 취득한 리엘은 무사히 알자노 제국 마술학원의 퇴학 처분을 면하게 되었다.

"며칠 전에 우리 학교로 리엘의 과외 학점 취득 증명서를 속달로 부쳤는데 세리카가 곧장 통신 마술로 결과를 알려 주더군. 리엘의 낙제 퇴학 처분이 취소됐다고."

"정말요?! 다행이다!"

"그리고…… 체면을 구긴 반 국군청파 놈들이 원통해하는 얼빠진 낯짝을 보고 세리카 녀석이 아주 실컷 웃어줬다더라."

그 광경이 눈앞에 선하게 떠오른 시스티나는 게슴츠레한 눈으로 기막혀 했고 루미아는 쓴웃음을 흘렸다.

"그런데…… 리엘은 어디 있지?"

글렌은 주위를 둘러보았다.

이 송별회의 주인공 중 한 명인 리엘의 모습이 보이지 않았다.

"어라……? 그러고 보니…… 조금 전까진 저 자리에 있었는데……."

루미아도 어리둥절한 얼굴로 리엘의 모습을 찾았다.

"리엘이라면 아까 엘자 양이랑 같이 산책하러 갔어."

그러자 시스티나가 답을 알려주었다.

"엘자랑 같이?"

"예. ……뭐, 리엘은 이 학교 사람들 중에선 특히 엘자 양이랑 친했으니까요. 마지막 날 밤이니 쌓인 이야기가 많은 게 아닐까요?"

"……하긴."

아무튼 리엘에게 엘자는 시스티나나 루미아처럼 타인이 먼저 손을 내밀어줘서 만든 친구가 아니었다. 처음으로 본인의 의지로 만든 친구였다.

그러니 어떤 의미로는 시스티나와 루미아보다 특별한 존재일지도 몰랐다.

'모처럼의 송별회에서 몰래 빠져나가는 건 좀 그렇지만…… 뭐, 마지막 날 정도는 하고 싶은 대로 내버려둘까…….'

글렌은 쓴웃음을 지으며 그런 생각을 했다.

"선생님~♥"

"즐기고 있어?"

"우옷?!"

그러자 곧 프랑신과 콜레트가 글렌의 등을 거칠게 끌어안았다.

이 송별회를 기획한 두 사람이 분위기 파악도 못 하고 난

입한 것이다.

"흑흑흑…… 이제 렌 선생님과 작별이라니……. 아아, 선생님께서 이대로 우리 학교에 남아주신다면 참 기쁠 텐데……."

"선생님! 다음에도 꼭 와! 그리고 또 이것저것 가르침을 내려줘! 응?"

"그, 그래……. 다음에 기회가 있으면……."

두 아가씨는 여봐란 듯 글렌에게 찰싹 달라붙었다.

"너, 너희들~?!"

"으으으……."

바로 시스티나와 루미아가 언짢은 표정을 짓는 걸 본 글렌은 식은땀을 줄줄 흘릴 수밖에 없었다.

"그런데 렌 선생님의 몸…… 결국 원래대로 돌아오진 않았네요."

"남자의 몸이 되다니……. 그거 옛날에 한 마술 실험의 후유증이라며? 힘들겠다……. 페지테로 돌아가면 법의사한테 꼭 들러."

"으, 응……. 그래. ……얼른 여자의 몸으로 돌아왔으면 좋겠는데~."

글렌은 얼버무리는 웃음을 지었다. 마지막까지 진실이 밝혀지지 않아서 진심으로 다행이었다.

"하, 하지만…… 저, 저는…… 그, 그게…… 렌 선생님이…… 계속…… 남자의 몸으로 계셔도…… 괜찮을지도……

모른다는 생각이…… 살짝 드는 거 있죠?"

"……으, 응. 그럴……지도……. 뭐랄까~ 남자가 된 선생님도…… 그게…… 꽤 멋있잖아?"

하지만 프랑신과 콜레트는 뺨을 붉히더니 갑자기 얌전해졌다.

"마, 만약에! 어디까지나 만약! 마, 만약…… 렌 선생님이 진짜 남성분이셨다면…… 전…… 어쩌면 렌 선생님을…… 조, 좋아……."

"아깝다……. 왜 렌 선생님은 여자로 태어난 걸까. ……선생님이 남자였다면…… 난…… 분명 선생님한테…… 바, 반했을……."

"으, 으응……?"

큰일 났다. 왠지 모를 위험한 분위기가 감돌고 글렌이 뺨을 움찔거린 순간―.

우당탕!

시스티나와 루미아가 관자놀이를 실룩거리며 자리에서 벌떡 일어났다.

"너희들! 적당히 좀 해! 선생님께 폐가 되잖아!"

"후후후…… 저기, 애들아? ……선생님한테 너무 찰싹 달라붙어있는 거 아니니? 응?"

그리고 글렌에게 매달린 프랑신과 콜레트를 억지로 떼어내려 했다.

"이, 이게 무슨 짓이죠?! 당신들!"

"우린 선생님이랑 이제 곧 작별이라고. 방해하지 마!"

"도가 지나치거든?! 됐으니까 얼른 떨어져!"

"이익~! 저와 선생님의 시간을 방해하는 건 용서 못 해요!"

"그래! 시스티나랑 루미아! 가기 전에 마지막으로 한 판 붙어볼까?"

"바라던 바야! 루미아, 엄호 부탁해!"

시스티나&루미아 vs 프랑신&콜레트.

여느 때처럼 치열한 마술 전투가 시작되었고…….

"그마아아아안! 나 때문에 싸우지 마아아아아으갸아아아아아아아아아?!"

여느 때처럼 글렌은 유탄을 맞고 성대하게 날아갔다.

"하아…… 이 사람들, 진짜 사이가 좋다니까요."(우물우물)

지니는 관여하지 않겠다는 듯 케이크를 먹으며 그런 여느 때와 다름없는 광경을 기가 막힌 눈으로 지켜보았다.

한편, 같은 시각.

"미안, 리엘. ……모처럼의 송별회인데 데리고 나와서."

"문제없어. 엘자의 부탁인걸."

몰래 송별회에서 빠져나온 리엘과 엘자는 잡담을 나누며 밤의 학교 부지 안을 나란히 걸어다녔다.

"고마워. ……나, 마지막으로 꼭 너에게 말해두고 싶은 게 있었거든."

"그래."

딱히 목적지도 없이 걷던 두 사람은 거리의 중심부를 벗어났다.

"그건 그렇고…… 시간 참 빠르다. 리엘."

"응, 빨라."

"다시 돌이켜보니 너랑 처음 만났을 때가 마치 어제처럼 선명히 떠올라."

어느새 두 사람은 철도열차역의 광장에 도착했다.

이미 운행 시간이 끝난 탓에 근처에는 아무도 없었다.

두 사람은 광장의 벤치에 나란히 앉아 계속 잡담을 나누었다.

"……저기, 기억해? 리엘. 나랑 네가 처음 만났을 때……."

"으음…… 어땠더라?"

"후훗…… 라이첼 크루스 역에서 말을 걸었더니 바로 검을 휘둘렀잖아? 나도 그땐 진짜 깜짝 놀랐어."

엘자는 웃으며 리엘의 옆얼굴을 살폈다.

당시의 기억을 떠올렸는지 리엘은 어색하게 말을 어물거렸다.

"으…… 그건…… 그게…… 응. ……그때는……."

"……그때는?"

"음…… 왠지 말로는 잘 표현하지 못하겠는데…… 엘자가 무서웠어."

"어? 무서웠어? ……내가?"

리엘의 대답에 엘자는 어리둥절한 얼굴로 고개를 갸웃했다.

"응……. 그때 난…… 응. 맞아. 엘자가 무서웠어. ……등 뒤에서 무서운 적이 몰래 다가온 줄…… 알았거든……."

"……."

리엘의 갈피를 잡을 수 없는 말에 엘자는 입을 다물었다.

"하지만…… 응. 그건 분명 기분 탓이었을 거야. 그야 지금의 엘자는 전혀 무섭지 않은걸."

리엘은 살짝 당황해서 변명했다.

"아마 그때는 일행이 미아가 돼서 조바심이 난 탓에……."

"……과연 대단하네, 리엘."

하지만 엘자는 그런 말을 중얼거리며…… 조용히 소리도 내지 않고 벤치에서 일어났다.

"그 찰나의 순간에 알아차리다니…… 넌 진짜 천재였어."

"엘자?"

리엘이 보는 앞에서 몇 발짝 걸어간 엘자는 그대로 멈춰 섰다.

등을 돌린 그녀의 표정은 당연히 보이지 않았다.

"그 검의 재능…… 조금 질투 나."

"아…… 엘자? 갑자기 왜?"

"아하하…… 미안. 슬슬 본론으로 들어갈게."

갑자기 등을 돌린 엘자가 리엘에게 미소를 지어보였다.

그 모습은 평소의 엘자와 똑같았다. 지극히 평범한 소녀였다.

이 짧은 유학 기간 동안 줄곧 함께 있었던 소중한 친구…….

"……저기, 리엘. 들어줄래? ……나한테는……『불꽃의 기억』이라는 게 있어."

"엘자……?"

"이렇게 눈을 감으면…… 지금도 떠올라. 아버지가 살해당한 날이…… 내가 모든 것을 잃은 날이…… 응. 마치 어제 일처럼 선명히."

그렇게 중얼거린 엘자가 천천히 안경에 손을 대고 벗은 순간―.

"……?!"

갑자기 온몸을 난도질하는 듯한 날카로운 살기와 위압감을 느낀 리엘은, 즉시 벤치에서 일어나는 동시에 대검을 연성해서 자세를 비짝 낮췄다.

"에, 엘자……? 아니야…… 당신은…… 대체, 누구……?"

경악과 동요에 사로잡힌 리엘은 몸을 떨었다.

눈앞의 소녀의 모습은 엘자와 똑같았지만…… 이 압도적인 존재감과 위압감은 완전히 다른 사람 같았다. 자신도 눈치채지 못한 사이에 터무니없는 괴물이 눈앞에 나타난 것이다.

한편, 안경을 벗은 소녀는 리엘에게 비웃음을 던지며 안경에서 손을 뗐다.

중력에 이끌린 안경이 천천히 자유낙하를 개시했다.

그리고 땅에 떨어진 순간—.

부웅!

갑자기 엘자의 모습이 파공성을 울리며 안개처럼 사라졌다.

"?!"

리엘은 자신의 직감을 믿고 벤치에서 옆으로 뛰었다.

그러자 바로 벤치가 대각선으로 갈라졌고 리엘은 바닥을 긁으며 세차게 방향을 전환했다.

"아……."

시선을 돌리자 깔끔하게 잘린 벤치 앞에는 엘자가 서 있었다.

"어……? 도(刀)……?"

어느새 그녀는 오른손에 아름다운 한 자루의 『도』를 들고 있었고…… 엘자는 그 『도』를 끝까지 휘두른 자세로 조용히 마음을 가다듬고 있었다.

그 정체는 소환술. 엘자가 『도』를 순속소환(瞬速召喚)한 것이었다. 하지만 그 리엘이 발동 타이밍조차 눈치채지 못할 정도의 소환 속도는 학생의 규격을 아득히 뛰어넘고 있었다.

그리고 방금 조금이라도 피하는 것이 늦었다면 리엘은 벤치와 함께 두 동강이 나고 말았을 것이다.

그 사실을 자각한 리엘은 뒤늦게 오한을 느꼈다.

"……과연. 역시 이 정도의 공격으로는 기습도 되지 않아요."

흐르는 듯한 손놀림으로 도를 턴 엘자는 왼손에 든 검집에 가볍게 꽂았다.

그리고 왼손으로 검집을 들고 오른손은 칼자루에 손을 댄 채 몸을 천천히 숙였다.

리엘을 향해…….

"너, 넌, 누구……? 완전히 다른 사람…… 으응, 아니야. ……맞아, 기억 났어……."

멍하니 있던 리엘은 뭔가를 깨닫고 눈을 크게 떴다.

"이 존재감…… 이 살기…… 응. 역에서 엘자랑 처음 만났을 때 느꼈던 감각……. 어째서…… 내가 지금까지 눈치채지 못한 거지……?"

"……진정한 경지에 도달한 무인은 평소에는 봄바람처럼 온화하지만 막상 전투가 시작되면 태풍으로 돌변하는 법이죠. ……당신이 늘 그랬던 것처럼."

엘자는 리엘의 의문에 태연하게 대답했다.

"사실 전 아직 미숙한 몸. 안경이 없으면 그 경지를 실현하는 건 불가능. 저 안경은 평소의 저와 무인으로서의 저, 그 두 개의 인격을 전환하기 위한 자기암시 장치…… 스위치였던 셈이죠."

"스위치……?"

"라이첼 크루스 철도역 구내에서 처음으로 당신과 접촉했을 때…… 전 무인으로서 당신의 실력을 파악하기 위해 안경을 벗으려 했지만…… 하마터면 그대로 베일 뻔했죠. 당신의 감이 그토록 날카로울 줄은 몰랐거든요."

그리고 엘자는 해설은 여기까지라는 듯 화제를 전환했다.

"……자, 그럼 이야기를 계속하죠. 저에게는 아버지가 계셨답니다. 동방의 이방인인데도 이 나라에서 살아갈 곳을 베풀어주신 여왕 폐하야말로 섬겨야 할 주군, 알자노 제국이야말로 지켜야 할 조국으로 여기며 검을 휘둘러온 훌륭한 군인이셨어요. 이 나라에서 아내를 얻고, 이 나라를 위해 살아가고, 이 나라에 뼈를 묻을 각오를 한…… 그런 분이셨답니다."

리엘은 망연자실한 얼굴로 엘자의 이야기를 흘려들었다.

"폐병 때문에 나날이 쇠약해지는 와중에도 이 나라를 위해 계속 싸워오셨던 아버지. 전 그런 아버지를 누구보다 존경해서…… 그런 아버지의 부담을 덜어드리려고…… 어릴 때부터 장래에는 군인이 되겠다고 결심했었답니다."

"…………."

"아버지께서 말씀하시길 다행히 저에겐 아버지를 크게 뛰어넘는 검의 재능이 있다더군요. 전 기뻤어요. 아버지를 목표로, 아버지를 뛰어넘기 위해 매일 필사적으로 검술 훈련에 매진했었죠. 아버지와 함께 한 수행의 나날은…… 때로는 괴로울 때도 있었지만 역시 즐거웠답니다. 하지만……."

갑자기 엘자가 어두운 증오의 불길이 타오르는 눈으로 리엘을 노려보았다.

한층 더 강해진 살기에 리엘은 무의식적으로 한 걸음 뒤로 물러났다.

"지금으로부터 약 2년 전. 우리 집에 암살자가 침입했어요. 이 나라에 둥지를 튼 사악한 마술결사…… 자신들에게 많은 피해를 입혀온 아버지에 대한 보복이었겠죠. 그날 암살자는 다정했던 제 어머니를 죽이고 그날따라 병으로 몸을 제대로 가누지도 못하셨던 제 아버지를 살해했어요. 선혈에 붉게 물든 우리 집은 그대로 홍련의 불꽃에 휩싸이고 말았죠……."

"……?!"

"……안색이 변했군요. 이제야 기억났나요? 그 암살자의 이름은…… 일루시아. 일루시아 레이포드. ……그래요. 당신이었어요. 리엘."

엘자의 규탄에 리엘은 새파랗게 질려서 뒤로 물러났다.

"아, 아니야. 나는…… 으응. 그치만 일루시아는 나이기도 해……."

완전히 동요한 나머지 혼란에 사로잡힌 리엘은 횡설수설 뭔가를 중얼거렸다.

"……전 당신을 용서 못 해요."

하지만 엘자는 그 말을 무시하고 단호하게 내뱉었다.

"눈과 머리색을 바꾸고, 이름을 바꾸고, 과거를 버리고…… 어떤 사정이 있었는지는 모르겠지만, 당신은 지금 제국군에 있더군요. 훌륭한 제국군인이셨던 아버지를 죽인 당신이! 아버지의 긍지였던, 제가 동경했던 제국군에! 이게…… 말이 되냐구요!"

"……?!"

"당신이 아버지와 어머니를 죽인 그날 이후로 제 인생은 엉망이 됐어요! 변변찮은 친척들이 아버지와 어머니의 재산을, 썩은 고기에 몰려드는 하이에나처럼 송두리째 뺏어가더군요! 귀족 출신이었던 어머니의 피를 이은 저는 정략결혼의 도구 취급! 그때까지 다니던 군사학교를 강제로 그만두게 하더니 이런 시시한 아가씨 학교에 처박질 않나! 그리고…… 무엇보다 아직도 제 몸과 마음을 어둡게 불태우고 있는 그『불꽃의 기억』……."

"아, 으…… 아아……."

"전 절대로 당신을 용서 못 해요. ……아버지의 기술로…… 단련한 제 기술로…… 당신을 쓰러트리겠어요! 그날부터 엉망이 된 제 인생을 되찾을 거예요! 당신을 쓰러트려야만 비로소 새 인생을 시작할 수 있을 테니까요! 자, 이제 검을 나눠보죠! 일루시아!"

엘자의 검기가, 살기가 극한까지 부풀어 올랐다.

오랫동안 쌓아온 격정이 리엘과 그녀 사이의 공간을 날카롭게 난도질했다.

그리고…… 리엘은 깨달았다.

엘자는 강했다. 검을 쥐어본 적 없는 일반인도 알 수 있을 정도의 압도적인 위압감.

하지만 지금은 그런 것보다—.

"그런…… 그, 그럼…… 엘자가 나랑 함께 있어준 건……?"

부모에게 버림받은 작은 짐승처럼 의기소침해진 리엘이 울 것 같은 얼굴로 그렇게 물어보았다.

"예, 맞아요. 리엘. 당신의 실력을 파악하기 위해…… 단지 그뿐이었어요."

"……?!"

"주제 파악을 하시죠. 애당초 처음 만난 순간부터 갑자기 검을 휘두르는…… 마치 숨 쉬듯 간단히 검을 연성하는…… 그런 정체불명의 위험인물에게 살갑게 대해주는 편리한 사람이 이 세상에 있을 리 없잖아요."

"……아…… 으…… 그건……."

"조직의 암살자였던 당신의 기록과 군인이었던 당신의 기록만 봐도 알 수 있죠. 당신은 강해요. 지람표리(凪嵐表裏)의 경지— 당신의 의표를 찌르는 건 불가능. 제가 당신을 쓰러트리려면 먼저 당신의 실력을 밑바닥까지 파악할 필요가 있었어요. ……그래서 전 당신에게 접근했던 거예요."

"나, 나는…… 에, 엘자를…… 친구로…… 여겼는데……."

리엘은 엘자에게 매달리는 듯한 시선을 보냈다.

—거짓말이지?

눈으로 그렇게 물었다.

그러자 엘자는 한순간 괴로운 듯 얼굴을 일그러트리고…… 곧 리엘의 눈을 피하려는 듯 시선을 돌렸다.

"……유감이겠군요!"

그리고 뭔가를 떨쳐내듯 일방적으로 말을 내뱉었다.

"당신은 제 아버지와 어머니의 원수! 제가 당신에게 우정을 느낀 적은…… 단 한 번도 없었어요!"

그 순간, 엘자가 안개처럼 움직였다.

도를 검집에 꽂은 채 리엘을 향해 발을 내디뎠다.

파문에 흔들리는 낙엽 같으면서도 하늘 위를 날아다니는 제비처럼 빠른 발놀림.

신속한 파고들기에 이어서 엘자의 오른손이 안개처럼 움직이는 동시에, 몸통이 날카롭게 옆으로 회전했다.

그 회전력을 채찍 같은 탄력으로 변환하며 팔을 통해 검으로 전달.

"하아아아아아아아아아앗!"

—발도.

허공에 궤적을 그리는 직선, 백광이 리엘의 시야를 오른쪽에서 왼쪽으로 새하얗게 태웠다.

그리고 동시에 금속성을 울리며 검집으로 돌아간 도.

"……?!"

리엘은 순간적으로 몸을 뒤로 뺀 덕분에 앞머리 일부를 내준 것에 그쳤지만, 엘자가 연이어 펼치는 두 번째와 세 번째 검격이 즉각적으로 날아들었다.

"큭."

검으로 막을 틈은 없었다.

리엘은 몸을 숙이고 옆으로 굴러서 간신히 두 번째, 세 번째 공격도 피했다.

마치 마법 같은 검술.

발도, 참격, 납도. 그 세 가지의 움직임이 무시무시할 정도로 빠르고 자연스러웠다.

파고들기, 허리의 회전, 온 몸의 탄력이 전달된 검집에서 폭발적으로 가속하는 칼날, 마속(魔速)의 참격. 『타도』라고 불리는 동방 특유의 도검이기에 펼칠 수 있는 비검(秘劍).

그 이름하여 발도술— 거합(居合) 베기라고도 불리는 이 독특한 기술은 기사 검술이나 근대 검술과도 다른 『동방 검사』의 검술 중 하나였다.

"후-읏!"

엘자는 공격했다. 계속해서 공격하고 또 공격했다.

참격을 날린 순간, 바로 검집으로 칼날을 장전. 그리고 반복.

마치 유성우 같은 수많은 참격이 호선을 그리며 리엘을

향해 끊임없이 쇄도했다.

엘자가 펼치는 다양한 발도술은 그야말로 변환자재, 종횡무진이었다.

교묘하게 발과 몸을 움직여 머리 위에서 벼락 같은 참격을 떨어트리는『천풍(天風)』.

아래에서 역풍처럼 올려치는『상풍(霜風)』.

등에 댄 도를 역수로 쥐고 뽑아서 돌려 베는『선풍(旋風)』.

"하아아아아아아아앗!"

오른손으로 거합 베기를 펼친 후, 왼손의 검집으로 추격타를 날리는『폭풍(暴風)』.

몸을 역회전해서 도가 아닌 검집을 뽑아 역수로 찌르기를 날리는『동풍(東風)』.

그리고 이어서 오른손으로 수직 찌르기를 날리는『추풍(追風)』.

하나 같이 엄청난 경지의 기술이었지만…… 엘자는 그 모든 것을 능가하는 한 수를 지니고 있었다.

"야아아아아아아아아아아아아아압!"

엘자가 갑자기 찢어질 듯한 고함을 지르며 날카롭게 발을 내딛고― 도를 뽑았다.

섬광을 그리며 질주하는 은(銀).

"……!"

리엘의 눈앞을 오른쪽에서 왼쪽으로 스쳐 지나가는 실선.

이윽고 그 실선이 폭발적으로 열기를 더하며 그녀의 시야를 강렬하게 불태웠다.

이것이야말로 오른쪽으로 선회하며 일 문자를 그리는 참격―『질풍(疾風)』.

평범한 발도 자세에서 아무런 기교도 부리지 않고 평범하게 펼치는 일격.

발도술 중에 가장 기본이 되는 기술.

변환자재의 온갖 발도술을 애늘 장난처럼 보이게 하는 엘자의 『질풍』은…… 그저 빠르고 날카로웠다.

"으……."

리엘은 크게 뒤로 뛰어서 간신히 피했다.

갈라진 교복의 가슴께를 창백한 표정으로 내려다보았다.

엘자에게 접근할 수가 없었다.

거합은 원래 공격보다 방어, 상대를 요격할 때 진가를 발휘하는 기술이다. 상대의 공격 기점을 파악해서 그보다 먼저 단숨에 베어버리는…… 그런 선(先)의 선(先)을 노리는 기술이었다.

리엘이 엘자의 간격에 파고 든 순간, 바로 두 동강이 날 것이다.

그런 위험한 예감이 들었다.

"……왜 그러죠? 당신의 실력은 그 정도가 아닐 텐데요."

엘자는 발도 자세를 유지한 채 발끝만으로 서서히 간격을 좁혀왔다.

리엘은 가면 같은 얼굴에 비지땀을 흘리며 뒷걸음질 쳤다.

엘자는 자신의 거의 모든 마력을 신체 능력과 동작 정밀도의 강화 술식에 돌려서 검으로 승부를 내는…… 리엘과 같은 타입의 마도사였다.

"자, 어서 진심을 발휘해보시죠. 조직의 암살자 일루시아. 병만 아니었다면 그 누구보다도 강하셨던 아버지의 기술 앞에서…… 당신 따윈 아무것도 아니었다는 걸 증명하고 말테니!"

그렇게 도발하는 한편, 머릿속으로 냉정하게 상황을 파악했다.

'……속도는 호각, 힘은 일루시아가 위. 하지만 기량은 내가 위…… 합산 결과 상대와의 전력은 대등……. 하지만 사전에 실력을 파악해둔만큼 내가 더 유리…… 가능해! ……이길 수 있어!'

그리고 극한까지 긴장된 공기가 비명을 지르는 소용돌이 속에서…… 지금까지 동요 때문에 흔들리고 있었던 리엘의 표정이 갑자기 평소의 졸린 듯한 무표정으로 돌아왔다.

"……엘자. ……날 죽일 거야?"

어딘지 모르게 슬픈 음색이었다.

"적극적으로 죽일 생각은 없어요. ……하지만 이건 사투. 필살의 각오로 검을 휘두를 겁니다. 어차피 중범죄자인 당신의 말로는 극형……. 제 검에 죽지 않아도 결말은 마찬가지예요."

"그래. ……있지, 엘자. 내 말 좀 들어줄래? 난…… 너를 상처 입히고 싶지 않아."

"……?!"

"그리고…… 죽을 수 없어."

리엘은 단호하게 대답했다.

지금까지의 동요를 떨쳐낸 듯한 시원스러운 표정으로…….

"난 모두와 약속했어. 살아갈 거라고. 내가 뭘 위해서 태어난 건지는 아직 잘 모르겠지만…… 그래도…… 난 살아서 그 의미를 찾을 거라고."

"……."

"그러니까…… 엘자의 소망을 이뤄줄 순 없어."

"그런가요……. 살아남기 위해 절 죽이겠다는 거죠? 좋아요. 저도 그럴 각오로 여기에……."

리엘의 흔들림 없는 각오를 확인한 엘자는 한층 더 깊이 자세를 숙였다.

"싫어."

하지만 리엘의 입에서 불쑥 튀어나온 건 예상과 다른 말이었다.

"예?"

"……응. 난 엘자를 안 죽여."

"무슨 소릴…… 난 당신을 죽일 작정으로……."

"응. 엘사는 마음대로 해."

"그, 그럼! 당신도 나를……!"

"싫어. 난 엘자를 안 죽일 거야."

기가 막힌 얼굴의 엘자 앞에서 리엘은 평소처럼 담담한 어조로 말했다.

"……그야…… 난 엘자를 좋아하는걸."

그 말을 들은 순간 엘자의 눈썹이 짜증스럽게 솟구쳤다.

"그러니까! 나는 당신의 실력을 파악하기 위해 접근한 거라고……!"

"관계없어. 엘자가 날 싫어하는 건…… 무척 안타깝지만…… 그래도 역시 난 엘자를 좋아해. ……그것뿐."

"크~!"

으드득!

이를 악문 엘자는 졸린 표정의 리엘을 글자 그대로 부모의 원수처럼 노려보았다.

리엘은 그런 엘자의 시선을 게슴츠레한 눈으로 흘리며 애원하듯 말을 자아냈다.

"저기, 엘자. 대화를 하고 싶어. 난…… 머리가 그다지 좋지 않으니까…… 잘 전달할 수 있을지는 모르겠지만…… 일루시아에 대해……."

"그 일루시아가 당신이잖아! 이제 당신과 나눌 말 따윈 아무것도 없어!"

그러자 리엘은 대검을 천천히 수직으로 세워 들었다.

"모르겠으니까…… 미안. 일단 엘자를, 제압할게."

그렇게 말한 순간―.

쿵!

리엘은 온몸의 탄력을 쥐어짜내서…… 대검을 투척했다.

맹렬히 회전하는 대검이 엘자를 향해 육박했다.

'윽?! 무, 무기를…… 던졌어?!'

완전히 의표를 찔렀지만― 보였나.

엘자는 냉정하게 가벼운 발놀림으로 그 공격을 피했다.

무시무시한 풍압이 엘자의 상반신을 쓸어 올렸다.

"엘자아아아아아아아아아아!"

리엘은 이 기회를 놓치지 않겠다는 듯 폭발적인 기세로 엘자와의 간격을 좁혔다.

'의표를 찔렀지만…… 그건 악수(惡手)예요!'

흐르는 물처럼 자연스럽게 허리를 낮춘 엘자는 오른손을 칼자루에 대고 리엘을 응시했다.

달려드는 적을 요격― 선의 선. 거합 베기가 가장 유리한 상황.

'이걸로…… 끝!'

호흡과 동시에 도를 뽑았다.

검집 안에서 미끄러지며 허리의 회전력을 담고 폭발적으로 가속하는 칼날.

기검체가 완전히 일치한 눈부신 백광의 신속한 일격.

엘자가 펼칠 수 있는 최고의 일격이 진공조차 가르며 리엘을 향해 날아들었다.

그리고 리엘의 몸은 두 동강이—.

캉!

—나지 않았다.

엘자의 손으로 전달된 건 살이 아닌 단단한 금속을 두드리는 감촉이었다.

"어?!"

놀랍게도 조금 전까지 맨손이었던 리엘은 어느새 손에 대검을 들고 있었다.

저 대검으로 엘자가 펼친 최고의 일격을 막아낸 것이다.

'아뿔싸! 리엘의 연금술은…… 무영창으로도 이렇게나 빨랐던 거야?! 그때 한 번은 봤었는데!'

엘자는 이를 갈며 뒤늦게 눈치챘다.

방금 이 공방은 엘자가 마지못해 뛰어든 리엘을 요격한 것이 아니었다.

엘자가 뛰어든 리엘을 마지못해 요격하도록 **유도한** 것이었다.

최고의 일격도 상대가 먼저 예측한 후라면 애들 칼 장난이나 다를 바 없었다.

요격하지 않고 한 걸음 물러나서 간격을 벌리는 게 정답이었다.

'크윽……! 여기까지 와서 이런 실수를……!'

엘자는 지근거리에서 칼을 맞댄 채 힘겨루기를 하며 망설였다.

단 한 자루의 도를 자신의 영혼처럼 여기는 동방 검사에게는 무기를 던진다는 발상 자체가 존재하지 않았다. 즉, 무기를 던지면 당연히 맨손이 될 거라고…… 엘자는 무의식적으로 그렇게 생각하고 말았다.

그래서 무기를 잃은 리엘이 결정적인 틈을 드러냈다고 여기며 반사적으로 요격했던 것이다.

……하지만 도저히 이해할 수 없는 점도 있었다.

"어떻게…… 어떻게 안 거죠? 제가 요격할 거라고……!"

엘자는 교차한 도신 너머에 있는 졸린 듯한 무표정의 리엘을 분한 눈으로 노려보았다.

"이 일합…… 제가 요격하지 않고 한 걸음 물러났다면 당신이 죽었을지도 모르는데……!"

그렇다. 엘자가 한숨 돌리고 태세를 재정비해서 자의로 요격했다면 발도술의 간격에 들어온 리엘의 고속연성이 아무리 빠르다 해도 상관없었다. 타이밍을 읽히지 않은 발도술이라면 리엘의 어떤 대응보다 빠를 테니까.

발도하는 동시에 일도양단…… 전투는 그대로 종료됐으리라.

"그걸 이해하지 못할 당신이 아닐 텐데……!"

그렇다. 방금 이 일합은 엘자의 실수인 동시에 리엘의 실수이기도 했다.

엘자가 실수하지 않았다면 오히려 외통수에 몰리는 건 리엘이었던 것이다.

"그런데 어째서……?!"

"……응. 감."

엘자의 의문에 리엘은 조용한 목소리로―.

"아마 잘 풀릴 거라고…… 예감했어."

졸린 듯한 무표정으로 그렇게 중얼거렸다.

"……큭?!"

엘자는 아연실색했다.

감. 그냥 감. 고작 그딴 것에 아무런 망설임도 없이 목숨을 거는 사고방식.

아아, 그러고 보니 리엘의 군에 있었을 때의 기록에 능력상 명백히 차이가 나는 격상의 상대를 몇 번이나 격파했다는 묘한 기록을 본 적이 있었다.

리엘과 함께 지내며 실력을 간파했다? 당치도 않은 착각이었다.

확실히 리엘의 검술 실력만큼은 간파했다.

하지만…… 리엘의 강함은 바닥이 보이지 않는 근본적인 부분에 있었던 것이다.

"큭……."

그렇다고 해서 지금은 좌절할 때가 아니었다. 상황을 뒤집어야만 한다.

서로 지근거리, 엘자는 도를 빼든 상태.

발도술은 당연히 도를 검집에 꽂은 상태가 아니면 쓸 수 없었다.

"이이이이이야아아아아아아아압!"

엘자는 어떻게든 간격을 벌리려고 페인트를 섞어가며 필사적으로 물러났지만 리엘 또한 앞으로 파고들어서 거리를 좁혔다.

엘자의 도가 검집에 꽂히면 위험하다. 그렇다면 계속 빼들고 있게 하면 될 뿐.

본능적으로 그 사실을 눈치 챈 리엘은 엘자와 맞붙은 상태로 무겁고 날카로운 참격을 연속으로 날렸다.

그 강검의 위력과 속도는 그야말로 낙뢰 같았다.

"크윽?!"

엘자는 그 공격을 계속 흘려낼 수밖에 없었다. 검집에 도를 꽂을 틈이 없었다.

태풍처럼 거칠게 휘몰아치는 리엘의 연속 공격에 엘자는 무력한 낙엽처럼 농락당했다.

맞부딪친 대검과 도에서 울려 퍼지는 금속음.

뒤로 물러나도, 공격을 피해도, 페인트를 넣어도 리엘은 끈질기게 달라붙었다.

동시에 일격, 이격, 삼격, 사격, 오격…… 경이적인 회전력으로 검격을 펼치며 엘자를 압박했다.

엘자의 검격이 세련된 기교에 의한 것이라면, 리엘의 검격은 어마어마한 완력을 믿고 상대를 몰아붙이는 단순한 방식이었다.

엘자는 확실하게, 완벽히 흘려 넘기고 있을 텐데도 충격을 완전히 상쇄하지 못했다.

한 번 흘려낼 때마다 팔이 저리고 몸이 붕 떠오르며 뼈가 욱신거렸다.

도저히 끝까지 막을 수 없을 것 같았다.

'이, 이럴…… 수는……'

완전히 간파한 줄 알았다. 자신의 원래 스타일로 싸운다면…… 단순한 기교로는 리엘을 능가했을 터. 문제없이 이겼을 터였다.

완전히 공격에 몰두한 리엘의 가면 같은 얼굴이 마치 악귀처럼 두려웠다.

'……죽을 거야. 살해당해……'

한층 더 인정사정없이 몰아붙이는 리엘의 중검을 간신히 피하며 엘자는 공포에 질렸다.

상황은 이미 완전한 수세. 손의 감각이 점점 사라졌고 숨도 턱까지 차올랐다.

이대로 엘자의 방어가 뚫리는 건 시간 문제였다.

'싫어……. 죽고 싶지 않아……! 이래서야 난, 대체, 뭘 위해……!'

─엘자…… 지키기 위한 검을, 사람을 살리는 검을 휘두르려무나.

압도적인 죽음을 코앞에 뒀기 때문인지 생전의 아버지에게 들었던 말이 주마등처럼 떠올랐다.

왜 여태껏 잊고 있었던 것일까. 왜 하필 그런 여자의 감언이설에 넘어가서 개인적인 복수를 위해, 사리사욕을 채우려고 긍지 높은 아버지의 검을 휘두른 것일까.

'지금…… 그 벌을 받는 건가요?! 아버지……!'

"야아아아아아아아아아아아아아아아아아아압!"

터엉!

생각이 거기까지 도달한 순간, 강렬한 충격이 엘자의 몸을 날려버렸다.

다음 순간 엉덩방아를 찧으며 바닥에 떨어진 엘자가 퍼뜩 놀라 고개를 들자─.

"……아."

"엘자아아아아아아아아아아아아아아아아!"

대검을 수직으로 세워 든 리엘이 엘자를 향해 검을 내리치려 하고 있었다.

그 순간 『불꽃의 기억』이 되살아났다. 새빨갛게 물든 세계. 눈앞에서 대검을 들어 올린 소녀. 언제 어디선가에서 본 광경이 재현되고 있었다.

'⋯⋯죄송⋯⋯해요⋯⋯. 아버지⋯⋯ 어머니⋯⋯.'

아래로 내려친 대검에서 엄청난 파공성이 울려 퍼졌다.

⋯⋯.

⋯⋯하지만 엘자를 죽음으로 인도하는 충격은 아무리 기다려도 찾아오지 않았다.

'⋯⋯?'

무심코 질끈 감았던 눈을 조심스럽게 눈을 뜨자, 리엘의 검이 엘자의 정수리 바로 위에서 딱 멈춰 있었다.

"⋯⋯응. 이제 그만하자, 엘자⋯⋯."

그렇게 중얼거리며 조용히 엘자를 내려다보는 리엘은―

"부탁이야⋯⋯. 내 이야기를 들어줘⋯⋯. 난⋯⋯ 엘자를 상처 입히고 싶지 않아⋯⋯."

눈가에 눈물을 머금고 있었다.

"⋯⋯?!"

그런 리엘의 모습을 본 엘자의 『불꽃의 기억』이 다시 타올랐다.

그렇다. 과거에 그 모든 것이 붉게 물든 세계에서―

나에게 검을 내리치는 마지막 순간, 일루시아는―

'아버지를 죽이고, 어머니를 죽이고, 나에게서 모든 것을

앗아간 그 일루시아는—.'

지금의 리엘과 완전히 똑같은 자세로 검을 멈추고—.

말없이. 지금의 리엘과 똑같이—.

—울고, 있었다.

"……아."

엘자의 분노가, 그날의 굴욕이 기름을 끼얹은 것처럼 다시 격렬하게 타올랐다.

웃기지 마. 살인자. 인간쓰레기. 용서 못 해.

인간 같지도 않은 놈이 어디서 감히 인간처럼 눈물을 흘려?

울고 싶은 건— 울고 싶었던 건— 바로 나라고—!

"으아아아아아아아아아아아아아아아아아아아아아아아!"

도를 쥔 엘자의 손이 충동적으로 솟구쳤다.

"웃?!"

이번에 겁에 질린 건 반대로…… 리엘이었다.

엘자의 포효성에 겁을 먹은 리엘은 뒤로 도약해서 도를 피했다.

솟구친 도는 머리 위에서 방향을 바꾸어 자연스럽게 검집으로 빨려 들어갔다.

납도. 엘자는 마지막 영혼까지 쥐어 짜내려는 기세로 돌진했다.

"일루시아아아아아아아아아아아아아!"

너무나도 강렬한 증오와 분노에 노출된 리엘의 반응이 한 순간 늦어졌다.

"에, 엘자……."

힘없이 대검을 들었지만 엘자는 이미 리엘을 자신의 간격 안에 포착하고 있었다.

"하아아아아아아아아아아아아아아앗!"

오른손이 안개처럼 사라지는 것과 동시에 엘자의 발이 엄청난 빠르기로 바닥을 파헤쳤다.

한 줄기 바람이 스쳐 지나가…… 리엘의 뒷머리가 살짝 흩날렸다.

……어느새 엘자는 검을 끝까지 휘두른 자세로 리엘과 등을 맞댄 채 서 있었다.

잠시 후—.

"……해치웠어."

엘자는 가볍게 도를 털고 천천히…… 검집에 꽂았다.

철컹!

도가 검집과 완전히 맞물리는 소리가 들리는 순간, 엘자의 등 뒤에서 선명한 붉은 피가 꽃을 피웠다.

"아……."

그런 중얼거림과 동시에 선혈을 흩뿌리며 무릎을 꺾은 리엘은…… 그대로 실이 끊어진 인형처럼 쓰러졌다.

"하아…… 하아…… 해, 해냈어……."

검집을 지팡이 대신 삼고 떨리는 무릎을 질타하며 간신히 쓰러지지 않은 엘자는 만족스럽게 중얼거렸다.

"……이겼어. ……끝났어. ……이걸로…… 드디어 내 인생이…… 시작되는 거야……."

그렇다. 이걸로 끝이다. 마침내 과거를 매듭지었다.

처음부터 일루시아라는 용서받지 못할 중범죄자를 쓰러트려주는 대신, 다시 아버지 같은 긍지 높은 군인이 되겠다는 꿈을 이루도록 도와주겠다는 약속이었다.

그래, 끝이다. 전부 끝…… 그리고 새로운 시작이다.

"……일루시아…… 안심하세요. 죽이지는 않았으니까……."

격정에 몸을 맡긴 끝에 자칫 죽여 버릴지도 모르는 기세로 검을 휘둘렀지만…… 어째선지 마지막 순간 손이 위축되었다.

그래서 예상보다 얕았다. 리엘의 오른쪽 옆구리에서부터 왼쪽 어깨에 이르는 도상을 남기기는 했지만…… 적어도 치명상은 아니었다.

"그래……. 당신은 법의 심판을 받고 죄를……."

엘자는 등을 돌렸다.

피 웅덩이 위에 쓰러진 리엘과 결별하듯 노려보았지만—.

두근!

피투성이가 된 그녀를 본 순간, 엘자의 심장이 크게 뛰었다.

"어, 라······?"

시야가 일그러지며 빙글빙글 돌기 시작했다. 동요가 심해지고 호흡이 가빠졌다.

몸에서 힘이 쭉 빠지고 맹렬한 구역질이 치밀어 올랐다.

"우, 우웩! ······콜록! 콜록! 아으······."

엘자는 바닥에 엎드려서 위에 든 걸 전부 게워냈다.

"······왜······? 어째······서······?"

엘자는 믿을 수 없다는 듯 망연자실한 눈으로 떨리는 자신의 두 손을 내려다보았다.

갑자기 눈시울이 뜨거워지더니 원통한 눈물이 뚝뚝 흘러내렸다.

"나, 나는······ 일루시아를 이겨서······ 과거를······『불꽃의 기억』을······ 극복······했을······ 텐데······! 그게 아니라면······ 나는······ 대체, 뭘 위해 이런······!"

틀렸다. 속이 뒤집힌다. 머리가 아프다. 오한과 구역질이 심했다.

간질 환자처럼 몸이 소스라치게 떨리고 이가 마구 맞부딪쳤다.

"······맞아······. 안경······ 안경은 어디······?"

엘자는 겁에 질린 어린애처럼 주위를 두리번거렸다.

그러자 조금 떨어진 곳에 자신이 버린 안경이 떨어져 있었다.

떨리는 무릎에 채찍질을 하고 도를 지팡이 삼아 간신히

일어난 엘자는, 그대로 누가 등을 떠민 것처럼 비틀거리는 걸음걸이로 안경에 다가갔다.

"……아, 안경…… 어서…… 안경을……!"

그리고 조금만 더 가면 안경을 주울 수 있겠다고 생각한 순간—

콰직.

바로 눈앞에서 누군가가 안경을 무참히 짓밟았다.

"아……."

"수고했어요, 엘자."

어느 틈에 나타나 음험한 표정으로 엘자를 내려다보고 있는 이 여자의 정체는…… 다름 아닌 마리안느였다.

주위에는 수많은 여학생들이 서 있었다.

마리안느를 섬기는 소녀들은 학년과 반이 제각각이라 공통점이라곤 눈을 씻고 찾아봐도 없는 것이 오히려 특징이었다.

"……미안해요. 어둡다 보니 발밑이 보이지 않아서 무심코 당신의 안경을 밟고 말았네요. ……역시 위험한가요?"

엘자는 무참하게 깨진 안경에서 시선을 떼고 증오가 담긴 눈으로 마리안느를 노려보았다.

그리고 간신히 평정을 유지하며 입을 열었다.

"그다지…… 다시 사면 되니까요. 그보다……."

"예, 알고 있답니다."

마리안느가 손을 들자 여학생들이 말없이 움직이기 시작

했다.

쓰러진 리엘의 몸에 봉마(封魔)의 마술 【스펠 씰】을 부여하고 튼튼한 밧줄로 단단히 묶었다.

"우후후…… 이제야 겨우 이 아이를 확보했군요. ……당신 덕분이에요, 엘자."

"흥……. 딱히 당신을 위해서 한 일은 아니었어요. ……그보다 약속은 지켜주시겠죠?"

"……당신을 군사학교로 돌려보내는 것 말인가요?"

"예, 맞아요. 제가 중범죄자인 리엘을 사로잡으면…… 당신이 제가 다시 군사학교에 돌아갈 수 있도록 수배해주겠다는 약속이었죠."

그런 탐나는 제안을 가져왔기에 엘자는 마리안느의 계획에 협력한 것이었다.

이제 두 번 다시 얼굴도 보고 싶지 않았던 이 마리안느에게…….

"예, 물론이죠, 엘자. ……당장에라도 군사학교에 돌려보내드려야죠."

그리고 마리안느는 방긋 웃으며 뒷말을 덧붙였다.

"……그렇게 말할 줄 알았나요? 당신은 진짜 바보군요."

마치 비웃는 것처럼…….

"뭐……?! 그게 대체 무슨……?"

그 순간, 엘자는 지팡이 대신으로 짚은 도를 세워 들고 날카롭게 주위를 경계했다.

여학생들은 엘자를 향해 레이피어와 왼손을 겨누고 있었다.

"……대체 이게 무슨 짓이죠? 마리안느."

"엘자…… 당신은 한사코 리엘이라는 소녀를 제국법에 근거해서 처벌해야한다고 주장했는데…… 설마 그런 일이 정말로 가능할 줄 알았나요?"

마리안느는 엘자의 질문에 대답하지 않고 비웃음을 흘리며 그렇게 말했다.

"다, 당신은 대체 무슨 소릴……. 당신은 반 국군청파의 인간이잖아요? 알자노 제국 마술학원에서의 이권 관계상 리엘이라는 소녀가 방해가 되니 배제하고 싶었다고…… 그런 이해가 일치했기에 전 꼴도 보기 싫었던 당신의 제안을 받아들여서 이번 계획에 협력한 거였어요. ……과거와 이름을 속이고 제국군에 들어간 그녀의 부정을 폭로하기 위해!"

"어머~ 그랬던가요?"

"시치미 떼지 마세요! 그래서 당신은 저에게 일루시아의 정보를 건네준 거잖아요! 외부와 격리된 이 학교에서 단기 유학이라는 형태로 일루시아를 불러들였고, 전 그녀의 신병을 확보했어요! 법정에서 그녀의 죄를 입증하기 위해! 제 말이 틀린가요?!"

"아하하! 멍청하기는. 엘자. 리엘 레이포드…… 그녀를 법정에서 고발하는 건 불가능한 일이랍니다. 해봤자 소용없어요."

"……예?"

"그녀는 부정 같은 걸 저지른 적이 없거든요. 하늘의 지혜 연구회 출신의 전직 암살자…… 제국군은 그 사실을 알면서도 그녀를 받아들인 거니까요. 조금이라도 전력이 필요한 제국군이 목줄을 채워서 길들여온 그녀를 이제 와서 버릴 리가 없잖아요? 그녀를 고발해봤자 소용없답니다. 어차피 윗선에서 전부 차단할 테니."

"……?!"

마리안느의 설명을 들은 엘자의 눈동자에 불꽃이 깃들었다.

"이야기가 틀리잖아요! 그럼 당신은 대체 뭘 하고 싶었던 거죠?! 저한테 묘한 거래를 제안하면서까지 일루시아와 싸우게 하고, 일루시아를 붙잡아서…… 대체 뭘 하고 싶었던 거냐구요!"

"그녀를 원하는 자들이 있거든요. ……실험 샘플로서 말이죠."

"……예? 실험 샘플?"

"그 이름도 유명한 제국 정부 마도청의 극비 마술 연구기관…… 창천 십자단에서요."

헤븐스 크로이츠. 마리안느의 입에서 그 이름이 나온 순간, 엘자는 헛웃음을 터트렸다.

"헤븐스 크로이츠……? 하, 하하…… 당신, 제정신이에요?"

그것은 과거에 제국에서 유행한 도시전설 중 하나였다.

"마도청의 특별 비밀 예산…… 『Project : Revive Life』나 『Project : Frame of Megiddo』 같은 금주법을 여왕 폐하께조차 숨기고 지금도 연구를 계속하고 있다는 제국 마술계의 가장 어두운 부분…… 그런 기관이 정말로 실존한다고 진심으로 믿고 있는 건가요?"

"……정말로 존재한다면요?"

그러자 마리안느가 등골이 서늘해질 것 같은 차가운 미소를 지었다.

"현재 제국 정부는 국군청과 강경파 의원을 필두로 세운 『무단파(武斷派)』와 마도청과 온건파 의원을 필두로 세운 『문치파(文治派)』가 각각 일대 세력을 구축하고 있죠. 하지만 레자리아 왕국이라는 광신자들의 나라가 항상 제국의 합병을 노리고 있는 작금의 상황을 타파하기 위해 부국강병 노선을 걷는 제국에서는 막대한 예산을 배정받은 국군청, 『무단파』의 발언력이 무척 강하답니다. 그 덕분에 국군청에서는 국내 최강의 마도사들을 모은 제국 궁정 마도사단이라는 조직까지 거느리고 있죠. ……이러니 제국의 근간을 지탱하는 마술을 통괄해야 할 마도청은 이 상황을 무척 고깝게 여기고 있답니다."

"……."

"그럼 어째야 좋을까요? 만약 국군청이 애타게 원할 법한, 그 무엇과도 바꿀 수 없는 마도기술을 개발한다면? 특히 죽은 자를 의사적(擬似的)으로나마 되살리는…… 그런 마술이 있다면…… 항상 전력소모에 골머리를 썩고 있는 국군청…… 나아가서 제국군은 대체 어떻게 반응할까요? 그게 설령 양지로 드러낼 수 없는 금단의 마술이라도…… 실제로 존재한다면 마도청에 고개를 숙일 수밖에 없겠죠? 그럼 단숨에 입장이 역전되는 거죠."

"설마……『Project：Revive Life』?!"

"정답이에요. 표면상으로는 여왕 폐하의 칙령으로 동결한 프로젝트지만 뒤에서는 몰래…… 후훗. 딱히 신기할 것도 없는 흔해빠진 이야기지만요."

"거짓말! 그런 게 존재할 리가 없어요! 헤븐스 크로이츠 따윈 도시전설에 불과하다구요!"

"정말로 존재한다니까요? ……바로 제가 그곳에 소속됐던 연구원이었는걸요."

"예……?!"

엘자는 경악할 수밖에 없었다.

"옛날에 실수를 좀 저지르는 바람에 기관에서 쫓겨났거든요. ……지금은 이런 시시한 아가씨 학교의 학장 자리에 묶여 있지만…… 헤븐스 크로이츠로 복귀할 기회가 갑자기 찾아온 거랍니다."

마리안느는 아연실색한 엘자를 계속 비웃었다.

"그래요. 그게 바로 당신이 일루시아라고 부르는 리엘 레

이포드의 포획. 성공하면…… 헤븐스 크로이츠에 복귀시켜
주겠다는 통보가 위에서 내려왔거든요."

"그, 그런 말도 안 되는 소리가 어디 있어요!"

엘자는 팔을 휘두르며 부정했다.

"어째서 일루시아의 포획을 조건으로 복귀를 약속하는 거
죠?! 설령 사실이라고 해도『Project : Revive Life』의 재개
발을 노리는 헤븐스 크로이츠가 왜 일루시아를……."

거기까지 말한 엘자는…… 눈치챘다.

―아, 아니야. 나는…… 으응. 그치만 일루시아는 나이기
도 해…….

―저기, 엘자. 대화를 하고 싶어. 난…… 머리가 그다지 좋
지 않으니까…… 잘 전달할 수 있을지는 모르겠지만…… 일
루시아에 대해…….

조금 전에 엘자가 리엘을 책망했을 때.

어째선지 리엘은 완전히 부정하지도 않으며 마치 남 일처
럼…… 마치 자신 외에『일루시아』라는 소녀가 따로 존재하
는 것처럼 말했었다.

"……거짓말……. 설마…… 그랬던, 거야……? 리엘……
너, 너는……."

엘자는 자신이 낸 결론에 아연실색했다. 도저히 믿을 수
없었지만…… 헤븐스 크로이츠가 리엘을 원하는 이유는 그
것밖에 짐작이 가지 않았다.

"이제야 눈치챈 모양이네요. 엘자…… 그래요. 그 짐작대로예요."

마리안느는 악마처럼 웃었다.

"리엘 레이포드. 그녀는 하늘의 지혜연구회가 완성한 『Project : Revive Life』로 일루시아를 복제해서 만든 마조 인간이랍니다. 이제부터 『Project : Revive Life』를 연구할 헤븐스 크로이츠로서는 무슨 일이 있어도 확보하고 싶은 실험 샘플이겠죠?"

그렇다면 자신이 한 일은…… 정의가 아니었다. 복수조차 아니었다.

마지막까지 자신을 상처 입히고 싶지 않다고 말해준 소녀에 대한 최악의 배신행위였다.

"거, 거짓말이죠?! 애당초 리엘이 『Project : Revive Life』로 탄생했다는 정보를 대체 어디에서……!"

"글쎄요? 헤븐스 크로이츠와 하늘의 지혜연구회가 옛날부터 협력 관계였다는 소문을 들은 적이 있는데, 어쩌면 그쪽과 관계가 있을지도요? 뭐, 정보의 출처 따윈 아무래도 상관없답니다. 저에게 중요한 건 리엘을 포획하면 헤븐스 크로이츠에 복귀할 수 있다는 것뿐이니까요."

"이…… 짐승만도 못 한……!"

"그리고…… 물론 당신도 동행해야겠어요, 엘자."

마리안느는 마치 사냥감을 노리는 뱀 같은 눈으로 엘자를 끈적하게 훑어보았다.

"뭐……?!"

"당연하잖아요? 당신은 이미 비밀을 알았고…… 뭐, 처음부터 당신도 끌고 갈 셈이었으니 주절주절 털어놓은 거였지만요. 당신의 전투 기술은『Project : Revive Life』를 추진하는 관점에서 보면 무척 매력적이거든요."

"……내 검술이?! 어, 어째서?!"

"그야 뻔하잖아요? 원래『Project : Revive Life』는 죽은자를 의사적으로 부활시켜서 소모된 전력을 재생하는 걸 콘셉트로 시작된 프로젝트였으니까요. 생전의 전투 기술을 얼마나 잘 재현할 수 있을지가 요점이죠. 그럼 당신도『Project : Revive Life』의 재생 소체로는 안성맞춤이잖아요? 엘자, 아무튼 당신은 리엘과 마찬가지로 그 젊은 나이에 이미 완성된 천재 검사니까요!"

"다, 당신이라는 인간은……."

아버지에게 물려받은 이 검술을. 자신이 필사적으로 단련해온 이 검술을…….

이 여자는…… 그런 시시한 이유로 이용하겠다는 건가.

"……용서 못 해……. 그딴 일에 날 이용하고…… 제물로 바치려 하다니! 당신들은 항상 그랬어! 나한테서 모든 걸 **빼**앗아가! 집도, 재산도, 긍지도, 게다가 검술까지…… 용서할 수 있을까 보냐! 마리안느 **숙모**오오오오오!"

"아핫! 당신의 용서 따윈 필요 없답니다! 어서 얌전히 붙잡히기나 하시죠!"

마리안느가 턱짓을 하자 여학생들이 말없이 포위망을 좁혔다.

"다, 당신들…… 방금 그 이야기 못 들었어?! 왜 이런 여자의 명령을……."

"어머? 그녀들은 자신의 의지로 절 돕고 있는 건데요?"

나리안느는 동요하는 엘자를 비웃었다.

"저에게 협력하면 헤븐스 크로이츠의 구성원이 될 수 있도록 소개해주겠다고 했더니…… 다들 간단히 넘어오더군요."

"뭐……?! 마, 말도 안 돼……."

엘자가 믿을 수 없는 눈으로 주위를 둘러보았지만 다들 눈이 진심이었다.

"답답함을 느낀 건 당신의 반뿐만이 아니에요. 이 학교에 재적한 학생들은 하나 같이 부모가 정한 장래, 폐쇄된 공간을 지긋지긋하게 여기고 있었답니다. 자유를 원해. 남들과는 다른 특별한 존재가 되고 싶어. ……그런 소망을 품고서요."

"무, 무슨 짓을……."

하지만 엘자도 그녀들의 심경을 이해하지 못하는 건 아니었다.

성 릴리 마술여학원은 아가씨 전용의 학교. 귀족이나 유력 상인 같은 상류층의 여식이 혼전에 지위에 어울리는 교양을 배우기 위해 **입학을 강요받는** 학교. 자신의 미래를 개척하기 위해 **입학하는** 알자노 제국 마술학원과는 근본적인 목적이 다른 기관이었다.

졸업 후에도 고작해야 가문을 잇거나 정략결혼의 도구로 쓰이는…… 대부분의 학생이 많든 적든 미래가 뻔한 인생, 숨 막히는 폐쇄감을 공통적으로 느끼고 있을 터…….

마리안느의 유혹은 그런 말라비틀어진 학생들의 마음에 무척 달콤하게 들렸으리라.

전설적인 정부의 극비 기관. 그곳의 일원이 될 수 있다.

평범하지 않은 특별한 인생을 살 수 있다.

자력으로 현 상황을 타개할 힘도 없거니와 기개도 없는, 체념의 늪에서 허우적대는 자들에게는 마치 하늘에서 내려온 거미줄 같은…… 희망 그 자체로 느껴졌으리라.

그러나―.

"그런 일반인들이 절 사로잡을 수 있다고…… 진심으로 그렇게 생각하는 건가요?"

엘자는 발도술 자세를 취했다. 팽팽한 검기와 위압감이 주위로 퍼져 나갔다.

무의식적으로 두려움을 느낀 여학생들은 뒤로 한 걸음씩 물러났다.

평범하게 생각하면 리엘과 필적하는 실력자인 엘자를 상대로 세상 물정 모르는 아가씨들이 열 명이든 백 명이든 몰려와 봤자 상대도 될 리 없겠지만—.

"얼마든지요. ……당신이 상대라면."

마리안느가 허리에 찬 낡은 검을 역수로 살짝 뽑자, 갑자기 엘자의 주위에 작은 불꽃이 드문드문 피어올랐다.

"아……."

불길은 강하지 않았다. 피부를 직접 태우지도 않고 그저 모닥불처럼 엘자의 주위를 에워싼 채 타오르기만 할 뿐—.

그저 그것뿐. 그것뿐이었지만—.

"아, ……아, 아……."

단숨에 새파랗게 질린 엘자는 몸을 부들부들 떨었다.

도가 소리를 내며 바닥에 떨어졌다.

"아아아아아아아아아아아아아아아아아아아아악!"

그리고 머리를 잡고 몸을 웅크리며 새된 목소리로 비명을 질렀다.

"아하하하하하하! 유감이겠네요, 엘자! 그래요. 당신은 강하죠. 이 자리에 있는 그 누구보다! 하지만 당신에게는 치명적인 약점이 있어요!"

"싫어어어어어어! 싫어! 싫어! 누가, 누가 나 좀……?!"

"그래요! 당신은 치명적인 트라우마를 가지고 있어요! 당신은 불꽃, 피, 붉은색……『불꽃의 기억』을 떠올리게 하는 것에 치명적일 정도로 약해요! 그것들을 똑바로 바라보면 겁에 질린 꼬맹이처럼 이성을 잃고 완전히 폐인이 되죠!"

"아아아아악! 싫어! 뜨거워! 뜨거워! 피가…… 붉은색이!"

"그래도 안경을 쓴 평소의 당신이라면 몸이 굳어서 움직이지 못하는 정도…… 똑바로 바라보지만 않으면 간신히 일상생활은 가능해요. ……그걸 위한 안경이었던 거죠?! 하지만 안경을 벗은 무인 상태의 당신은 붉은색이나 불꽃을 보기만 해도 공황 상태에 빠지고 말아요!"

마리안느가 검을 더 길게 뽑자 불꽃의 기세가 한층 더 커졌다.

"당신이 타인을 멀리한 것도 그게 원인이었죠! 다들, 불쌍한 당신을 배려해서 불꽃의 마술은 자중하고, 붉은 물건을 치워주는 게 미안해서 당신은 그 누구와도 마음을 터놓지 못했어요! 진짜 바보 같다는 말밖에 안 나오는군요!"

"싫어! 싫어어어어어어어! 그마아아아아아아아안!"

"이거 참 걸작이네요! 당신, 장래에 아버지 같은 훌륭한 군인이 되고 싶다고요? 그야 무리죠! 불꽃과 피를 보지 못하는 인간이 하필이면 군인?! 웃기고 있네! 아하하하하하하하하! 당신 같은 결함품은 그냥 마술 실험용 샘플이나 되시죠!"

공황 상태에 빠진 엘자는 변변찮은 저항도 못 하고 여학생들에게 간단히 제압당한 후, 밧줄로 포박 당했다.

"도와…… 도와줘요……. 불꽃이…… 붉은색이…… 뜨거워……. 뜨겁단 말야……. 욱!"

"시끄럽네 진짜. 언제까지 소리를 지를 거야!"

마리안느는 손발을 묶인 상태로도 떨면서 겁에 질려 우는 엘자의 배를 인정사정없이 걷어차서 조용하게 만들었다.

"그럼 이제 어쩌죠? 마리안느 학원장님……."

"예정대로 열차가 도착하는 즉시 출발 준비를 하세요. 준비가 끝나면 바로 두 사람을 데리고 제도를 향해 출발하겠어요."

여학생 중 한 명이 묻자 마리안느가 지시를 내렸다.

"……그보다…… 당신들이야말로 정말 괜찮겠어요? 이젠 돌이킬 수 없을 텐데요."

그리고 넌지시 여학생들의 속을 떠봤다.

"괜찮아요. 상관없어요! 이미 각오했으니까요!"

"이젠 다 싫어요. 이 학교도, 가문도, 앞날이 뻔한 인생도……!"

"저희는 가문과 피를 잇기 위한 도구가 아니라구요! 특별한 존재가 되고 싶어요!"

"그런가요. ……훌륭한 대답이군요."

여학생들의 대답에 마리안느는 만족스러운 듯 고개를 끄덕였다.

"그럼 행동을 개시하죠. 다들 출발 준비를. 오늘 밤은 바빠지겠네요."

""""예!""""

마리안느가 지시를 내리자 여학생들은 기세등등하게 대

답했다.

'이거 참…… 엄청난 사태가 벌어졌네요.'

역 앞 광장 근처의 길모퉁이에서 그런 마리안느와 여학생들의 모습을 살피는 인물이 있었다.

프랑신의 시종인 지니였다.

'송별회가 거의 끝나가는 데도 리엘 양과 엘자 양이 계속 돌아오지 않아서 각자 흩어져 학교 안을 찾아다녔는데…… 설마 이런 일이 벌어졌을 줄은……'

지니는 식은땀을 흘리며 역 구내로 들어가는 마리안느 일행의 모습을 관찰했다.

독순술로 확인한 결과, 그녀들은 이제부터 철도열차에 리엘과 엘자를 싣고 제도로 출발할 예정인 모양이었다.

시선을 돌리자 확실히 그 말대로 이 시간대에 존재할 리 없는 증기기관차의 그림자가 어둠을 틈타 천천히 역으로 들어오고 있었다. 소리가 전혀 들리지 않는 건 이 주변 일대에 음성 차단 마술 같은 걸 펼쳐뒀기 때문이리라.

『Project : Revive Life』라든가 헤븐스 크로이츠 같은 뭔가 수상쩍은 단어도 언급됐는데…… 어차피 이건 완전히 제 역량을 벗어난 문제……. 애당초 적이 너무 많아요.'

마리안느를 둘러싼 마흔에 가까운 학생들을 확인한 지니는 냉정하게 그런 판단을 내렸다.

'일단 렌 선생님께 보고하러 가는 편이 좋겠네요.'

지니가 몸을 돌려서 이 자리를 벗어나려 한 순간—.

"흐응……. 묘한 염탐꾼이 있네?"

갑자기 뒤에서 들려온 목소리에 움찔 놀라며 굳어버리고 말았다.

레이피어 등으로 무장한 여학생들이 그늘이나 길에서 줄줄이 모습을 드러냈다.

이 상황으로 미루어보긴대 틀림없이 마리안느를 따르는 자들이었다.

총 열두 명. 지니는 어느새 완전히 포위당한 상태였다.

'……수련이 부족했네요. 상상을 초월한 사태에 놀라서 이렇게 가까이 접근한 걸 눈치채지 못하다니……. 닌자 실격이에요.'

자세히 보니 성 릴리 마술여학원의 구성원 중에서도 굴지의 실력자로 유명한 학생…… 프랑신과 콜레트에 필적한다는 소문의 학생들이 드문드문 보였다.

1대 1이라면 간단히 지지는 않겠지만…… 아무래도 지금은 전력 차이가 너무나도 현격했다.

"……그렇게 이 학교가 싫나요? 다른 사람이 깔아둔 레일 위를 걷는 게 싫은가요?"

"당연한 소릴. 싫은 게 뻔하잖아요."

지니의 경멸에 가까운 질문에 여학생들이 입을 모아 대답했다.

"흥……. 현 상황을 바꿀 힘도 없거니와 노력한 적도 없으면서. 애당초 바꿀 배짱조차 없는 주제에 욕심만 많아서는. ……뭐? 정부 비밀 기관의 구성원? 웃기지도 않네 진짜. 유년기의 망상인가요? 아무리 사춘기라고 해도 정도가 있잖아요. 바보 같기는."

"마음대로 떠드시죠, 지니. 그런 당신의 주인님도 별다를 것 없잖아요?"

무심코 말문이 막혔지만 지금은 한가롭게 대화를 나눌 때가 아니었다.

한시라도 빨리 이 상황을 렌 선생님에게 전해야만 했다.

퇴로를 찾기 위해 지니가 한걸음 뒤로 물러나자―.

"어머? 도망치려고요? 지니."

민감하게 눈치챈 여학생들이 일제히 도발했다.

"당신, 늘 이런 소릴 했잖아요? 일족의 긍지라든가~ 수치라든가~."

"꼴사납게 적에게 등을 보일 정도라면 긍지 높게 싸우다 죽을 거라면서요?"

"당신의 각오라는 건 고작 그 정도였나요? 흐응…… 동방의 닌자인지 뭔지 모르겠는데…… 당신의 일족도 별 것 아닌가 보군요."

"큭…… 이것들이……!"

모욕당한 지니는 무심코 이성을 잃고 앞뒤 가릴 것 없이 돌격할 뻔했다.

　—못 이기겠으면 냉큼 물러나.

　—긍지 같은 건 던져버리고 다른 수단을 생각해. 네 목적이 뭐였지?

　하지만 갑자기 머릿속에 떠오른 글렌의 말이 아슬아슬한 선에서 이성을 유지하게 해주었다.

　"……외람되지만."

　지니는 이를 악물고 굴욕을 견뎠다. 자신의 미숙함을 저주했다.

　"지금의 전 긍지 높은 닌자인 동시에…… 마술사이기도 하니까요. 죄송하지만 도주하겠습니다. 당신들의 꿍꿍이에는 넘어가지 않아요."

　"아하하! 의외인걸? 그래, 어디 도망쳐보시죠. ……도망칠 수 있다면!"

　"돌파하겠습니다! 하아아아아아아아아아아아아아앗!"

　"꺄하하하하하하하하하! 어디 한 번 놀아줘볼까요?"

　인적 없는 뒷골목에서 지니와, 그녀를 포위한 여학생들의 검격과 마술이 작열했다.

제6장 한밤중의 불꽃 속에서의 결전

"나 원 참, 그 녀석들 대체 어디로 간 거야?"

성 릴리 마술여학원의 부지 안을 한 바퀴 돌아서 송별회가 열렸던 오픈 카페로 돌아온 글렌은 한숨을 내쉬었다.

"아마 리엘이랑 엘자 양은 같이 있을 텐데……."

글렌 옆에 있는 루미아도 걱정스러운 얼굴이었다.

그렇다곤 해도 달반의 마흔 명 남짓한 인원으로 찾아다니기에는 이 학교가 지나치게 넓었다.

"아~ 무리야. 무리. 못 찾겠어."

"기숙사와 학교 건물 쪽에는 없었어요."

그러는 사이에 콜레트와 프랑신을 비롯한 달반 학생들도 돌아왔다.

"오, 왔구나. 미안하다."

"신경 쓰지 마, 선생님. 오늘로 마지막이니까!"

"짧은 시간이었지만 같은 교실에서 공부한 동료인걸요."

콜레트와 프랑신은 그렇게 말하며 웃었다.

2주 전까지만 해도 견원지간처럼 싸웠던 게 마치 거짓말이었던 것처럼…….

물론 아직도 가끔 가벼운 마찰이 있었지만…… 아무래도 파벌 간의 알력은 서서히 완화되고 있는 모양이었다.

'그건 그렇고…… 그 녀석들, 진짜 어디로 간 거지?'

아무래도 돌아오는 게 너무 늦었다. 이상하다.

리엘이 워낙 마이페이스이긴 해도 지금은 엘자가 함께 있을 터. 모처럼의 송별회인데 아무 말도 없이 제멋대로 사라질 리는 없겠지만ㅡ.

'……뭐지? 이 가슴의 두근거림은……?'

이유는 모르겠지만 대인기피 증세를 보이는 리엘을 처음부터 우호적으로 대해준 엘자…… 그녀를 보며 느꼈던 어렴풋한 위화감이 이 부자연스러운 상황 속에서 갑자기 다시 고개를 쳐들었다.

"저기, 혹시…… 리엘이랑 엘자 양이라면…… 그거 아닐까요?"

하지만 시스티나는 그런 글렌의 속도 모르고 시장바닥에서 소문을 퍼트리는 아줌마 같은 웃음을 지었다.

"……그거? ……그거라는 게 뭔데?"

"어, 어머! 선생님도 참! 그게 그거지 또 뭐가 있겠어요! 전부 말하게 하지 마시라구요!"

시스티나는 뺨을 붉히며 글렌의 등을 찰싹찰싹 때렸다. 왠지 반응이 이상했다.

"그야 그 두 사람은 엄청 사이가 좋았는걸요. 저희도 무심코 질투가 날 정도로 늘 찰싹 달라붙어 있는 걸 보니……
제 민감하고 정밀도가 뛰어난 연애 센서에 반응이 딱 오더
라구요."

"민감하고 정밀도가 뛰어난 연애 센서……?"

시스티나가 의기양양하게 말하자 루미아는 모호한 쓴웃
음을 지었다.

"응, 그 센서는 분명 본인에게는 적용되지 않는 거겠지?
응. 이해해."

"어? 그건 또 무슨 뜻이야, 루미아? ……뭐, 아무튼!"

시스티나는 영문을 알 수 없는 루미아의 발언에 의아한
표정을 지었지만 곧 사고를 전환하고 글렌에게 검지를 척
들이댔다.

"걔넨 틀림없이 서로를 좋아하는 걸 거예요! 꺄~!"

"바보 아냐? 여자끼리 무슨."

"선생님이야말로 뭘 모르시네요! 사람을 사랑하는 감정
앞에서 성별 차이 같은 건 사소한……."

"소 설 과 현 실 을 혼 동 하 지 마."

글렌의 단호한 대답에 울컥한 시스티나가 반론하려 한 순
간—.

콰당! 와장창!

갑자기 큰 소리가 들렸다.

이 자리의 모두가 소리가 들린 방향으로 일제히 시선을

돌렸다.

구석 자리에 있는 야외 테이블을 성대하게 넘어트리며 쓰러진 그 소녀의 정체는—.

"하아…… 하아…… 하면, 되네요……. 쿨럭! ……콜록!"

"지니?!"

온몸이 상처투성이인 무참한 모습으로 피폐해진 지니였다.

"이제야 왔…… 아니, 뭐야 이게! 너, 대체 무슨 일이 있었던 거야!"

"지, 지니?! 아아, 너무해! 저, 정신 차리세요!"

프랑신이 울 것 같은 얼굴로 달려가 지니를 부축했다.

"아아, 지니! 제발……! 전 당신이 없으면……!"

"괜찮아요, 아가씨……. 인간은 이 정도 상처론 안 죽으니까요. ……꽤 호되게 당하기는 했지만요. ……뭐, 꼴사납게 도망 다닌 보람이 있었네요."

"루미아! 힐러 스펠을!"

"예!"

글렌의 지시를 받고 지니에게 달려간 루미아는 이런 상황에서도 별다른 동요를 보이지 않고 침착하게 주문을 외워서 지니의 상처를 치료하기 시작했다.

"아뇨, 렌 선생님. 제 치료는 일단 좀 미루죠. ……그보다 선생님께 한시라도 빨리 전해드려야 하는 일이…… 실은……."

루미아의 손을 살짝 밀고 일어난 지니는 충격적인 사실을 밝혔다.

…………

……

"마리안느 학원장님과…… 엘자가…… 리엘을? 세상에……."

"이 학교의 일부 여학생들까지 가세했다고……? 젠장……
이게 무슨……."

지니가 가져온 정보를 들은 시스티나와 글렌은 경악할 수
밖에 없었다.

"마도청의 극비 마술 연구기관 헤븐스 크로이츠…… 나도
군에 있을 때 소문은 들어본 적 있지만…… 설마 실존했을
줄은……!"

지니의 정보 덕분에 상황을 완전히 파악한 글렌은 주먹을
쥐었다.

부자연스러운 단기 유학 제안…… 이번 일은 처음부터 이
런 의도로 계획된 것이리라.

"왜, 왠지…… 이야기가 갑자기 너무 커져서 따라갈 수가
없네요."

프랑신을 필두로 한 달반 학생들은 그저 아연실색할 수밖
에 없었다.

그런 가운데 글렌은 갑자기 예전 기억을 떠올렸다.

최대의 큰 숙적이었던 일그러진 《정의》가 남기고 간 말
을…….

—글렌, 이 제국은…… 멸망해야만 해.

—이 제국은 어떤 사악한 의사로 만들어진 마국(魔國)이야.

헤븐스 크로이츠. 제국 정부의 극비 기관. 하늘의 지혜연구회와 내통하고 있다는 듯하다.

제국 정부와 하늘의 지혜연구회는 유사 이래 불구대천의 원수지간임에도 불구하고…….

아니, 애당초 세계 굴지의 국력을 소유한 알자노 제국이 어째서 고작 일개 마술결사에 줄곧 농락당하기만 한 것일까. 이건 누구나가 어렴풋이 느끼고 있는 위화감이었다.

그리고 제국 각지에서 자유롭게 암약하는 하늘의 지혜연구회 소속 외도(外道) 마술사들…….

'설마…… **그런 거**였나? 아니면 이건 아직 **빙산의 일각**?'

저티스…… 넌 대체 뭘 알고 있는 거지? 대체 뭘 본 거야?

"……아니, 지금은 그런 것보다 리엘이 먼저지."

고개를 흔들어서 불길한 예감을 떨쳐낸 글렌은 앞으로의 방침을 모색하기 시작했다.

"선생님…… 두 분을 구출하시려면 서둘러야……."

루미아의 치료를 받는 지니가 고통을 참으며 입을 열었다.

"학원장 일행은 조금 전에 차고의 철도 열차를 탈취해서 출발했어요……."

"뭐?! ……벌써 출발했다고?!"

"죄송해요. 제가 포위망을 돌파하느라 시간을 낭비한 탓에…… 늦었어……."

"아니, 네 잘못이 아니야. ……오히려 귀중한 정보를 가져와줘서 고맙다. ……하지만……."

이미 열차가 출발한 이상 따라잡는 건 무리였다. 설령 글렌이 백마 【피지컬 부스트】를 최고 출력으로 쓴다 해도 마찬가지였다.

애당초 백마 【피지컬 부스트】는 지극히 짧은 시간 동안 전투 능력을 향상시키기 위한 마술이었다. 마력 낭비와 육체에 부담이 가는 것을 피하기 위해 전투 중에도 스위치를 껐다 켜는 것처럼 중요한 순간에만 쓰는 방식이다.

사실 장거리 이동을 위한 마술은 처음부터 존재하지 않았다. 마술을 그런 식으로 쓴다면 눈 깜짝할 사이에 마력이 고갈될 테고 육체도 부담을 견딜 수 없다. 루미아의 능력을 써도 마찬가지였다. 그나마 가능성이 있는 건―.

"……하얀 고양이. 너, 날 안고 『질풍각(疾風脚)』을 써서 열차를 따라잡을 수는 없을까?"

"죄, 죄송해요…… 『슈투름』의 제어는…… 아직 간신히 저 혼자 나는 수준이라…… 선생님을 안고 날았다간 분명 도중에 추락해서 다진 고기처럼 되고 말 거예요."

시스티나가 미안한 표정을 지었지만 글렌은 그럼 어쩔 수 없다는 듯 신음을 흘렸다.

학원장 일행이 제도행 열차를 탔다는 건…… 즉, 제도 어딘가에 있는 마도청의 비밀 조직과 접선할 약속을 한 것이리라.

그렇게 되면 게임 오버다. 마도청은 국군청과 어깨를 나란히 하는 유력 기관…… 그리고 무엇보다도 제국에 소속된 인간들인 탓에 오히려 이 상황에서는 악재로 작용했다.

만약 이대로 가면…… 리엘과 엘자의 흔적은 평생 찾을 수 없게 되리라.

'내가 같이 있었으면서 이게 무슨 꼴이냐……'

글렌은 고뇌에 잠겼다.

"아니야, 선생님. ……아직 방법은 있어."

"예, 그 말씀대로예요. 저희, 전원의 힘을 모으면…… 어쩌면."

그러자 콜레트와 프랑신이 갑자기 그런 말을 꺼냈다.

"뭐, 얼마 전이었다면 무리였겠지만…… 지금이라면……"

"예……. 저희가 협력하는 건 예전에는 상상조차 못 할 일이었으니까요……."

"뭐……? 너희들, 대체 무슨 소릴……."

글렌은 어리둥절한 표정을 지었다.

"그야 당연하잖아? 우리의 동료를, 이 자리에 있는 모두의 힘으로 구출하자는 거지!"

"『흰 백합회』의 여러분, 물론 협력해주시겠죠?"

"『검은 백합회』제군! 이대로 그 녀석들을 버릴 생각은 아니겠지?"

프랑신과 콜레트가 그렇게 외치자―.

""""물론이죠!""""

이 자리에 모인 달반의 학생 전원이 일제히 호응했다.

이미 파벌 따윈 관계없었다. 같은 반의 동료를 구출하자는 하나의 목표 아래에서 모두의 뜻이 일치단결한 것이다.

"너, 너희들……."

글렌은 손에 손을 잡고 흥분한 소녀의 모습에 말문이 막혔다.

"자, 선생님!"

"다 같이 엘자와 리엘을 구출하자고!"

그런 글렌에게 프랑신과 콜레트는 힘찬 미소를 지으며 손을 내밀었다.

―긴 밤이 시작되려 하고 있었다.

밤의 어둠 속.

중후한 구동음을 울리며 증기기관차가 선로를 질주했다.

마리안느는 선두의 기관차와 가장 가까운 오픈 살롱 타입 1호차의 좌석에 앉아 창밖을 바라보고 있었다.

숲의 야경이 뒤로 빠르게 흘러가는 가운데 창가에 턱을 괴고 웃음을 흘렸다.

'전부 순조로워……. 기관차의 조종사는 필요한 운전 기술을 프로그래밍한 마도인형……. 리엘과 엘자는 꼼꼼하게 포박해서 중앙 차량에 감금해뒀어…….'

마리안느의 주위에서는 여학생들이 화기애애하게 담소를 나누고 있었다. 다들 내일부터 시작될 멋진 나날을 기대하며 가슴이 벅찬 상태였다. 저마다 마침내 그 감옥 같았던 학교를 벗어났다는 해방감과 안도감을 만끽하고 있었다.

'……이 아이들의 인심장악도 완벽해. 뒷공작과 사후 처리도 마도청에서 파견한 요원이 잘 해결해주겠지. ……그래, 문제 될 건 전혀 없어.'

유일하게 마음에 걸리는 점이라면—.

'그러고 보니 경계를 섰던 아이들이 놓친 지니라는 여학생…….'

마리안느는 학교에 재적한 모든 학생의 프로필을 파악하고 있었다. 헤븐스 크로이츠에 스카우트할 만한 인재가 없는지 확인해두기 위해서였다.

물론 지니의 프로필도 완벽히 파악하고 있었지만—.

'언뜻 보기엔 내성적인 것 같지만 실은 자의식과 자존심이 무척 강한 아이…… 보고처럼 적을 앞에 두고 도망을 선택하는 아이가 아니었을 텐데…….'

그런 사소한 의문과 위화감이 마리안느의 머릿속을 스쳐 지나갔다.

'하지만 뭐, 이젠 관계없겠지. ……이렇게 출발해버린 이상, 문제 될 건 전혀…….'

그렇게 결론을 내린 마리안느는 지니에 관해 생각하는 걸 그만두었다.

'그래. 전부 순조로워……. 순조로우니까…….'

산골짜기를 천천히 서행하는 열차이 창밖에는 심연의 어둠이 펼쳐져 있었다.

다그닥! 다그닥! 다그닥!

깊고 어두운 숲속을 바람을 가르며 질주하는 말발굽 소리.

다그닥! 다그닥! 다그닥!

규칙적으로 땅을 두드리는 그 소리는, 길이 아닌 길을 사람의 다리로는 불가능한 속도로 돌파했다.

자세히 보니 재갈을 물린 훌륭한 두 필의 준마가 갈기를 휘날리고 꼬리를 흔들면서, 그 야성적이고 강인한 근육이 불끈거리는 네 다리를 힘차게 약동하며 숲을 빠져나가고 있었다.

"이럇!"

"핫! 하앗!"

때때로 두 소녀의 기세등등한 호령과 찰진 채찍 소리도 메아리쳤다.

이 두 필의 말을 몰고 있는 건 다름 아닌 콜레트와 프랑신이었다.

둘 다 멋진 승마 솜씨로 이 어두운 숲속을 어려움 없이 질주하고 있었다.

"으으으으으으으읍! 혀 깨물었어!"

"아야야야! 엉덩이가 아파! 조, 조금만 천천히~!"

각각 글렌과 시스티나를 뒤에 태운 채로……

콜레트와 프랑신은 말을 혹사시키며 숲속을 달리고 있었다.

물론 이런 페이스 배분도 고려하지 않은 방식으로는 말이 오래 갈 리 없었다.

이윽고 당연히 체력의 한계에 달한 말이 눈에 띄게 속도를 줄인 순간—.

파앗!

전방에서 흑마【플래시 라이트】의 섬광이 터졌다.

고개를 들자 말에 탄 달반 학생 두 명이 예비용 말의 고삐를 쥔 채 전방에서 대기하고 있었다.

"프랑신 님! 이제야 오셨군요!"

"콜레트 언니! 갈아타실 말이에요!"

"그래! 고맙다! 선행 팀!"

"렌 선생님! 시스티나! 준비해주세요!"

"아, 진짜! 또야?! 난 곡예사가 아니라고오오오오오!"

후발팀인 글렌 일행이 탄 말이 선발팀이 준비한 예비용

말과 스쳐지나간 순간, 콜레트와 글렌, 프랑신과 시스티나는 각각 말 위에서 몸을 날려 말을 갈아탔다.

"좋았어! 가자! 이럇!"

"하앗!"

그리고 바로 채찍질을 하자 새 말들은 투레질을 하며 용맹하게 질주했다.

"망할! 과연 귀족 영애들답구만! 승마는 기본 소양이다 이거냐!"

글렌은 콜레트의 허리를 단단히 끌어안으며 비명을 질렀다.

"잠깐, 선생님! 잠깐만요! 너무 딱 달라붙으신 거 아니에요?! ……히익?!"

프랑신에게 매달린 시스티나도 흠칫거리며 비명을 질렀다.

"그런데…… 설마 이런 방법으로 열차를 추격하게 될 줄은……!"

사람을 둘이나 태운 상태로 험한 길을 달린다면 당연히 말의 속도와 내구력에 큰 지장을 초래하기 마련이다.

하지만 한 사람씩 말에 탄 선발팀이 예비용 말을 끌고 앞서 가서 대기하고, 상대적으로 속도가 뒤떨어지는 2인승의 후발팀이 그 예비용 말들로 계속 갈아타는 방식이라면, 결과적으로 말의 체력을 높은 수준으로 유지하며 장거리를 빠르게 이동하는 것이 가능했다.

글렌 일행은 이런 릴레이 같은 방식으로 열차를 추격하는 중이었다.

부상 중인 지니와 그녀를 치료하는 루미아를 제외한 달반 학생 전원은 학교 안에 있는 말을 전부 모아서 선행했고, 글렌 일행이 달려가는 방향에서 예비용 말을 데리고 기다리는 중이었다.

덕분에 글렌 일행은 엄청난 속도로 이동할 수 있었지만—.

"아무리 그래도 그렇지! 말로 열차를 따라잡을 리가 없잖아! 그리고 이쪽, 선로가 깔린 방향이랑 완전히 다르거든?!"

나무들이 세찬 물결처럼 흘러가고 위아래로 격렬하게 흔들리는 시야 속에서 시스티나가 고함을 질렀다.

"그야 평범하게 쫓아가면 못 따라잡겠지만!"

"하지만 이 길로 가면 따라잡을 가능성이 있어요!"

"그게 대체 무슨……!"

"그냥 입 다물고 조용히 따라오세요!"

그런 식으로 글렌 일행은 몇 번이나 선발팀이 준비한 예비용 말로 갈아타며 숲을 돌파하고, 고개를 넘어가면서 계속 질주했다.

…………

……이윽고 숲에서 빠져나오자 시야가 확 트였다.

어둠을 비추는 달빛.

발밑에는 초원이 급경사를 이루고 있었고…… 저 멀리서 난 잡하게 솟은 언덕과 산, 호수, 울창하게 우거진 숲이 보였다.

그리고 그 사이에서 구불구불하게 깔린 선로와—.

"앗!"

안쪽에서 서서히 달려오는 열차가 보였다.

"말도 안 돼……. 따라잡았어? 아니, 추월한 거야?!"

"워워! 하하하, 그런 셈이지!"

콜레트가 고삐를 당기며 말했다.

"이쪽으로 올 때도 그랬잖아? 이 제도에서 학교까지 오는 길은 일직선이 아니야. 장애물이 워낙 많다 보니 크게 우회해서 올 수밖에 없어."

"게다가 땅의 기복도 심해서 서행운전을 할 때도 많고요."

"그렇군! 여긴 인간의 손길이 닿지 않은 자연이 풍부한 호수 지방이었지!"

글렌은 이제야 납득했다는 듯 큰 소리로 외쳤다.

"예, 그 말씀대로예요! 그래서 이 근방의 지형을 숙지한 데다 충분한 승마 실력을 지닌 기수가 좋은 말을 타고 지름길로 간다면, 아무리 상대가 열차라도 충분히 따라잡을 수 있답니다!"

물론 고작 지형에 관한 지식, 말의 품질, 승마 실력만으로 해낼 수 있는 일은 아니었다.

이 쾌거는 달반 학생 일동이 한 마음 한 뜻으로 일치단결했기에 이루어낸 기적이었다.

바로 요전까지 무슨 일이 있을 때마다 파벌로 갈라져서

충돌했던 소녀들이 협력…… 가슴이 뭉클해진 글렌은 감정에 몸을 맡기고 이렇게 외쳤다.

"잘했다! 프랑신, 콜레트! 진심으로 사랑한다!"

"그, 그런, 선생님. 사랑한다니…… 전, 여자인데……."(홍당무)

"나, 난, 아직, 마음의 준비가……."(홍당무)

"……어? 아, 아니, 그게…… 그냥 한 소린데 진심으로 받아들일 것까진……."(땀)

"어쨌든!"(격노)

그러자 시스티나가 묘하게 짜증을 내며 억지로 화제를 전환했다.

"너희들! 노선을 따라 열차의 진행 방향으로 말을 몰아줘! 나랑 선생님이 열차로 옮겨 탈 테니까!"

"예~ 예! 알았수다! 꼭 붙잡고 있으라고!"

"알았어요! 이럇!"

콜레트와 프랑신이 고삐를 당기자 말들이 다시 달리기 시작했다.

두 사람은 능숙한 솜씨로 고삐를 조작하며 급경사를 망설임 없이 단숨에 내려갔다.

"으갸아아아아아아! 역시 무섭잖아아아아아아아아!"

"히이이이이이이이이이이익?!"

글렌과 시스티나의 애처로운 비명이 꼬리를 그리며 메아

리쳤다.

　열차의 진행 방향…… 급경사를 내려온 말들은 말머리를 돌리고 선로를 따라 달리기 시작했다.

　열차와 말의 거리는 서서히 줄어들었고…… 마침내 나란히 달리는 형태가 되었다.

　역시 말의 속도로는 열차에 미치지 못했다.

　열차의 차량들이 말에 탄 글렌 일행의 옆을 계속 스쳐 지나갔다.

　"큭! ……늦진 않겠지?!"

　"조금만 더! 조금만 더 가까이……!"

　이미 열차의 절반 이상이 앞으로 나간 상황.

　고삐를 쥔 프랑신과 콜레트가 서서히 열차 옆으로 접근하는 와중에도 차량은 하나둘씩 일행의 옆을 스쳐 지나갔다.

　마침내 마지막 차량이 지나가려는 순간—.

　"지금이다! 하얀 고양이! 가자!"

　"《질(疾)》!"

　【피지컬 부스트】로 마력을 일시 개방한 글렌과 【래피드 스트림】으로 『슈투름』을 발동한 시스티나는 말 등에 서서…… 도약했다.

　두 사람은 천상의 달을 등지고 하늘을 날았다.

　"엇차!"

"핫!"

촤악! 텅!

그리고 마지막 차량의 천장 위에 능숙하게 착지했다.

"내, 내가 진짜 정신이 나갔지……."

시스티나는 맹렬한 바람에 옷자락과 머리카락을 나부끼며 새파랗게 질린 얼굴로 중얼거렸다.

"아! 프랑신이랑 콜레트는?! ……어라?"

퍼뜩 놀라 등 뒤로 시선을 돌리자 열차와 나란히 달리던 두 필의 말이 서서히 멀어지는 광경이 보였지만…… 말 위에는 두 사람의 모습이 온데간데없었다.

다음 순간—

퉁! 터텅!

시스티나의 뒤에서 뭔가가 착지한 소리가 들렸다.

"좋았어! 다들, 전부 탄 거지?!"

"가죠, 선생님! 시스티나!"

놀랍게도 콜레트와 프랑신까지 열차로 몸을 던졌던 모양이었다.

"잠깐만! 왜 너희들까지?!"

"나 원 참, 섭섭한 소리 하지 말라고. 시스티나."

"기왕 여기까지 왔으니…… 저희도 여러분과 함께하겠어요."

"어째서……? 위험할지도 모르는데!"

"그건 선생님이랑 시스티나도 마찬가지잖아?"

콜레트와 프랑신은 기막혀하는 시스티나의 말에 반박했다.

"그리고 우리도 장난이나 호기심으로 끼어든 건 아니야."

"지니의 정보에 따르면…… 상당수의 학생이 마리안느 학원장을 돕고 있다잖아요?"

"정말로 너희 둘만으로 충분하겠어? 잔챙이들을 상대해 줄 전력이 필요하지 않아?"

확실히 일리 있는 말이었다. 전투에서 전력 차이는 무시할 수 없는 요소였다.

"서, 선생님……. 어쩌죠?"

그래서 판단을 내리지 못한 시스티나는 매달리는 듯한 시선으로 글렌을 돌아보았다.

"……."

글렌은 잠시 팔짱을 끼고 입을 다물었다.

그리고 곧 프랑신과 콜레트를 똑바로 응시하며…… 질문을 던졌다.

"……너희가 누구냐?"

"……!"

"……대답해봐라. 프랑신, 콜레트. ……너희는 대체 누구냐? 흔해빠진 『마술 사용자』? 아니면……『마술사』?"

프랑신과 콜레트는 서로의 얼굴을 마주보았다.

그리고―.

"『마술사』예요!"

"『마술사』야!"

동시에 힘찬 미소를 지으며 단호하게 선언했다.

"좋아!"

글렌은 그제야 만족스럽게 웃었다.

"그렇다면 가자! 리엘과 엘자를 구출하고, 마리안느를 묵사발내고, 삐뚤어진 사춘기를 보내는 안쓰러운 계집애들에게 참교육을 선사해주는 거다!"

쿠우우우우우우웅!

"무, 무슨 일이죠?!"

후방에서 들린 충격음 때문에 졸음에서 깬 마리안느가 황급히 외쳤다.

"크, 큰일이에요! 마리안느 학원장님! 침입자예요!"

그러자 후방 차량에서 몇 명의 여학생이 이쪽으로 우르르 몰려왔다.

"뭐요?! 대체 어디서! 어떻게!"

마리안느는 무심코 자신의 귀를 의심했다.

"그게…… 아무도 눈치채지 못하는 사이에 마지막 차량으로 침입한 이상한 자들이……."

"각 차량에 배치한 저희 동료들을 차례차례 제압하며 이쪽으로 다가오고 있어요!"

"엘자와 리엘을 돌려달라면서요!"

아마도 지니의 정보를 듣고서 쫓아온 자들이리라.

그것밖에 짐작 가는 데가 없었다.

그러나―.

"마, 말도 안 돼……. 대체 어떻게 열차를 따라잡은 거죠?!"

그나마 생각나는 건 말을 계속 갈아타며 쫓아오는 방법뿐이지만…… 파벌 간의 알력에 사로잡힌 학생들이 그런 팀워크를 발휘할 수 있을 리는 없었다.

하지만 이렇게 침입자가 발생한 것으로 예상하건대 아마―.

"큭! ……당장 침입자를 제압하세요!"

간신히 이성을 되찾은 마리안느는 찢어지는 목소리로 지시를 내렸다.

"후방 차량은 개별실로 된 차량이 많아요! 좁은 장소에서는 다수의 장점을 살리지 못해요! 각 차량에서 대기 중인 학생들을 모으고, 오픈 살롱 차량으로 놈들을 유인해서 머릿수로 압살하세요!"

"아, 예!"

"아시겠어요?! 이번 일이 실패한다면 당신들은 다시 그 숨막히는 학교로 돌아가야만 한다는 사실을! 아시겠죠?!"

""""예!""""

마리안느의 말에 자극을 받은 학생들은 후방 차량 쪽으로 줄줄이 달려갔다.

"큭…… 여기까지 와서……."

열차가 흔들리는 소리와 함께 멀리서 서서히 다가오는 전투의 기척.

예상치 못한 사태에 직면한 마리안느는 지긋지긋하다는 목소리로 욕설을 내뱉었다.

열차 안으로 침입한 글렌 일행은 마리안느를 따르는 여학생들과 격돌했다.

"야아아아아앗!"

한 여학생이 이 앞은 못 지나간다는 듯 레이피어를 들고 글렌을 향해 돌진했다.

"흡!"

하지만 가벼운 동작으로 찌르기를 피한 글렌은 손날로 여학생의 목덜미를 쳐서 의식을 송두리째 빼앗았다.

그러자 바로 혼자 튀어나온 글렌을 노리고 차량 안쪽에 대열을 짠 여학생들이 일제히 주문을 영창했다.

《뇌정의 자전이여》!"

《하얀 겨울의 폭풍이여》!"

《위대한 바람이여》!"

전격이, 얼어붙는 파동이, 묵직한 돌풍이 글렌을 향해 쇄도했다.

《빛나는 수호의 장벽이여》!"

하지만 이 상황을 예상한 시스티나가 글렌의 눈앞에 펼친 빛의 마력 장벽―【포스 실드】가 그 주문들을 모조리 차단했다.

"이, 이런……!"

"지금이다! 찬스다!"

여학생들은 일제 공격이 완전히 막힌 것을 보고 동요했다.

그러자 콜레트는 백마【피지컬 부스트】를 전개하며 주먹을 들고 단숨에 적진으로 뛰어들었다.

"이, 이 바보가! 콜레트, 너……!"

글렌이 제지했지만 이미 늦었다.

돌진해오는 콜레트를 본 적진의 여학생 중 한 명이 씨익 웃는 모습이 보였다.

'……저 녀석, 함정을?!'

글렌이 간파한 대로 그 여학생은 함정을 설치했다.

통로 한가운데에 몰래 설치한【스턴 플로어】.

여학생이 콜레트의 무모한 특공에 맞춰서 그 주문을 발동하려는 순간―

"어!?"

콜레트의 모습이 눈앞에서 사라졌다.

"우오오오오오오오오오오오오오오오오오오오!"

놀랍게도 콜레트는 함정을 밟기 직전에 오른쪽 대각선 방향으로 도약했다.

몸을 던진 기세를 실어서 벽을 세 번 박차고 다시 도약.

공중에서 물구나무서기를 한 자세로 천장에 착지. 그대로 다시 도약.

각력과 중력으로 추진력을 얻은 콜레트는 함정을 설치한 여학생의 머리 위로 단숨에 몸을 날렸다.

징이 박힌 장갑을 낀 왼손에서 하얀 냉기를 내뿜으며 기합과 동시에 주먹을 내질렀다.

"""꺄아아아아아아아악!"""

타격과 냉기의 소용돌이에 말려든 주변 일대의 여학생들은 그대로 의식을 잃고 말았다.

"큭! ……콜레트으으으으으으으으으! 잘도!"

운 좋게 피한 여학생이 황급히 콜레트의 등을 노리고 왼손을 들었다.

"절 잊으셨나요! 《뇌ㅡ."

프랑신이 콜레트를 엄호하려고 주문을 날리려 한 순간ㅡ.

덜컹!

"으아아아아아아아아!"

갑자기 프랑신의 뒤ㅡ 후방 차량과 연결된 문이 열리더니 한 여학생이 레이피어를 들고 고함을 지르며 프랑신의 등을 향해 돌진했다.

아마 기습을 노리기 위해 투명화 마술이라도 쓴 것이리라.

"히익?!"

예상치 못한 습격에 한순간 프랑신의 머릿속이 새하얗게

물들었다.

하지만 곧바로 냉정함을 되찾고 정신을 가다듬었다.

"서, 선생님! 뒤를!"

글렌에게 살짝 눈짓을 보내며 그대로 주문을 외쳤다.

"《뇌정의 자전이여》!"

한 줄기 전격이 콜레트를 노린 여학생을 쓰러트렸다.

"아윽!"

"아차차, 미안! 착한 애는 잘 시간이거든!"

뒤에서 프랑신을 노린 여학생은 글렌이 가볍게 제압했다.

"후우…… 나 참, 사람 조마조마하게 만들기는…….."

글렌은 기절한 아가씨들이 굴러다니는 한복판에서 이마에 밴 땀을 닦았다.

"알기 쉬운 지름길로 뛰어들지 마라. 상태의 의표를 찔러라……였지?"

"항상 냉정함을 유지해라. 예상치 못한 상대의 일거수일투족에 동요하지 마라……였죠?"

콜레트와 프랑신은 의기양양한 표정으로 글렌을 돌아보았다.

"하핫! 제법이군! 합격점을 주마!"

글렌도 자랑스러운 미소를 짓고 그녀들을 바라보았다.

"……저기에요! 이 앞으로 더는 못 가게 하겠어요!"

"어떻게든 여기서 막자! 얘들아!"

그러자 전방 차량과 연결된 문이 열리며 또 여학생들이 몰려들었다.

"으엑, 단체 손님이 납셨구만…….."

글렌은 지긋지긋해하는 목소리로 투덜거렸다.

"그래도 뭐, 슬슬 진전이 있는 것 같지 않아, 선생님?"

"맞아요."

"좋아! 이제부터가 진짜다! 한바탕 날뛰어 봐!"

글렌이 그렇게 선언하자 세 소녀도 고개를 끄덕였다.

'……으…… 대체…… 무슨 일이 일어난 거지……?'

후방 차량에서 글렌 일행의 싸움이 격렬해지는 가운데, 중앙 차량의 내부에서는 서서히 다가오는 전투의 기척을 느낀 엘자가 천천히 의식을 각성했다.

'……아파…… 손이…….'

몽롱한 정신으로 자신의 상태를 확인했다. 튼튼한 밧줄로 손발이 묶인 데다 【스펠 씰】로 마술까지 봉인당한 상태였다.

주위는 비좁았다. 이 흔들림으로 미루어보건대 이곳은 아마 열차의 개별실 중 하나이리라. 자신은 좌석 위에 누워 있었다.

그리고 아무래도 이 방 안에는 튼튼한 감금 결계까지 펼쳐둔 모양이었다. 천장과 벽에 빼곡하게 적힌 마술식이 마력으로 빛을 발하고 있었다.

도저히 탈출할 방법이 없었다. 이 개별실은 완전히 감옥이나 다를 바 없었다.

　'……나는…… 마리안느…… 숙모에게 속아서…… 아무런 죄도 없는 리엘을 상처 입힌 데다…… 꼴사납게 사로잡히기까지…….'

　정신을 잃기 전에 있었던 일을 떠올린 엘자는 지독한 자기혐오에 빠졌다.

　"……엘자? 일어났어?"

　그러자 뒤에서 귀에 익은 목소리가 들렸다.

　엘자는 몸을 돌려서 목소리가 들린 방향을 돌아보았다.

　"……다행이다. ……괜찮아? 엘자."

　맞은편 좌석에는…… 밧줄로 온 몸을 꽁꽁 묶여서 마치 도롱이 벌레 같은 모습이 된 리엘이 누워 있었다.

　"리엘……."

　엘자는 시선을 내리깔았다. 어색한 침묵.

　그리고 잠시 후—.

　"……리엘…… 미안해……."

　엘자는 목을 쥐어짜 내서 사죄의 말을 입에 담았다.

　"……응? 왜 사과하는 거야?"

　그러자 리엘은 진심으로 모르겠다는 듯이 고개를 갸웃했다.

　"그야 널 속이고…… 이런 일에 말려들게 했으니……."

　엘자는 그런 리엘을 볼 낯이 없는지 모기처럼 작은 목소리로 중얼거렸다.

"넌…… 본질적으로는 일루시아와 전혀 다른 사람이었는데…… 그런데도 나는……."

"……응? 그걸 어떻게 알았어?"

"네가 쓰러진 후에 이런저런 일이 있었거든……."

엘자는 자조하는 웃음을 지으며 담담하게 자신의 사정과 자신들이 처한 상황을 설명했다.

………….

"응…… 그랬구나. 그런 일이……. 그래서 엘자는 나랑 싸우려고 했던 거야?"

"응. 지금의 넌…… 내가 진심으로 밉겠지. ……난 그럴 만한 짓을 저질렀는걸……."

모든 것을 남김없이 고백한 엘자의 뺨을 타고 후회의 눈물이 흘러내렸다.

사실은…… 엘자도 어렴풋이 깨닫고 있었다.

확실히 처음에는 복수를 위해, 실력을 파악하기 위해 접근한 것이었지만 사실은 리엘이라는 순진무구한 소녀에게 무의식적으로 마음이 끌리고 있었다는 것을…….

아직도 자신을 괴롭히는 『불꽃의 기억』— 치명적인 약점이 생긴 자신을 다른 사람들이 속으로는 어떻게 생각하는지 몰라서, 그게 두려워서 늘 거리를 두고 있었다. 행여나 배려라도 받으면 제멋대로 부담감을 느끼고…… 항상 한 걸음 물러나 있었다.

그런 엘자에게 전혀 속마음을 숨기지 않고, 쓸데없이 배려하지도 않고, 꾸미지도 않는 리엘의 존재는…… 구원이었다.

고집스럽게 인정하지 않았지만…… 리엘과 함께 지낸 나날은 틀림없이 편안하고 따스했다.

자신처럼 과거에 사로잡히고 과거를 두려워하며 제자리에 멈춰 선 인간에게는…… 겁이 많고 서툴어도 한걸음씩 착실히 앞으로 나아가려 하는 리엘이 그저 눈부시게만 보였다.

마음속 한구석에서는 우정을 느꼈다.

하지만…… 과거의 망집에 사로잡힌 자신은 그 일상을 복수의 불꽃으로 무참히 태워버리고 말았다.

그 결과가 이런 꼴사납고 비참한 최악의 상황이었다.

'적어도 전투를 벌이기 전에…… 리엘과 제대로 이야기를 나눴더라면…….'

일루시아가 리엘이라는 건 자신이 확인한 정보가 아니었다. 마리안느가 일방적으로 가져온 정보였다. 용모와 기억이 일치했기에 의심 없이 받아들이고 말았다.

하지만 정말로 동일인물이라고 하기엔 이상한 점이 많다는 걸 어렴풋이 느꼈다.

눈과 머리색, 일루시아를 언급하는 리엘의 말투.

힌트는 얼마든지 있었다.

그러나—

'복수에 사로잡힌 마음이…… 군사학교라는 달콤한 미끼가…… 내 눈을 흐리게 했던 거야!'

엘자는 팔다리를 묶인 채로 기어서 리엘에게 다가가려 했다. 의자에서 떨어져도 계속 바닥을 기었다.

"미안…… 미안해. 리엘……."

아마 자신에게 리엘은…… 억지로 들어온 성 릴리 마술여학원에서 처음으로 만든 진정한 친구였으리라.

그 친구가…… 자신 때문에 수상한 기관의 실험용 샘플이 된다니, 도저히 견딜 수가 없었다. 이제 와서 그 사실을 깨닫다니, 이 얼마나 어리석은가.

"난 어떻게 되든 상관없어. 하지만 적어도…… 너만은 구하고 싶어!"

엘자는 간신히 리엘의 몸에 머리를 올리고 밧줄을 입으로 물었다. 물어뜯으려고 열심히 이를 세웠다.

하지만 딱딱했다. 너무나도 딱딱했다. 대체 재질이 뭐길래?

어쩌면 이건 마술로 강화된 밧줄일지도 몰랐다.

아무튼 인간의 힘으로는 아무리 애를 써도 끊을 수 없다는 것만큼은 알았다.

하지만, 그래도 엘자는―.

"하아…… 하아…… 큭……. 너만이라도…… 어떻게든 도망쳐……. 제발……."

숨을 거칠게 몰아쉬고 눈물을 흘리며…… 이가 부러져도

상관없다는 듯 필사적으로 밧줄을 물어뜯었다.

그러나—.

"다행이야."

갑자기 들린 리엘의 목소리에 굳어버리고 말았다.

조심스럽게 시선을 움직여서 리엘의 얼굴을 바라보았다.

놀랍게도 리엘은…… 엘자에게 부드러운 미소를 짓고 있었다.

"……리엘……?"

"나, 엘자한테 미움 받은 줄 알았어. 그러니까…… 다행이야."

엘자는 한없이 순수한 리엘의 미소에 넋을 잃었다.

"다, 다행이라니…… 어째서? 난 너한테 그런 심한 짓을 했는데……."

"……응? 그야…… 내가 엘자를 좋아하니까."

리엘이 전혀 꾸미지 않은 담담한 목소리로 그렇게 말하자, 엘자의 마음속에서 소용돌이치던 오만 감정이 뒤죽박죽으로 뒤섞였다. 도저히 눈물이 멈추지 않았다.

"……응. 울지 마, 엘자. ……같이 여기서 나가자."

"그, 그치만…… 우린 이렇게 묶여 있는데……."

"괜찮아. 나한테는 밧줄 해제 마술이 있어. 그래서 엘자가 눈을 뜨길 기다린 거야."

"밧줄 해제 마술……? 아…… 하지만…… 우린 지금 마술을……."

봉인당했다고 충고하려 한 순간—.

뚜둑!

갑자기 리엘의 몸 어딘가에서 이상한 소리가 들렸다.

"응. ……밧줄 해제 마술."

그리고 몸을 일으켰다.

투두둑…….

그러자 지금까지 리엘의 몸을 묶고 있던 밧줄이 일제히 바닥으로 떨어졌다.

"바……밧줄 해제…… 마술……?"

바닥에 떨어진 밧줄에서 어마어마한 힘으로 억지로 끊은 흔적이 눈에 들어왔지만…… 그냥 못 본 걸로 치고 싶었다.

"응. 엘자한테도 밧줄 해제 마술 걸어줄게."

신체의 자유를 되찾은 리엘은 이번에는 엘자를 묶은 밧줄에 손을 대더니—.

뚜둑! 뚝!

멋진 마술로 엘자에게도 자유를 되찾아주었다.

"……응. 마술……이네. 인간의 힘으론 실현 불가능한 기적을 일으키는 기술이 마술이니까……."

엘자는 자국이 남은 팔을 쓰다듬으며 깊이 생각하는 것을 포기했다.

"그, 그런데 리엘……. 안정을 취하는 편이 좋지 않을까? 상처가……."

"문제없어. 왠지 모르겠지만 한숨 잤더니 나았어."

실제로는 마조인간인 리엘의 자기 치유 능력이 보통 사람을 아득히 뛰어넘는 수준이었던 것뿐이지만…… 엘자의 눈에는 이 리엘이라는 소녀가 마치 뭐든지 가능한 깜짝 상자처럼 보이기 시작했다.

"자, 가자. 엘자. 근처에 글렌이 있는…… 기분이 들어."

"그, 그치만…… 이 방에는 감금 마술이……."

"문제없어. 나는 자물쇠 해제 마술도 쓸 줄 알거든."

리엘은 자랑스럽게 가슴을 폈다. 이젠 태클을 걸 기운도 없었다.

그러나—.

"엘자?"

리엘은 고개를 살짝 갸웃했다. 엘자가 고개를 숙인 채 그 자리에서 움직이려 하지 않았기 때문이다.

"……저기, 리엘. ……날 두고 가. 난 짐만 될 거야."

"응? 엘자, 엄청 강하던데."

"으응…… 아니야. 난…… 불꽃이나 피 같은…… 붉은 것만 보면 겁을 먹어. ……보기만 해도 떨림이 멈추지 않고 움직이지도 못하게 될 정도로……."

"……음…… 혹시 트라우마? 전에 글렌의 수업에서 들었어."

"응…… 적은 모두 그 사실을 알고 있으니까……. 분명 내 약점을 노릴 거야. 난 틀림없이 네 짐이 되겠지……."

"……"

"그러니까 리엘…… 날 두고 혼자……."

엘자가 거기까지 말한 순간—.

"……응. 괜찮아. 엘자…… 난 잘 모르겠지만……."

리엘이 정면에서 엘자의 얼굴을 똑바로 바라보았다.

"내가, 엘자를 지켜줄게."

힘차게 믿음직스러운 미소를 지으며 그렇게 말한 순간—.

"……아."

두근.

엘자는 자신의 심장이 크게 뛰는 것을 자각했다.

갑자기 뺨이 뜨겁게 달아오르고 머리도 뜨거워져서 정신이 몽롱해졌다.

'왜 이러지……? 왜, 왠지 리엘의 얼굴을 똑바로 못 보겠어…….'

뜨겁고, 편안하고, 가슴을 죄는 것처럼 애달프면서도 쑥스러운 느낌.

엘자가 태어나서 처음으로 느끼는 생소한 감정에 당혹스러워하자—.

"……그러니까 같이 가자. 엘자."

리엘이 졸린 듯한 부드러운 표정으로 엘자에게 손을 내밀었다.

"같이 여길 빠져나가서…… 그리고 엘자가 들어줬으면 좋겠어. 우리 언니…… 일루시아의 이야기를. 제대로 전할 수 있을지 잘 모르겠지만…… 엘자가 알아줬으면 해."

마치 꿈을 꾸는 표정으로 리엘을 바라보던 엘자는…… 이윽고 고개를 끄덕이며 그 손을 잡았다.

열차 안의 전투는 한층 더 과열되었다.

투쟁의 열기가 멈출 줄 모르고 달아올랐다.

"프랑신! 콜레트!"

여학생들은 원한이 가득한 목소리로 고함을 지르며 프랑신과 콜레트를 향해 달려들었다.

"하핫! 어설퍼!"

콜레트는 달려드는 세 사람, 세 자루의 레이피어를 주먹으로 교묘하게 쳐냈다.

그리고 그대로 발차기를 먹인 뒤 팔꿈치로 찍고, 냉기를 두른 주먹으로 날려 버렸다.

"《뇌정의 자……》"

후방의 여학생들이 앞으로 튀어나온 콜레트를 노리고 일제히 어설트 스펠을 발사하려 한 순간―

"《허공에 외쳐라·소리를 남기는·풍령의 포효》!"

전위로 나선 콜레트를 방패삼아 미리 주문을 외우고 있던 프랑신의 마술이 한 발 먼저 완성되었다.

압축 공기탄이 포물선을 그리며 적진으로 날아갔고 당연

히 콜레트는 뒤로 물러난 후였다.

콰앙!

"꺄아아아아아아아아아아아!"

"으아아아아아아아!"

뭉쳐 있던 여학생들이 비명을 지르며 날아갔다.

주문의 충격으로 차량 전체가 이리저리 흔들렸다.

"큭…… 이것들이……!"

이곳은 마침 열차의 절반이 개별실로 된 차량이었다. 전투는 좁은 복도에서 벌어질 수밖에 없으니 여학생들은 다수의 장점을 살릴 수 없었다.

프랑신과 콜레트를 압살하려고 아무리 많은 전력을 보내도, 성 릴리 마술여학원에서 손꼽히는 실력자인 두 소녀 앞에서 차례차례 쓰러지고 말았다.

그래서 더 넓은 장소로 유도하려 했지만 두 사람에게는 통하지 않았다.

여학생들이 일단 물러나려고 등을 보인 순간만 아주 좋아서 죽을 듯이 공격하는 주제에, 막상 넓은 장소로 나오면 바로 좁은 차량으로 후퇴했다.

그 탓에 이토록 많은 아군이 모였는데도 프랑신과 콜레트를 압도하기는커녕 피해만 늘어나는 판국이었다.

"프랑신! 콜레트! 왜 저희를 방해하시는 거죠?!"

마리안느를 따르는 여학생 중 한 명인 시더가 그렇게 외쳤다.

"아앙?! 방해하는 게 당연하잖아! 《뇌정의 자전이여》!"

"동료가 납치당했는데 가만히 보고만 있을 리 없잖아요? 《위대한 바람이여》!"

"큭?!"

시더는 방으로 들어가서 주문을 피했다.

"엘자나 리엘은 어차피 당신들과는 짧은 인연일 뿐이잖아요! 생각을 바꿔주세요! 그보다⋯⋯ 당신들도 저희의 동료로 들어오는 건 어떤가요?!"

시더는 주문으로 응수하며 그렇게 외쳤다.

"저희랑 함께 가는 거예요! 헤븐스 크로이츠에!"

"하! 잠꼬대는 자면서 하시지!"

"그치만 당신들도 사실은 갑갑하게 여기고 있었잖아요?"

시더의 외침에 한순간 콜레트와 프랑신의 움직임이 멈췄다.

"당신들도 괴로웠잖아요! 가문에 속박당하고, 학교에 속박당하고, 자신의 의지로는 아무것도 자유롭게 할 수 없는 이 상황을 부수고 싶었잖아요! 남들과 다른 특별한 자신이 되고 싶었죠?! 그래서 그런 『파벌』 같은 걸 만들어서 허세를 부렸던 거잖아요! 제 말이 틀린가요?!"

그녀와 똑같이 방 안에 몸을 숨긴 프랑신과 콜레트는 씁쓸한 표정으로 입을 다물었다.

시더의 지적이⋯⋯ 정곡을 찌르고 있었기에⋯⋯.

그 침묵을 좋은 경향이라고 생각했는지 시더는 한층 더

열심히 설득을 시도했다.

"그러니까 저희와 함께 가죠! 헤븐스 크로이츠에! 그러면 당신들이 진심으로 원했던 모든 것이 간난히 손에 들어올 거예요! 괴로움에서 해방될 거라구요!"

침묵. 전투 중에 생긴 한순간의 정적.

"사양하지."

"사양하겠어요."

하지만 콜레트와 프랑신은 단호한 목소리로 동시에 대답했다.

"어, 어째서?!"

"아니, 확실히 매력적인 제안이었어. ……실은 엄청 가고 싶어. 솔직히."

"정부의 비밀 기관의 연구원…… 혹은 첩보원…… 확실히 가문에 속박당하지 않고 자유롭게 지금까지의 자신과 다른 특별한 인간이 될 수 있다니…… 솔직히 무척 마음이 끌렸답니다."

"하하, 위험했어. ……얼마 전의 우리였다면 간단히 넘어갔을지도."

"예, 정말로……."

"그, 그럼 저희와 같이……."

"하지만, 그런 방법으로는 안 돼!"

역시 이번에도 돌아온 건 단호한 거절이었다.

"결국 마찬가지라고! 그건 내 힘으로 쟁취한 게 아니야!"

"그런 건 지금까지의 상황과 전혀 다를 바 없잖아요! 부모의 뜻대로 아무런 목적도 없이 이 학교에 들어와서 자신이 특별한 줄 알고 오만방자하게 굴었던 예전과 전혀 다를 게 없다구요! 새장의 모양만 조금 바뀌었을 뿐!"

"그, 그치만! 그럼 대체 어쩌라는 거예요! 어쩌면 좋았던 거죠?! 이대로 저희는 미래에 아무런 희망도 갖지 말아야 한다는 건가요?!"

시더는 울 것 같은 얼굴로 절규했다.

결국, 마리안느에게 붙은 학생들도…… 어렴풋이 자각하고 있었을 것이다.

이건 아니라고. 자신들의 선택이 잘못되었다고…….

하지만 그녀들로선 그것밖에, 그렇게 하는 수밖에 없었던 것뿐…….

"전 싫어요! 이딴 인생은 진저리가 난다구요! 대체 어떻게 하면 좋죠?!"

"확실히 우린 도망칠 곳이 없어. ……경제적으로 엄청난 혜택을 받는 대신 죄수처럼 자유를 제한받는…… 하하, 이것도 그 잘난 노블리스 오블리주라는 거겠지. 빌어먹을."

"세상 물정 모르는 아가씨의 어리광이라는 것도 따지고 보면 틀린 말은 아니겠지만……."

"그런데 렌 선생님이 마침 이런 말을 하는 거 있지? 마술

사라는 건 결국 어디까지나 자신의 목적을 위해 세상의 섭리조차 비트는 오만하고 죄 깊은 인종이라고……."

"그러하기에 그 누구보다도 자유롭다고요……."

두 사람과 대치한 여학생들은 어느새 그녀들의 말에 귀를 기울이고 있었다.

도저히 무시할 수가 없었다. 마치 구원자의 예언이라도 되는 것처럼…….

"야, 너희들. 지금 이 상황을 바꾸려면……『힘』이 필요하다는 건 알지? 그 누구에게도 방해받지 않고 자신의 의지와 선택으로 세상을 살아가려면 『힘』이 필요해!"

"하지만 그건 소꿉장난 같은 『파벌』이나 타인이 베풀어준 『특별한 장소』를 말하는 게 아니랍니다. 자신만의 힘으로 쌓아올린 아무도 무시할 수 없는 힘. 누구나가 인정할 수밖에 없는 힘……."

"마술, 검술, 권력, 재력…… 어떤 힘이건 상관없어. …… 자립하려면 힘이 필요해."

"어차피 『마술사』에게는 수많은 패 중 하나, 수단 중 하나에 불과하니까요. 그것들을 지혜롭게 다루며 자신이 바라는 길을 개척하는 자야말로 『진정한 마술사』……."

"이 세상에 태어나면서부터 자유를 상실한 우리가 진정한 의미로 자유로워지려면…… 혼자 힘으로 우뚝 서고 싶다면…… 이 상황을 타개하고 싶다면…… 그런 『진짜』가 되는 수밖에 없어!

"무리를 지어서 서로의 상처를 보듬어주고 있을 때가 아니라구요! 아픔을 동반하겠지만 노력하고 지혜를 짜내서……『진짜』가 돼야만 한다구요!"

"요컨대 뭐냐, 이런 거지! 이제 어리광은 그만 부리고 정신 좀 차려어어어어어어어어어어어!"

오히려 본인들을 훈계하는 듯한 콜레트와 프랑신의 절규.

그 목소리에 귀를 기울이고 있던 여학생들은 몸을 떨며 아연실색할 수밖에 없었다.

그렇다. 세상의 진리란, 해답이란…… 늘 맥이 빠질 정도로 단순하고 잔혹했다.

자신이 가장 눈을 돌리고 싶은, 걷기 싫은 괴롭고 힘든 길.

언뜻 보기엔 한없이 먼 것처럼 보여도…… 항상 가장 가까운 지름길은 오직 그 길뿐이었다.

"자, 간다! 결판을 내자! 프랑신, 엄호는 맡긴다!"

"맡겨만 주세요!"

이 상황을 기회라고 판단한 콜레트와 프랑신은 방에서 뛰쳐나와 완전히 의기소침해진 여학생들을 향해 단숨에 돌진했다.

"우오오오오오오오오오오오오오오오!"

"하아아아앗!"

이 자리의 형세는 이미 결정되었다.

그리고—.

"큭…… 쓸모없는 애들이네. 역시 세상 물정 모르는 아가씨들다워!"

기관차 바로 뒤에 있는 1호 차량에 있는 마리안느는 원견(遠見) 마술로 후방 차량의 전황을 지켜보면서 이를 갈았다.

그 천리안이 보여주는 적은 프랑신과 콜레트뿐. 고작 둘이서 마리안느가 엄선한 장래가 유망한 학생들을 모조리 제압하고 있었다.

"뭐야…… 이 아이들은……. 지금까지와는 명백히 다르잖아."

프랑신과 콜레트의 전투방식은 단순한 기량만 놓고 보면 전과 크게 달라진 점이 없었다.

하지만 힘을 쓰는 방식에는 엄연한 차이가 있었다. 예전처럼 무턱대고 본인들의 자존심을 채우기 위해 힘을 쓰는 게 아니라, 목적을 이루기 위해서 자신이 들고 있는 패의 내용을 음미하며 적재적소로 활용하는 지혜가 밑바탕을 이루고 있었다.

마리안느의 기억에 따르면 성 릴리 마술여학원에는 어디까지나 귀족의 교양으로서『힘』만을 가르치는 교사가 태반일 뿐, 저런『지혜』를 가르쳐주는 교사는 없었을 터…….

"그리고 리엘 레이포드와 엘자 빌리프는 대체 어디로 사라진 거죠……?"

불길한 예감이 들어서 두 사람을 감금한 차량을 원견 마술로 확인하자, 이미 두 사람은 어디론가 사라진 후였다. 마술로 단단히 봉인해둔 방 안에서는 엄청난 힘으로 끊어버린 밧줄과, 마찬가지로 엄청난 힘으로 날려버린 문만 덩그러니 남아 있었다.

이런 터무니없는 짓이 가능한 건…… 리엘 레이포드뿐이다.

애당초 저 방은 처음부터 사람을 가두려고 만들어진 것이 아니라 마술로 아무리 자물쇠를 강화해봤자 강도에 한계가 있는 건 알고 있었지만…… 설마 이렇게까지 간단히 파괴할 줄이야. 리엘이라는 소녀의 저력을 완전히 얕보고 있었다.

"백보 양보해서 리엘 레이포드가 탈주했다고 치자……. 그런데 어째서 그녀는 엘자까지……?"

차량 안의 흔적으로 예상하건대 리엘이 엘자를 데리고 나간 건 명백했다.

하지만 왜 리엘은 굳이 엘자를 데리고 간 것일까. 그녀에게 엘자는 자신을 속인 증오스러운 적이었을 터. 그런데 왜……?

"큭…… 두 사람이 다른 차량 어딘가에 숨어있는 건 확실해. 찾아내서 내가 직접 제압한다면……."

하지만 원견 마술로 아무리 차량 안을 뒤져봐도 두 사람의 모습은 찾을 수 없었다.

대체 어디로 사라진 것일까.

이러는 사이에도 전투의 기척은 서서히 가까워지고 있었다.

"왜…… 어째서 전부 엉망이 된 거지?! 뭐가 문제야! 대체 누구 탓으로 이렇게 됐지?! 대체 누구냐고!"

마리안느가 신경질을 부리며 이를 간 순간—

갑자기 차량 뒤쪽의 창유리가 안쪽으로 깨지며 누군가가 뛰어 들어왔다.

그 인물을 본 마리안느는 입술을 떨면서 소리를 질렀다.

"그래, 이제야 알겠어! 당신이야……! 틀림없어 당신이 있어서……!"

사실 마리안느는…… 그 인물의 정체를 알고 있었다.

알자노 제국 마술학원에서 군의 명령을 받고 리엘의 감시 역으로 딸려 온 임시 강사의 정체를……. 사전에 조사를 끝마쳤다.

하지만 어차피 고작해야 삼류 마술사. 변변찮은 마술강사. 자신의 계획에 지장을 주지 못할 존재.

억지로 쫓아내면 의심을 살 테고 상부에도 영향이 갈 테니 어쩔 수 없이 묵인했었다.

지금 돌이켜 보면 저 남자의 부임을 무슨 수를 써서라도 막았어야 했다.

그것이 이번 계획에서 마리안느가 범한 가장 큰 실수였다.

저 남자의 존재가 프랑신과 콜레트를 비롯한 문제아들의 의식을 바꿔놓았다.

자존심이 강한 지니가 부끄러움을 무릅쓰고 도주라는 선

택지를 고르게 해 계획이 외부로 노출되었다.

달반 학생들의 마음을 일치단결시켜서 열차를 따라잡는 데 성공했다.

엘자와 리엘의 유대가 필요 이상으로 단단해지는 결과를 낳고 말았다.

그 사소한 일들이 쌓인 결과가—.

"전부 당신 때문이었어! 글렌 레이더스으으으으으으!"

"하하하! 슬슬 이 바보 같은 소동에 막을 내려 보자고! 할망구!"

마리안느는 자신의 눈앞을 가로막은 글렌에게 절규했다.

—이 학교에 새로운 바람을 일으켜주시길 기대하고 있답니다.

예전에 자신이 했던 말이 설마 이런 상황을 초래할 줄은 꿈에도 몰랐다.

"정말이지! 프랑신이랑 콜레트를 미끼로 삼고, 우리는 열차의 지붕 위를 이동해서 흑막을 치겠다니⋯⋯. 진짜 매번 이런 터무니없는 작전만!"

바람을 두르고 깨진 창문 너머에서 차량 안으로 날아 들어온 시스티나는 글렌 뒤에 착지하며 어이가 없는 목소리로 투덜거렸다.

"그게 뭐 어때서? 덕분에 똑같이 지붕 위로 이동 중이던 리엘이랑 합류했건만⋯⋯."

"······응."

이어서 두 사람이 멋진 몸놀림으로 창문을 통해 차량 안으로 뛰어 들어왔다.

리엘과 엘자였다. 시스티나의 디스펠 주문으로 두 사람의 마술 봉인은 이미 해제했다. 리엘은 대검을 연성했고 엘자는 도를 재소환했다.

합류 후, 글렌 일행은 도중에 정보를 교환하며 엘자와도 화해를 한 상황이었다.

이제 남은 건 협력해서 흑막을 타도하는 것뿐.

하나의 목적으로 뭉친 네 사람은 분노와 경악으로 몸서리치는 마리안느를 노려보았다.

"······4대 1이군. 아무래도 못 이기겠지? 어서 항복해."

글렌은 의기양양하게 선언했다.

그러나─.

"후, 후후후······."

마리안느는 체념하기는커녕 불길한 웃음을 흘릴 뿐이었다.

"뭐가 웃기지?"

"아니····· 설마, 이거 참····· 정말로 이런 상황이 벌어질 줄은······."

그리고 마리안느는 허리에 찬 검을 살며시 뽑았다.

고풍스러운 장식의 장검이었다.

"만약의 상황이 벌어졌을 때 엘자를 견제하는 데 쓸모가 있을 것 같아서 가져온 건데⋯⋯ 정말 탁월한 판단이었어!"

그 검을 머리 위로 세워 든 순간―.

검에서 분출된 불꽃이 마리안느의 주위를 회전했다.

명백히 보통 불꽃이 아니었다. 압도적인 기세를 발하는 강렬한 열파가 10미트라 이상 떨어진 거리에서도 글렌 일행의 피부를 뜨겁게 달궜다.

"앗 뜨거! 이, 이건 또 뭐야!"

글렌은 경악한 나머지 눈을 부릅떴다.

"이 불꽃, 마술을 발동하는 기척이 없었어! 처음부터 그런 기능을 가진 마도기(魔導器)⋯⋯ 아니, 그런 게 아니야! 마도기를 발동하는 기척도 없었는데!"

애당초 이런 근접전투 전력이 지나칠 정도로 충실한 상황에서 오리지널【광대의 세계】를 가지고 있는 글렌이 그런 기척을 놓칠 리가 없었다.

"설마 그 검은⋯⋯ 마법 유산, 불꽃의 검?!"
아티팩트   프레이 부드

글렌이 정체불명의 불꽃에 당혹스러워하는 사이, 검의 조형과 특징에서 한 가지 가능성을 도출해낸 시스티나가 놀란 목소리로 그렇게 외쳤다.

"『멜갈리우스의 마법사』에 등장하는 마장성(魔將星)의 일익, 염마제장(炎魔帝將) 비아 돌⋯⋯ 그가 소유했다는 『백염(百炎)』 중 하나인 프레이 부드⋯⋯! 어째서 그런 물건이 이런 곳에?!"

"어머나…… 아무래도 고대 문명 마니아가 이 자리에 있는 덕분에 설명할 수고가 줄었네. 뭐, 대충 맞아. 이 검은 불꽃을 조종하는 아티팩트……."

마리안느는 비웃음을 흘렸다.

"난 헤븐스 크로이츠의 『Project : Revive Life』연구 중에서도 경험 기록, 전투 기술의 복원, 계승에 관한 술식을 연구했는데 말이지. ……그래서 그 일환으로 고대 영웅의 전투 기술을 현대에 재현하는 연구도 해본 적이 있었어."

"설마…… 백마의(白魔儀)【로드 익스페리언스】의 응용인가!"

이 세계에는 물건에 잠든 기억 정보를 재현해서 인간에게 빙의시키는 의식 마술이 존재했다.

"그래, 맞아. 확실히 세리카 아르포네아처럼 옛 영웅의 전투 기술을 거의 완벽하게 재현하는 건 무리였지만, 난 이 프레이 부드에서 반영구적으로 전투 기술을 불완전하게나마 이 몸에 빙의시키는 것에 성공했어."

"뭐……?!"

"이 프레이 부드…… 마장성이 썼다는 건 어차피 롤랑 엘트리아의 창작에 불과하겠지만, 이 정도의 마검이라면 고대에는 틀림없이 유명한 전사가 썼을 것 같지 않아? 그래, 그 짐작대로야."

갑자기 마리안느의 모습이 안개처럼 사라졌다.

"앗?! 위험해! 다들, 물러서!"

그 움직임에 반응한 리엘이 앞으로 뛰쳐나갔다.

카아아아아앙!

그 순간 금속성을 울리며 칼날이 맞부딪쳤다.

리엘과 마리안느는 글렌 일행의 눈앞에서 칼날을 교차한 상태로 서로를 노려보았다.

하지만 다음 순간, 마리안느의 검에서 또 불꽃이 뿜어져 나왔다.

"……?!"

지근거리에서 분출된 불꽃이 압도적인 기세로 리엘의 몸을 집어삼켰다.

"《대기의 벽이여·이중으로·우리를 지켜라》!"

하지만 그 찰나의 순간에 리엘을 감싼 이중 공기 장벽이 불꽃을 차단했다.

미리 영창 중이던 시스티나의 흑마 개량형【더블 스크린】이었다.

"이 자식 보게?!"

글렌은 허리 뒤춤에 숨긴 권총을 뽑았다.

손이 보이지 않을 정도의 속사…… 세 차례의 패닝(Fanning)으로 세 발의 탄환을 발사했다.

하지만 신속하게 뒤로 도약한 마리안느는 화려한 움직임으로, 날아오는 탄환을 검으로 받아냈다.

"후훗, 어때? 나도 제법이지?"

마리안느가 수평으로 세운 검면에는 세 개의 탄환이 가지런히 늘어서 있었다.

글렌은 그런 터무니없는 광경에 아연실색했다.

검에서 분출된 불꽃이 탄환들을 단숨에 태웠고 마리안느는 온몸에 격렬한 불꽃을 두르며 주위로 흩뿌렸다.

마치 살아있는 생물처럼 천장과 벽을 태운 불꽃이 글렌 일행의 퇴로를 완전히 차단했다.

"……이젠 못 도망치겠지? 당신들은 전부 살짝 토스트해서 실험 샘플로 써주겠어……."

'불꽃의 결계? 이런, 이 녀석…… 틀림없는 강적이야…….'

모든 것을 불태우는 불꽃의 세계 속에서 글렌은 전율을 느끼며 온몸으로 식은땀을 흘렸다.

그리고—.

"하아…… 하아…… 하윽……. 윽…… 아아……."

"엘자?!"

비지땀을 철철 흘리며 새파랗게 질린 엘자가 그 자리에서 힘없이 무릎을 꿇었다.

마리안느가 쓴 불꽃의 힘 때문에 트라우마가 재발한 듯했다.

"이봐, 잠깐…… 아까 슬쩍 듣긴 했는데…… 이 정도로 심했던 거야?"

돌변한 엘자의 모습에 시스티나와 글렌은 그저 경악할 수밖에 없었다.

"그렇다는 건 우리 셋이서 싸울 수밖에 없나……. 가자, 애들아!"

"아, 예!"

"응."

그리고 글렌 일행은 마리안느를 향해 한걸음 앞으로 나섰다.

"리, 리엘……."

바닥에서 숨을 헐떡이던 엘자가 전장으로 향하는 리엘의 등을 향해 말을 걸었다.

"……저기…… 미안……해……. 난…… 역시, 짐이었어……."

"괜찮아. 문제없어."

그러자 무뚝뚝하지만 힘찬 대답이 돌아왔다.

"엘자는 내가 지켜줄 테니까."

"……리, 리엘……."

그리고 몸을 떠는 엘자가 지켜보는 가운데 마지막 싸움이 시작되었다.

풍부한 녹음과 지방 특유의 맑은 공기. 그리고 아름다운 호수…….

이곳은 알자노 제국 호수 지방에 있는 농촌 마을 라슬.

"뭐, 뭐지……?"

밤이 깊었는데도 마을사람들은 집 밖으로 나와서 마을 근처의 클레어 호수 너머에 깔린 선로를 응시했다.

산골짜기 너머에서 메아리치는 증기 소리와 기관음.

하루에 총 네 번, 근처를 지나가는 증기기관차의 웅장한 자태를 최고의 위치에서 감상하는 것이 바로 이 마을의 명물이었지만—.

"증기 소리? 이런 시간에 열차가……?"

"이상하네……. 오늘 열차 운행은 끝났잖아?"

의아한 얼굴의 마을사람들은 증기기관차가 항상 모습을 드러내는 산골짜기를 응시했다.

이윽고 잠시 후…… 평소처럼 열차가 모습을 드러낸 순간—.

주변 일대가 갑자기 주황색으로 물들었다.

"뭐, 뭐야!"

마을사람들이 놀라서 굳어 있는 사이에도 열차는 평소처럼 선로를 따라 천천히 접근했고…… 평소처럼 호숫가를 따라서 질주했다.

그 모습은…… 명백히 이상했다.

"저, 저게 뭐야……!"

"불타고 있어! 열차가…… 불타고 있다고!"

평소처럼 호숫가의 왼쪽에서 오른쪽으로 천천히 이동하는 증기기관차.

그 열차의 가장 앞쪽…… 기관차량이 불덩이에 뒤덮여서 타오르고 있었다.

"아하하하하하하하하하! 아하하하하하하하하하하!"

열차 안에 울려 퍼지는 마리안느의 웃음.

광기에 몸을 맡긴 채 검을 휘두르자 검끝에서 발생한 초고열의 홍련이 꿈틀거리며 주위를 휩쓸었다.

"《빛나는 수호의 장벽이여》!"

시스티나가 흑마 【포스 실드】를 일행의 눈앞에 전개했다.

빛의 마력 장벽이 밀려오는 불꽃을 차단했다.

"아뜨뜨! 아뜨뜨! 뜨거워! 뜨겁다고!"

하지만 장벽을 관통한 열기가 글렌 일행의 살갗을 태웠다.

"야, 하얀 고양이! 열기를 완전히 차단 못 했잖아! 출력을 더 올려! 농땡이 부리지 말고!"

"이게 한계라구요!"

글렌이 비난하자 시스티나가 비명을 질렀다.

"저 아티팩트의 출력이 이상한 거예요! 제 탓이 아니라구요!"

"칫! 어쩔 수 없구만!"

글렌을 주먹을 쥐고 재빨리 주문을 영창했다.

"《수호자여·널리 세 개의 재앙으로부터·나를 지킬지어다》!"

흑마 【트라이 레지스트】. 대상에 삼속성 에너지에 대한 내성을 부여하는 카운터 스펠이다.

글렌은 일단 그 마술을 자신에게 걸고―.

"하얀 고양이, 지원!"

"《대기의 벽이여·이중으로·우리를 지켜라》!"

이어서 시스티나가 영창한 흑마 개량형【더블 스크린】— 2중 공기 장벽을 두르고 마리안느를 향해 단숨에 돌진했다.

좌표 지정 마술인【포스 실드】와 달리【에어 스크린】의 개변 주문인【더블 스크린】은 대상 지정 마술이라, 주문의 효과를 유지한 채로 이동하는 게 가능했다.

"우오오오오오오오오오오오오오오!"

용솟음치는 불꽃의 바다를 좌우로 가른 글렌은 마리안느의 품속으로 파고들며 날카로운 라이트 스트레이트를 날렸다.

"아하하하하!"

"아…….."

하지만 마리안느는 가벼운 몸놀림으로 간단히 피했다.

무방비한 글렌을 향해 휘두른 불꽃을 두른 검이【더블 스크린】을 갈랐고—.

"글렌!"

—아슬아슬했다. 글렌의 몸이 두 동강 나기 직전, 똑같은 타이밍에 뛰어든 리엘이 대검으로 마리안느의 검을 막아주었다.

"이이이이이야아아압!"

리엘은 그대로 마리안느를 힘으로 밀쳐내려 했지만 그녀의 검에서 재차 뿜어져 나온 불꽃이 눈앞에서 이리저리 넘실거렸다.

"크흑?!"

일단 리엘도 직접 쓴 흑마 【트라이 레지스트】로 염열에 대한 내성을 가지고 있었지만, 이런 가까운 위치에서 타오르는 불꽃을 견딜 수 있을 리 없었다.

《대, 대기의 벽이여》!"

시스티나가 아슬아슬하게 【에어 스크린】을 써주지 않았다면 리엘은 심한 화상을 입었으리라.

하지만 그 공기 장벽도—.

"흐읍!"

마리안느의 무시무시한 참격 앞에서 산산이 흩어지고 말았다.

그리고 다시 불꽃의 폭풍이 글렌과 리엘을 향해 휘몰아쳤다.

"대, 대피이이이이이이!"

글렌과 리엘은 황급히 시스티나가 있는 곳까지 물러났다.

《빛나는 수호의 장벽이여》!"

다시 솟구친 빛의 마력 장벽이 밀려오는 불꽃의 해일을 가로막았다.

"뜨거워! 뜨겁다니까! 어떻게 좀 해봐! 하얀 고양이이이!"

"말도 안 되는 소리 하지 마세요! 이게 한계라고 했잖아요!"

근대 마술에서 어설트 스펠에 대한 기본적인 방어 주문으로 항상 거론되는 【포스 실드】, 【에어 스크린】, 【트라이 레지스트』.

이 주문들은 각각 『모든 속성에 유효하지만, 발동한 후에는 그 자리에서 움직일 수 없다』『자유롭게 움직일 수 있지만, 물리적인 충격에는 약하고 소멸하기 쉽다』『자유롭게 움직일 수 있고 마력이 남아 있는 한 영구적으로 지속되지만 삼속성의 피해를 경감할 뿐』이라는 일장일단을 가지고 있었다.

마리안느의 『프레이 부드』는 그런 방어 주문들의 단점을 절묘하게 노렸다.

화려함은 없지만 성가시기 짝이 없는 무기였다.

"제장…… 【포스 실드】를 펼치면 이렇게 발이 멈춰 버리고, 조바심이 나서 돌격하면 【에어 스크린】을 직접 소멸시켜 버리고, 결정적으로 【트라이 레지스트】의 효과를 뛰어넘는 열량…… 이건 반칙이잖아!"

시스티나는 【포스 실드】 같은 카운터 스펠을 쓰는데 전념하느라 어설트 스펠로 반격할 틈이 없었고, 애당초 이 중에서 가장 마력이 높은 시스티나의 【포스 실드】가 없다면 마리안느의 불꽃은 막을 수조차 없었다.

글렌의 세 소절 영창은 너무 느린 데다 위력까지 낮아서 지금의 마리안느에게는 통하지 않았다.

리엘은 제대로 어설트 스펠을 쓸 줄 몰랐다.

근접 격투전도 고대 영웅의 검술을 육체에 빙의시킨 마리안느의 독무대.

불꽃의 결계가 차량을 둘러싼 탓에 퇴각조차 불가능.

그야말로 완벽한 외통수였다.

"아하하하아…… 타버려! 전부 불타버려어어어어어어!"

마리안느가 세워 든 검에서 한층 더 압도적인 불꽃이 글렌 일행을 노리고 분출되었다.

"아프뜨뜨뜨뜨! 뜨거워! 이러다 토스트가 되겠어!"

"크으으으윽?!"

글렌과 리엘이 자신의 【트라이 레지스트】에, 시스티나가 【포스 실드】에 마력을 퍼부었지만…… 그야말로 언 발에 오줌 누기였다.

당연히 차량 안에서 인화한 불꽃은 폭발적으로 기세를 더했다.

게다가 선두의 기관차량까지 불이 번졌는지 기관부가 거친 소리를 내며 열폭주를 시작했고, 조금 전부터 열차의 속도도 점점 빨라졌다.

창밖의 풍경이 무시무시한 속도로 스쳐 지나갔고 열차도 위아래로 거칠게 흔들렸다.

"서, 선생님. 이대로 가면……."

"그래, 위험하겠지……. 진심으로."

완전히 똑같은 결말을 상상한 시스티나와 글렌의 안색이 파랗게 질렸다.

탈선.

이대로 계속 속도가 올라간다면 머지않아 최악의 사고가 벌어지고 말리라. 그렇게 되면 이 열차에 탄 전원이 즉사다.

"야! 적당히 좀 해! 불꽃을 거둬! 자살할 생각이야?!"

글렌은 참지 못하고 마리안느에게 고함을 질렀다.

"꺄하하하하하하하하! 타올라라……. 전부, 타올라아아아아아! 으햐하하하하하하하!"

"틀렸군. 저 여자…… 완전히 자아를 상실했어. 대체 어떻게 된 노릇이지?"

프레이 부드의 힘을 본격적으로 쓰기 시작한 후부터 정신 상태가 명백히 이상해졌다.

"혹시 검의 기억에 영향을 받은 걸지도……?"

"아, 그렇군. 하긴 고대의 맛이 간 영웅의 기억을 빙의시킨 거라면 그럴지도……."

롤랑 엘트리아의 『멜갈리우스의 마법사』…… 아직까지 정체를 알 수 없는 책. 정말로 고대의 진실이 적혀 있는 건지도 불분명했다.

하지만 만약 『멜갈리우스의 마법사』가 고대의 진실을 기록한 책이라면…… 프레이 부드는, 염마제장 비아 돌의 검…… 마장성의 무기였다.

이야기에서 언급되는 마장성들은…… 다양한 사정으로 인간을 그만둔 자들이었다.

"칫! 야, 하얀 고양이! 옛날이야기에서 『정의의 마법사』님은 어떤 식으로 염마제장 비아 돌을 해치웠지?"

"분명…… 결정타는…… 『불꽃을 가르는 바람의 칼날』이었을 거예요."

"오케이! 하얀 고양이! 흑마 【에어 블레이드】다! 얼마 전에 가르쳐줬잖아?"

"무리예요! 전 카운터 스펠을 쓰느라 한계라구요! 그렇게 긴 대주문을 느긋하게 영창하고 있다간 다 같이 통구이가 될 거예요!"

"하긴, 그렇겠지! 젠장! 역시 나랑 리엘이 어떻게 하는 수밖에 없나."

격렬하게 휘몰아치는 불꽃 폭풍 속에서 글렌 일행이 그런 대화를 나누는 한편―.

'뜨거워……. 무서워……. 무서워요, 아버지……. 도와줘요…….'

엘자는 차량 구석에서 도를 끌어안은 채 계속 몸을 떨고 있었다.

'나한테도…… 싸울 힘이 있어……. 그러니까 지금은 함께 싸워야 하는데…….'

머리로는, 이성으로는 알고 있었다.

하지만…… 무리였다. 끊임없이 엘자를 비웃는 『불꽃의 기억』.

이렇게 불꽃이 타오르는 상황에서는 도저히 몸을 움직일

수가 없었다.

손발이 떨리고, 힘이 빠지고, 현기증과 구역질과 동요와 과호흡이 가라앉지 않았다.

제대로 일어날 수조차 없었다.

세상이 붉은색으로 일그러졌다.

그 순간―.

"아뿔싸!"

거듭된 마리안느의 맹공이 마침내 시스티나가 펼친【포스 실드】의 일부를 파괴하고 구멍을 뚫었다.

그 틈새로 압도적인 불꽃의 분류가 쏟아져 들어왔다.

불꽃들이 향하는 곳에는…… 엘자가 있었다.

"아…… 아, 아아…… 아아아아……?!"

엘자는 자신에게 밀려오는 불꽃 앞에서 아연실색할 수밖에 없었다.

불꽃이 그대로 엘자의 몸을 집어삼키려 한 순간―.

"엘자!"

자신의 몸을 방패삼아서 엘자를 지킨 자가 있었다.

리엘이었다.

타오르는 불꽃이 삽시간에 리엘을 삼켰다.

《빛나는 수호의 장벽이여》!"

그 순간, 시스티나가 장벽을 다시 전개했다.

불꽃이 차단되고 발생원이 사라지자 리엘을 집어삼켰던

불꽃도 진화되었다.

"······리, 리엘······?"

"괜찮아. 문제없어."

리엘은 걱정스럽게 자신을 올려다보는 엘자를 힐끔 훑어 보았다.

아무리 흑마 【트라이 레지스트】를 인챈트했다고는 해도 엘자를 지키느라 정통으로 불꽃에 노출된 리엘은 상당히 심한 화상을 입고 있었다. 본인은 몹시 고통스러울 터······.

괜찮을 리가 없었다. 문제없을 리가 없었다.

그런데도—.

"엘자가 무사해서 다행이야."

리엘은 개의치 않고 대검을 들며 다시 마리안느를 향해 몸을 돌렸다.

"어, 어째서······ 이런 나 같은 애를 위해······."

"그야 지켜준다고 했는걸."

리엘은 당연하다는 듯이 대답했다.

"······?!"

엘자는 그런 리엘을 멍하니 바라볼 수밖에 없었다.

"칫! 《자애의 천사여·그자에게 평안을·구원의 손길을》!"

글렌은 리엘의 머리에 손을 얹고 백마 【라이프 업】을 영창 했다.

그러자 리엘의 화상이 어느 정도 치료되었다.

"리엘! 갈 수 있겠어?!"

"응."

"좋아! 어떻게든 저 녀석을 무너트려 보자! 우오오오오오오!"

"이이이이이야아아아아아아아아아아압!"

글렌과 리엘은 다시 마리안느를 향해 나란히 돌진했다.

《대기의 벽이여·이중으로·우리를 지켜라》!"

시스티나도 그런 두 사람에게 주문을 걸어주었다.

글렌은 펀치를, 리엘은 대검으로 참격을 날렸다.

마리안느는 고개를 휘둘러서 글렌의 주먹을 피하고, 리엘의 대검은 검으로 튕겨냈다.

"꺄하하하하하하하하하하하하하하하하하!"

미친 듯이 웃으며 이어지는 글렌과 리엘의 연속 공격을 화려하게 계속 피했고—.

"터져라아아아아아아아아아아아아아!"

노도와 같은 공세의 틈을 노리고 뒤로 물러나 검으로 불꽃의 폭풍을 날렸다.

"우어어어어어?!"

"큭?!"

열파가 굉음을 울리며 글렌과 리엘의 몸을 집어삼키고 열차 안을 휩쓸었다.

이런 제한된 협소한 공간은 불꽃 같은 범위 제압형 공격의 독무대였다.

잔재주는 전혀 통하지 않았다. 애당초 지혜로운 마술사라면 이런 곳에서의 전투는 피하는 게 상식이었다. 즉, 이젠 방법이 없다는 뜻이었다.

적어도 조금 더 넓은 장소였다면 결과는 달랐겠지만…… 아무튼 지금은 온갖 지리적인 이점을 한 몸에 받은 마리안느가 절대적으로 유리한 상황이었다.

"꺄하하하하하하하! 아하하하하하하하하하하하하하하!"

그렇게 글렌 일행이 수수방관하고 있는 사이에도 열차는 계속 속도를 올리고 있었다.

흔들림이 심해지고 가끔 위아래로 튀어 오르기도 했다.

제한 시각이 시시각각 다가오고 있었다.

"빌어먹을…… 적어도 패가 하나만 더 갖춰졌더라면……!"

불꽃의 격류 속에서 글렌은 양팔을 교차한 채 【트라이 레지스트】에 마력을 퍼부으며 필사적으로 견뎠다. 시스티나도 몇 번이나 【포스 실드】와 【더블 스크린】을 필사적으로 걸어주었다.

하지만…… 슬슬 마나 고갈이 가까웠다.

"아하하하하하하하하! 햐하! 꺄하하하하하하하하하하하! 불타라아아아아아아! 모조리 타버려라아아아아아아아아!"

"리엘……. 여러분……."

엘자는 공포에 몸을 떨며 멍한 눈으로 그런 홍련의 광경을 지켜보았다.

엘자 안에 존재하는 『불꽃의 기억』을 완벽하게 재현한 광경이었다.

그리고 리엘은…… 그런 『불꽃의 기억』 속에서 싸우고 있었다.

자신을 지켜주겠다고 한 소녀가, 한 번은 목숨을 노렸던 소녀가—

자신이 어떻게 생각하든 관계없다고, 자신을 좋아한다고 말해준 소녀가…… 필사적으로 싸우고 있었다.

나를 지키기 위해 불꽃 속에서 몸을 불태우며—

'나는…… 정말…… 이대로도…… 괜찮은 걸까?'

확실히 불꽃은 무서웠다. 붉은색이 무서웠다. 아직도 완전히 떨쳐내지 못한 최악의 트라우마.

하지만 그런 상황에 겁을 내고 울며—

대체 나는 무엇을 위해 검을 잡았던 것일까.

뭘 위해 아버지 같은 군인을 목표로 삼고 검술을 연마해 온 것일까.

—엘자…… 지키기 위한 검을, 사람을 살리는 검을 휘두르려무나.

누군가를 지키기 위해 싸우는 리엘의 뒷모습을 보고 누군가를 위해 마지막까지 싸워온 아버지의 말이 떠올랐다.

"나, 나는…… 나는……!"

떨리는 몸을 억누르며 검집을 강하게 쥐었다.

타오르는 불꽃에 겁에 질린 상태였지만 엘자는 필사적으로 생각했다.

자신이 해야 할 일을—.

…….

……그래. 이대로 괜찮을 리가 없었다.

'……그렇지 않아도 난 복수심에 사로잡혀서…… 사리사욕을 위해 아버지의 검을 쓰고…… 아버지의 얼굴에…… 긍지 높은 검에…… 먹칠을 했는데!'

더는 아무것도 하지 않고 겁에 질려서 우는 건—.

"이대로 계속……! 아버지의 이름을…… 검술을…… 더럽힐까보냐아아아아아아아아아아!"

그 순간, 엘자가 울부짖었다.

울며, 울부짖으며 일어났다.

"엘자?!"

"야, 너?! 무리하지 마! 물러나 있어!"

리엘과 글렌이 그렇게 외쳤지만 알 바 아니었다.

아직도 떨림이 멈추지 않는 무릎도, 손도, 몸도 알 바 아니었다.

맞서 싸우기로 결심한 반동으로 지금까지 느껴본 적 없는 최악의 공포가 심장을 움켜잡았지만, 알 바 아니었다.

그딴 약한 심장은 차라리 터져 버리라지. 죽어 버리라지.

"이게……!"

떨리는 오른손으로 도를 뽑은 엘자는 그 날카로운 얼음장 같은 칼날을…… 왼손으로 강하게 움켜잡았다.

"너……?!"

"엘자 양?!"

동맥을 건드리자 대량의 피가 왼손에서 흘러나왔다.

아무래도 피가 조금 빠져서 그런지 미친 듯이 날뛰던 심장이 조금이나마 얌전해졌다.

피의 붉은색도 변함없이 무서웠지만…… 이미 이곳은 한없이 붉은 세계. 고작 자신의 피가 더해진다 한들 큰 차이는 없었다.

"……여러……분……."

여전히 몸과 마음이 떨렸지만 엘자는 약간 선명해진 정신으로 비틀거리며 일어났다.

"하아…… 하아…… 마지막, 한 수가…… 부족하신 거죠……?"

"그래……. 그런데?"

"그, 그럼…… 제가…… 활로를…… 열겠어요……."

엘자가 숨을 헐떡이며 그렇게 말하자 글렌, 시스티나, 리엘이 눈을 휘둥그레 떴다.

"바보 같은 소리 하지 마. 거울이나 봐. 지금의 네가 대체 뭘 할 수 있다는 거야?"

"……제 상태는…… 하아…… 제가…… 잘…… 알아요……."

그리고 엘자는 떨면서 글렌을 올곧게 바라보았다.

"……그래도! 제, 제가…… 해야 만, 하는 일이라구요!"

"……!"

"부탁……이에요! 믿어주세요!"

불꽃이 타오른다. 한층 더 격렬하게 타오른다. 불똥이 튀는 소리와 모든 것을 불사르는 소리만이 발광하는 마리안느의 웃음과 앙상블을 이루었다.

시스티나가 빛의 장벽으로 간신히 불꽃을 차단하고는 있지만…… 한계가 머지않았다.

폭주하는 열차도 언제 탈선할지 모른다.

……시간이 없었다.

"……할 수 있겠어? 엘자."

"……반드시 해내겠어요."

숨을 가쁘게 몰아쉬면서도, 새파랗게 질리면서도, 땀을 폭포수처럼 흘리면서도—.

그래도 엘자는 확실하게 단언했다.

"아무쪼록…… 여러분은…… 지금까지처럼…… 싸워주세요……. 『기회』만 있으면…… 부족한 마지막 한 수를…… 반드시 제가…… 메워드릴…… 테니까요……."

"글렌…… 엘자를 믿어줘. 난 엘자를 믿어."

엘자의 애원하는 듯한, 호소하는 듯한 그 중얼거림을……
리엘이 뒷받침해주었다.

글렌은 잠시 엘자의 눈을 보며 망설였지만—.

"……오케이. 알았다."

엘자에게서 등을 돌리고 다시 마리안느를 응시했다.

"이떤 수단으로 부족한 한 수를 메우겠다는 건지 모르겠
다만…… 우리의 명운을 너에게 맡기마. 엘사."

"서, 선생님……."

"자, 가자! 마지막 공격이다! 이걸로 끝을 내자!"

그렇게 해서 글렌과 리엘은 마지막 돌격을 감행했다.

엘자의 눈앞에서는 조금 전과 마찬가지로 글렌과 리엘이
밀려오는 마리안느의 불꽃과 맞서 싸우고 있었다.

"우오오오오오오오오!"

"이이이이야아아아아아아아아압!"

시스티나의 지원을 받고 다양한 방어 주문을 구사해가며
마리안느와의 거리를 좁히려했다.

하지만 마리안느의 불꽃은 그런 두 사람의 접근을 허락하
지 않았다.

그 광경 앞에서 엘자가 처음으로 느낀 감정은 역시 후회
였다.

"아……아……아아아……?!"

아아, 붉다. 모든 것이 붉다. 모든 것이 붉고 뜨겁게 타오르는 불꽃의 세계.

역시…… 두려웠다. 사라져 버리고 싶었다. 발작하는 것처럼 떨리는 온몸의 뼈가 가루가 될 것만 같았다.

줄곧 자신을 괴롭혀온 『불꽃의 기억』과 모든 것이 겹쳐졌다.

그래도 자신은 이 눈앞이 어지러울 정도의 붉은 광경과 맞서 싸워야만 했다.

"허억……! 허억……! 허억……! 내가……!"

지독하리만치 숨이 가빴다. 괴롭다. 숨을 쉬는데도 숨이 막힌다. 산소가 부족했다.

아니…… 지금은 이대로도 충분했다. 산소가 뇌에 도달하지 않으면 그만큼 쓸데없는 생각을 할 여유가 없어지고, 머릿속도 선명해질 터…….

엘자는 눈을 감고 이 정신적, 육체적 극한 상태에서 기억을 하나씩 되새겼다.

아버지의 검술을―.

수련의 나날을―.

자신이 지금까지 쌓아온 것을―.

'……춘풍일도류(春風一刀流)…… 오의(奧義)…….'

지금은 그것만을 실천하는 기계가 되자.

'……직립부동 자세에서 왼발을 반보 물리고 허리를 부드럽게 숙이며 몸에서 힘을 뺀다. 검집은 왼손 새끼손가락과 약지로 가볍게 들고 나머지는 살짝 대기만 할 것.'

천천히—.

'……칼자루에 댄 오른손은 여자의 피부를 만지는 것처럼 상냥하게…… 왼발로 파고들 준비. 탄력은 오른발로 생성. 몸의 중심은 오른쪽에 7, 왼쪽에 3……'

천천히…… 떠올리며—.

'……척추는 채찍. ……온몸의 탄력을 전달하는 부드러운 채찍. ……허리뼈는 활의 현. ……모든 구동력을 생성하는 기반.'

하나씩 떠올리면서 세심하게 자세를 형성했다.

'코등이가 이마까지 오도록 도를 든다. 도의 무게와 무게의 인리(引理)조차 친구처럼 여겨라……'

일렁이는 시야 속에서 엘자는 천천히 검집에 꽂은 도를 들어올렸다.

'……가슴 한가득 숨을 모아라. 이것은 활의 현을 당기는 것과 동일한 행위. 2초간 호흡을 멈추고…… 뱉는 동시에 모든 것을 해방하라.'

여기까지 신중하고 세심하게 자세를 만든 엘자는 그대로 움직임을 멈추었다.

그리고 조용히…… 다시 눈을 떴다.

엘자의 망막을 강렬하게 태우는 붉은 세계.

공포의 구현.

"아하하하하하하으헤헤햐하하하하하아아하하하하, 아하하하하하! 죽어어어어어어어어어어어어!"

그리고 원수 마리안느의 모습.

준비는 끝났다.

"에잇! 젠장!"

"으으으으으으으으윽?!"

조금만 더.

조금만 더 갔으면 마리안느에게 닿았건만—.

"아하하하하하하하하하! 꺄하하하하하하하하하하하!"

다시 마리안느의 검에서 분출된 불꽃이 두 사람의 주위를 폭력적으로 휩쓸었다.

글렌과 리엘은 【트라이 레지스트】를 전개했고, 시스티나도 【더블 스크린】을 다중 발동해서 두 사람에게 걸어 주었다.

그럼에도 이 지옥 같은 압도적인 열량은 글렌과 리엘의 몸을 뜨겁게 불태웠다.

맹렬한 기세와 열파가 물리적으로도 두 사람의 접근을 불허했다.

"젠장! 역시 무리였나!"

지금까지의 전개와 동일했다.

이대로 가면 글렌 일행의 마술 방어를 완전히 관통한 마리안느의 불꽃이 그들을 태워 죽이리라.

"크윽…… 안 되겠군. 리엘…… 물러나!"

글렌이 리엘에게 철수를 지시했다.

그렇다. 조금 전까지는 둘 다 여기서 물러났었다. 물러날 수밖에 없었다.

그러나―.

"싫어! 이대로 버틸 거야!"

이번에는 리엘이 그렇게 외치며 거절했다.

"엘자가 어떻게든 해준다고 했어! 난 엘자를 믿어!"

늘 졸린 듯한 눈이…… 지금은 엘자에 대한 신뢰의 빛으로 늠름하게 빛나고 있었다.

"훗…… 참 나, 어쩔 수 없구만!"

그런 동생 같은 소녀의 모습에 글렌은 씨익 웃으며 각오를 다졌다.

이왕 이렇게 된 거 이판사판이다.

"하얀 고양이! 힘든 건 알겠지만…… 우리한테 거는 방어 주문의 출력을 더 올려줘! 부탁해!"

"지금도 한계인데…… 알았어요! 남은 마력을 전부……."

시스티나가 한계를 뛰어넘은 마력을 해방했다.

자신을 지키는【포스 실드】에 쏟는 마력이 감소하고―.

글렌과 리엘을 지키는【더블 스크린】이 한층 더 두꺼워졌다.

이런 초열지옥에서는 그야말로 언 발에 오줌 누기에 불과했지만…… 덕분에 몇 초는 견딜 수 있을 것 같았다.

글렌과 리엘은 엘자의 마지막 한 수를 믿으며 그 지옥으로 발을 내디뎠다.

그리고—.

'믿어줘서…… 고마워. 리엘……. 여러분…….'

모든 것을 불태울 정도로 뜨거운 작열의 세계와는 반대로 엘자는 어느새 자신의 머릿속이, 자신의 세계가 마치 얼음처럼 차가워진 것을 느꼈다.

예를 들자면…… 고요한 수면 위에 물이 한 방울 떨어져서 파문을 그리는 듯한 감각.

날카롭게 연마된 엘자의 감각이 마침내 그 **기회**를…… 포착한 순간—.

호흡을—.

'리엘…… 이번에는…… 내가…… 널 지켜줄게.'

—단숨에 내뱉었다.

"하아아아아아아아아아아아아아아아!"

그 순간, 찢어질 듯한 기합성과 동시에 엘자의 몸이 폭발하는 것처럼 움직였다.

왼발로 한걸음 파고드는 신속의 추진력. 허리뼈의 초고속 회전. 그 둘과는 다른 방향의 힘을 모아서 오른팔로 전달하는 척추의 탄력.

머리 위로 든 도를 뽑는다. 칼날을 검집 안에서 미끄러트린다.

그리고 뽑자마자 오른팔에 전달된 힘으로 중력을 따라 도를 직선으로 휘둘렀다.

이것이야말로 절기(絶技).

『타도』라고 불리는 면도날처럼 얇고 날카로운 도검이기에 가능한 검기.

다양한 체술과 이치를 터득한 끝에 육체의 모든 것을 빠짐없이 이용해서 쥐어 짜낸, 상궤를 벗어난 『힘』과 『속도』. 그 모든 것을 아무런 물리적 손실 없이 도에 담고 마력으로 증폭하면— 그 상궤를 벗어난 예리한 참격은 공기를 가르고 진공을 생성해서 도의 간격 밖에 있는 상대까지 베어버리는 바람의 칼날이 된다고 한다.

도의 간격을 뛰어넘은 참격. 일반적인 검술 이론으로는 실현 불가능한 절기.

동방 검술의 일파, 춘풍일도류 오의—『신풍(神風)』.

"아아아아아아아아아아아아아아아아아아아앗!"

엘자가 건곤일척의 기백을 담아서 도를 내리친 순간—

슈팟!

공기가 울렸다.

글렌과 리엘을 집어 삼키려 했던 불꽃의 해일이 갑자기

양쪽으로 갈라졌고―.

"아, 으아아아아아앗!"

바람의 칼날이 아득히 먼 곳에 있는 마리안느의 몸을 베었다.

피의 바람.

찰나의 순간, 마리안느가 본능적으로 몸을 비튼 탓에 직격은 아니었지만 그 바람의 칼날은 전방의 기관차량까지 고속으로 날아갔다.

그리고 마리안느의 움직임이 멈추었다.

불꽃이 갈라진 덕분에 길도 열렸다.

이젠 앞을 가로막는 것이 아무것도 없었다. 이걸로…… 충분했다.

"우오오오오오오오오오오오오!"

"이이이이이야아아아아아아아아아아아아아압!"

글렌과 리엘은 즉시 마리안느에게 돌진했다.

마지막 기백을 쥐어짜 내어 귀기 어린 표정으로 몸을 날렸다.

"으……으아아아아아아아아!"

마리안느도 그런 두 사람을 요격하기 위해 검을 들어 올렸지만―.

"느려!"

한 발 먼저 마리안느의 품속까지 파고든 리엘이 대검을 맹렬하게 위로 휘둘렀다.

카아아아아아아앙!

마리안느의 불꽃의 검을 성대하게 날려 버렸다.

회전하며 날아간 검이 천장에 박힌 순간, 바닥을 박차며 도약한 글렌이 손을 뻗어서 마리안느의 멱살을 낚아챘다.

"이제야 잡았군."

"……?!"

그 순간―.

글렌은 단숨에 마리안느의 팔을 잡고 다리를 쳐서 등으로 몸을 짊어진 후, 축이 되는 발을 팽이처럼 회전시켰다.

그리고 가속을 실어서 자신의 몸까지 내던질 듯한 기세로 마리안느를 내동댕이쳤다.

"잠이나 쳐자라아아아아아아아아아아아아아아아아아아!"

위아래로 회전하는 마리안느의 시야.

벼락처럼 거꾸로 추락하는 몸.

글렌은 그대로 온몸의 체중을 실어서 마리안느를 인정사정없이 바닥에 내리꽂았다.

쿠우우우우우웅!

두 사람 분량의 체중이 실린 충격으로 열차가 흔들렸다.

글렌의 업어치기로 바닥에 전신을 강타당한 마리안느의 의식은 완전히 어둠 속으로 가라앉았다.

동시에 열차 기관부에 세로로 긴 균열이 생겼다.

푸슈우우우우우우우우우우우!

그리고 맹렬한 증기가 시야를 새하얗게 물들였다.

엘자가 날린 일격의 여파로 기관차량의 증기기관이 완전히 파괴된 모양이었다.

끼이이이이이이이이이이이이이이이이이이이이익!

열차의 바퀴가 강렬한 마찰음을 울리며 서서히 속도를 줄였고―.

이윽고 열차는 달빛이 비추는 조용한 밤하늘 아래, 한없이 넓은 초원 한복판에서 무사히 정지했다.

"……."

침묵.

열차 내부에서 불꽃만 조용히 넘실거렸다.

"……멈췄어……?"

엘자는 갑자기 그렇게 중얼거렸다.

믿을 수 없는 표정으로 자신의 손을 내려다보았다.

소유자가 의식을 잃었기 때문인지 차량 안의 불길은 기세가 많이 약해졌지만…… 역시 아직도 엘자의 주위에서 조용히 타오르고 있었다.

그런데도…… 엘자의 손은 전혀 떨리지 않았다.

"……응. 열차, 멈췄어."

그러자 엘자의 앞까지 종종걸음으로 다가온 리엘이 그렇게 대답했다.

"아니…… 열차가 아니라……."

"하하하, 잘했다! 엘자!"

그리고 글렌도 달려와서 엘자의 등을 몇 번이나 두드렸다.

"굉장하잖아! 방금 그거 뭐야?! 무슨 마술?!"

시스티나도 왠지 흥분한 기색이었다.

"아뇨, 이건 마술이 아니라……."

"후우! 살았다아아아아아! 네가 설마 그런 굉장한 기술을 감추고 있었을 줄이야! 진심으로 놀랐다고!"

"고마워, 엘자 양! 저기, 다음에 그 마술 좀 가르쳐주면 안 될까?!"

글렌과 시스티나는 엘자의 반응은 개의치 않고 기쁨에 잠겨 있었다.

"선생님! 여러분!"

"무사해?! 아까 갑자기 열차가 멈추던데!"

그리고 프랑신과 콜레트도 뒤늦게 도착했다.

"오, 너희들도 무사했구나."

"당연하지! 이제야 겨우 다들 조용하게 만든 참이었다고!"

"선생님의 가르침을 받았는데 그런 나약한 자들에게 질 리가 없잖아요!"

"그보다 아무래도 이쪽도 잘 풀린 모양이네!"

"그래. 뭐. 엘자 덕분에…… 간신히 해결됐다."

글렌이 그렇게 말한 순간—.

"엘자……."

"……덕분?"

프랑신과 콜레트는 눈을 깜빡이며 주위를 확인했다.

불꽃의 발생원이 기절했다고는 해도 아직 열차 안에는 불꽃이 전부 꺼지지 않고 남아 있었다.

그런 불꽃이 사방에 타오르고 있는데도 엘자는 떨지도, 주저앉지도, 울부짖지도 않고…… 똑바로 두 다리로 서서 자신의 손을 내려다보고 있었다.

"그렇군요. ……엘자…… 당신, 드디어……."

"다행이네……."

뭔가를 눈치 챈 프랑신과 콜레트는 엘자에게 따스한 미소를 보냈다.

그렇게 계속 멍하니 자신의 손을 내려다보던 엘자의 어깨를 누군가가 두드렸다.

고개를 들자 리엘의 얼굴이 있었다.

"……고마워, 엘자."

"리엘……."

"뭔지 잘 모르겠지만…… 도움을 받았네."

그렇게 말한 리엘은 웬일로 활짝 웃어 보였다.

엘자는 잠시 넋을 잃고 바라보다가…… 이윽고 얼굴을 엉망으로 일그러트리더니 리엘의 몸을 덥석 끌어안았다.

"……엘자……?"

"아니……아니야……. 리엘…… 도움을 받은 건 오히려 나…… 내 쪽인걸……."

그리고 그대로 리엘을 안은 채 오열하기 시작했다.

"……고마……워……. 훌쩍…… 정말로…… 고마워……. 리엘……."

"……응? 울지 마, 엘자. ……어디 아파?"

리엘은 엘자에게 몸을 맡긴 채 가만히 서 있었다.

나머지 일행은 서로 얼굴을 마주 보더니 엘자의 기분이 풀릴 때까지 그대로 내버려두기로 했다.

"자, 그럼…… 여기서 학교로 어떻게 돌아가면 좋으려나?"

글렌은 머리를 벅벅 헤집으며 창밖의 밤하늘을 올려다보았다.

서늘하고 차가운 밤바람이 시야를 한 가득 메운 초원을 부드럽게 훑고 지나갔다.

수많은 별과 하얗게 빛나는 아름다운 보름달이 자신들을 내려다보고 있었다.

─열기로 달아오른 뺨에 차가운 밤바람이 기분 좋게 느껴졌다.

종 장 언젠가 다시 만날 그 날까지

이렇게 해서 느닷없이 리엘에게 닥친 소동은 일단 막을 내렸다.

마리안느는 열차 강도와 영리 유괴의 죄상으로 긴급 체포. 그녀를 따르던 여학생들은 생각을 극단적으로 치우치게 하는 세뇌 마술의 흔적이 발견된 덕분에 정상참작의 여지가 있다고 인정받아 일시적인 정학, 근신 처분을 받는 것으로 그쳤다.

하지만 이번에 마리안느에게 이용당한 여학생들이 마음에 적지 않은 문제를 갖고 있는 것은 틀림없는 사실이었기에 그 원인이 된 폐쇄감을 조장하는 교풍이 문제시되었다. 그래서 중앙 정부는 새로운 학원장을 파견해서 교풍을 개선하기로 결정. 결국 모든 것이 원만하게 수습되었다.

물론 석연치 않은 부분도 있었다. 예를 들면 마리안느가 언급했던 『헤븐스 크로이츠』.

사건이 해결된 후 국군청이 엄중히 규탄하고 추궁하는 와중에도, 마도청의 주요 고관들은 마리안느와의 관계와 『헤븐스 크로이츠』의 존재를 완전히 부정했다. 제국 궁정 마도사단이 혈안이 되어 단서를 찾았지만 결국 헛수고로 끝났다. 마리안느가 완전히 미쳐버린 탓에 자백 마술을 써도 그들의 존재를 뒷받침할 만한 새로운 정보를 입수하지는 못한 모양이었다.

결국 마리안느의 말은 진실이었을까, 혹은 거짓이었을까.

진상은 전부 어둠 속에 묻히고 말았다.

하지만 사건의 발단은 반 국군청파가 리엘에게 억지로 낙제 퇴학 처분을 내렸기 때문이라는 건 엄연한 사실이었기에, 결국 그들은 알자노 제국 마술학원에서의 발언력을 크게 잃고 말았다. 또한 단기 유학의 성공으로 퇴학의 구실조차 완전히 소멸하고 말았다.

루미아의 전속 호위는 계속해서 리엘이 맡기로 되었다.

그리고—.

어느 맑은 하늘 아래.

새로운 증기기관차가 증기를 뿌옇게 내뿜으며 성 릴리 마술여학원 부지 안의 열차역 구내로 서서히 진입하자, 석탄이 타는 냄새가 희미하게 감돌기 시작했다.

그리고 그런 열차 승강구 앞에는…… 사람들이 모여 있었다.

글렌 일행과 2학년 달반 학생들이었다.

오늘은 마침내 글렌 일행이 알자노 제국 마술학원으로 돌아가는 날이었다.

달반 학생들은 그들을 배웅하러 나온 것이었다.

"흑흑…… 렌 선생님. 결국 이별의 시간이 찾아왔네요……."

"고생 많으셨어요. 짧은 기간이었지만 지금까지 정말 신세 많이 졌습니다."

"저기, 선생님. 그게…… 뭐랄까…… 당신을 만난 건 아주 큰 행운이었던 것 같아."

프랑신, 지니, 콜레트가 반 여학생들을 대표해서 글렌과 악수를 하며 작별 인사를 나누었다.

"시스티나랑 루미아도. ……너희랑 싸우는 건 꽤 즐거웠어."

"나야말로……라고 대답해도 괜찮으려나?"

"아하하……. 응, 우리도 멋진 추억이 생겼어. 고마워."

시스티나와 루미아도 밝게 웃었다.

무척 짧은 시간이었지만…… 그녀들 사이에는 틀림없이 우정이 존재했다.

"확실히 너희랑은 자주 싸웠지만…… 이렇게 막상 작별하려니 왠지 좀 쓸쓸하네……."

"그러네요……."

시스티나가 감회가 깊은 듯 중얼거리자 프랑신이 고개를 끄덕였다.

그러자 이번에는 콜레트가 이런 말을 꺼냈다.

"저기, 시스티나랑 루미아. 언젠가 나도 너희 학교…… 알자노 제국 마술학원에 유학해도 괜찮을까?"

"……!"

"뭐랄까…… 좀 관심이 생겼거든. 렌 선생님이랑 너희가 평소에 지내는 학교가 어떤 곳인지…… 보고 싶어."

"오호호호! 콜레트치곤 좋은 생각이네요! 그래요. 그때는 저도 지니와 함께 동행하죠!"

"으엑…… 귀찮은데……."

프랑신은 콜레트의 제안에 고자세로 웃었고 지니는 무표정으로 투덜거렸다.

"아하하! 그거 괜찮겠네!"

"응, 그때는 다 같이 환영할게!"

시스티나와 루미아도 즐겁게 웃었다.

"그리고…… 사실 이게 중요한데……."(수줍)

하지만 콜레트가 글렌의 왼팔을 끌어안자ㅡ.

"그쪽 학교로 가면…… 그게…… 다시 렌 선생님과 만날 수 있잖아요?"(홍당무)

프랑신도 글렌의 오른팔을 끌어안았다.

"저기…… 솔직히 언제가 될지는 모르겠는데, 선생님……."

"아무쪼록 저희를 기다려주세요……."

"으, 응……."

두 사람에게 뜨거운 어프로치를 받은 글렌은 비지땀을 흘리며 뺨을 움찔거릴 수밖에 없었다.

"아하하! 역시 안 와도 상관없을지도!"

"응. 그때는 다 같이 소금을 뿌려줄게!"

……뭐랄까. 시스티나와 루미아의 즐거워하는 얼굴이 엄청나게 무서웠다.

"하아…… 당신들은 지~인짜 마지막까지 변함이 없으시네요."

모른 척하고 무시했던 지니도 기가 막힌 얼굴로 어깨를 으쓱였다.

"아, 아, 아무튼!"

이대로 있으면 뭔가 치명적인 위기가 발생할 거라고 본능적으로 느낀 글렌은 프랑신과 콜레트를 허겁지겁 떼어냈다.

"너희들, 이번에는 진짜 신세 많이 졌다! 고맙다!"

"응……. 다들, 고마웠어……."

글렌의 뒤에 숨어 있던 리엘도 고개를 빼꼼 내밀고 인사했다.

"뭔지 잘 모르겠지만…… 너희들 덕분에 퇴학 처분이 취소된 것 같아."

그리고 글렌은 리엘의 머리 위에 손을 툭 얹었다.

"너도 이번에는 많이 애썼다. 칭찬해주마."

"응……."

리엘은 머리를 쓰다듬는 글렌의 손에 그대로 몸을 맡겼다.

"나…… 글렌이 걱정하지 않도록 앞으로도 열심히 노력할게……."

졸린 듯한 무표정이었지만 리엘은 왠지 모르게 무척 기뻐 보였다.

"으으음……."

그런 리엘의 표정을 지켜보던 안경을 쓴 소녀— 엘자는 뾰로통한 표정으로 뺨을 부풀리며 리엘의 팔을 잡더니 글렌에게서 떼어냈다.

"……엘자? ……왜 그래?"

리엘은 자신과 팔짱을 낀 엘자를 어리둥절한 얼굴로 쳐다보았다.

"……아무것도 아니야……."

살짝 뺨을 붉히며 시선을 피한 엘자는 뭔가 복잡한 표정으로 글렌을 노려보았다.

""……?""

리엘과 글렌은 고개를 갸웃거릴 수밖에 없었다.

하지만 시스티나와 루미아, 프랑신, 콜레트, 지니를 비롯한 여학생들은 뭔가를 눈치챘는지 말없이 의미심장한 미소만 짓고 있었다.

이러니저러니 해서 시간은 눈 깜짝할 사이에 지나갔고, 마침내 작별의 시간이 찾아왔다.

"슬슬 출발할 시각이네……. 그럼 잘 있어라! 얘들아!"

"언젠가 또 만나자!"

"예, 건강하세요!"

"너희도!"

마지막으로 인사를 나눈 글렌 일행은 짐을 들고 열차로 올라갔다.

"리엘!"

마지막으로 열차로 올라가는 리엘을 엘자가 불러세웠다.

고개만 돌려서 이쪽을 바라보는 리엘에게 엘자는 이렇게 외쳤다.

"정말 고마웠어! 리엘! 나…… 강해질게!"

"……엘자?"

"나, 훨씬 더 강해져서…… 언젠가 너랑 어깨를 나란히 하고 싸울 수 있을 정도로 강해질게! 나도 누군가를 지킬 수 있도록 강해질 테니까……! 그러니까……!"

필사적으로 호소하는 엘자에게 리엘은 살짝 입가를 끌어올려서 웃어 보였다.

"……기다릴게."

불쑥 튀어나온 짧은 한 마디.

"또…… 언젠가 다시 만나자. ……엘자."

"……아! ……응!"

엘자는 눈시울을 붉히며 해바라기처럼 활짝 웃었다.

그리고 글렌 일행은 올 때와 마찬가지로 개별실 하나를 통째로 점거했다.

"······이거 참, 애들한테 해줄 이야깃거리가 엄청 늘어났구만."

창가 자리에 턱을 괴고 앉은 글렌이 밖에서 흘러가는 서정적인 경치를 천천히 감상하며 투덜거렸다.

주위를 힐끔 훑어보자 맞은편 좌석에 앉은 시스티나와 루미아가 서로에게 어깨를 기댄 채 조용히 잠들어 있었다.

그리고 리엘은 옆자리에서 고양이처럼 몸을 웅크리고 글렌의 무릎을 벤 채 깊이 잠들어 있었다.

뭔가 즐거운 꿈이라도 꾸는 걸까.

푹 잠든 리엘은 살짝 웃고 있었다.

"······뭐, 이번에는 진짜 애썼다. 리엘······."

글렌은 그런 리엘의 머리에 살며시 손을 얹었다.

"응······."

그러자 잠꼬대인지, 무의식적인 행동인지는 모르겠지만······ 리엘은 글렌의 손에 머리를 문대듯 몸을 뒤척였다.

"자, 그럼······."

제도까지는 한참 남았으니 여행 가방에서 책을 한 권 꺼냈다.

여기에 올 때는 결국 읽지 못했던 이 책은 바로······ 『멜갈리우스의 마법사』였다.

"······가끔은 나쁘지 않겠지."

창밖으로 흘러가는 서정적인 풍경을 배경 삼아 글렌은 한동안 이야기 속의 세상으로 여행을 떠났다.

■ 작가 후기

안녕하세요, 히츠지 타로입니다.

『변변찮은 마술강사와 금기교전』 8권이 발매되었습니다.

편집부 및 출판 관계자 여러분, 그리고 이 『변변찮은』을 지지해주신 독자 여러분께 무한한 감사를. 정말 감사합니다!

그리고 특히 이런 저에게 응원의 편지를 보내주신 독자 여러분, 정말 감사합니다. 편지는 소중히 보관해두고 읽겠습니다!

자, 그럼 이번 8권은 6권, 7권에 하드한 전개가 많았으니 살짝 쉬어가는 따뜻한 이야기를 써보기로 했습니다.

이번 권의 주역은 리엘. 그리고 글렌 일행은 알자노 제국 마술학원을 벗어나 성 릴리 마술여학원이라는 신천지로 여행을 떠납니다. 거기서 그들이 마주친 것은— 뭐, 이런 느낌의 익살스러운 코미디 같은 걸 노려봤습니다.

신천지에서는 수많은 게스트 캐릭터가 등장하고, 여학교라는 무대 장치도 시너지를 일으킨 덕분에 이번 권은 꽹장히 평화롭고 화사한 이야기가 됐을 거라고 생각…….

"아니, 이 8권. 결국 하는 짓은 평소랑 별다를 것 없잖아?"(친구 왈)

……그냥 내버려두세요.

그리고! 4월부터 TV 애니메이션『변변찮은 마술강사와 금기교전』! 마침내 이 시기가 찾아왔습니다! 애니메이션화가 결정됐을 당시에는 아득히 먼 훗날의 이차원 세계에서 벌어진 일처럼 생각했습니다만…… 이제야 겨우 실감과 현실감이 샘솟네요.

엄청난 열량으로 제작에 착수해주신 애니메이션 스태프 여러분께는 정말로 감사를 금할 길이 없습니다. 감사합니다!

이제는 원작자인 저뿐만 아니라 많은 분들의 정력이 담긴 애니메이션판『변변찮은』! 아무쪼록 여러분도 꼭 기대해주시면 감사하겠습니다.

히츠지 타로

■역자 후기

안녕하세요, 역자 최승원입니다.

이번 8권은 개인적으로 기대하고 있었던 리엘이 주역인 권이었네요. 사실 리엘은 첫 주역을 맡았던 전개가 꽤 충격적이었던 데다 아무래도 분량 문제였는지 애니메이션에서도 묘사가 좀 그렇고 그랬던 탓에 좋게 보지 않는 분이 계시지 않을까 걱정이 많았습니다만, 이번 권을 통해 리엘의 사정을 좀 더 이해해주시고 이 귀여운 캐릭터를 사랑해주는 분들이 늘어났으면 좋겠습니다.

작가님도 후기에 살짝 언급하셨지만 사실 리엘이 전면에 나서면 이야기가 좀 암울해진달까…… 절대로 본인의 잘못은 아닙니다만, 이 금기교전 월드가 얼마나 시궁창 같은 세계관인지 돌이켜보게 된다고 해야 할까요. 뭐랄까…… 사람 같지도 않은 어른들이 넘쳐나는 곳에서 고생하는 아이들이 가끔 애처로워지기도 합니다. 아무쪼록 마지막까지 다들 무사히 해피엔딩을 맞이해줬으면 좋겠네요. 흑흑.

그럼 이만 짧은 후기를 마치며 다음 권에서도 뵐 수 있기를 기대하겠습니다.

변변찮은 마술강사와 금기교전 8

1판 1쇄 발행 2017년 11월 10일
1판 4쇄 발행 2020년 4월 22일

지은이_ Taro Hitsuji
일러스트_ Kurone Mishima
옮긴이_ 최승원

발행인_ 신현호
편집부장_ 윤영천
편집진행_ 김기준 · 김승신 · 원현선 · 권세라 · 유재슬
편집디자인_ 양우연
국제업무_ 정아라 · 전은지
관리 · 영업_ 김민원 · 조은걸 · 조인희

펴낸곳_ (주)디앤씨미디어
등록_ 2002년 4월 25일 제20-260호
주소_ 서울시 구로구 디지털로 26길 111 JnK디지털타워 503호
전화_ 02-333-2513(대표)
팩시밀리_ 02-333-2514
이메일_ lnovelpiya@naver.com
ㄴ노벨 공식 카페_ http://cafe.naver.com/lnovel11

AKASHIC RECORDS OF BASTARD MAGIC INSTRUCTOR Vol.8
ⓒTaro Hitsuji, Kurone Mishima 2017
First published in Japan in 2017 by KADOKAWA CORPORATION, Tokyo.
Korean translation rights arranged with KADOKAWA CORPORATION, Tokyo..

ISBN 979-11-278-4298-7 04830
ISBN 979-11-86906-46-0 (세트)

값 7,000원

세븐캐스트의 히키코모리 마술왕 1권

미사키 카츠미 지음 | mmu 일러스트 | 송재희 옮김

마술이 개념화하여 물리 법칙을 능가한 신생 마법세계.
이곳 마도에는 마술 결사 「세븐캐스트」가 최강이라는 이름하에 군림하고 있었다―.
"그저 빈둥거리면서 살고 싶어……."
마술학원에 다니는 브란은 마술로 만든 분신에게
출석을 대행시키는 등교거부 학생.
다만 전학생인 왕녀 듀셀하고는 같은 히키코모리 기질 때문인지
묘하게 가까워지고?!
그러나 듀셀의 정체는 전투에 특화된 루브르 왕국의 국가마술사였다―.
"그럴 수가, 나보다 고위 마술사라니."
"상대가 안 좋았네― 내가 「세븐캐스트」의 위자드 로드야."
일곱 섀도를 원격 조작으로 사역하여 세계 질서를 뒤엎어라?!

히키코모리야말로 최강―
문외불출 신세기 마술배틀 판타지!!

백수, 마왕의 모습으로 이세계에 1~2권

아이아츠시 지음 | 카츠라이 요시아키 일러스트 | 김장준 옮김

한창 즐겼던 게임이 서비스 종료를 맞이한 날.
홀로 대보스를 토벌하고 사기급 능력을 입수한 요시키는
낯선 장소에서 눈을 떴다.
마왕으로 착각할 만할 중2병 장비를 걸친
자신의 캐릭터, 카이본의 모습으로!
심지어 갈피를 잡지 못하는 그의 앞에
요시키의 세컨드 캐릭터, 엘프 류에가 나타나고……?!
그녀와 둘이서 생활하는 동안 그는 알게 된다.
자신이 이 세계에서 신화 수준의 영웅으로 전해져 내려온다는 것을—!

마왕의 모습으로 세계를 누비는
유유자적 여행기, 개막!!

L NOVEL

©2016 Tsuyoshi Yoshioka
Illustration:Seiji Kikuchi
KADOKAWA CORPORATION

현자의 손자 1~3권

요시오카 츠요시 지음 | 키쿠치 세이지 일러스트 | 최승원 옮김

사고로 죽었을 청년이 갓난아기의 모습으로 이세계에서 환생!
구국의 영웅 「현자」 멀린 월포드에게 거둬진 그는 신이라는 이름을 받는다.
손자로서 멀린의 기술을 흡수해가며 놀라운 힘을 얻게 된 신이었지만,
그가 열다섯 살이 되자 할아버지는 이렇게 말했다.
"상식을 가르치는 걸 깜빡했구만!"
이런 이유로 신은 상식과 친구를 얻기 위해
알스하이드 고등 마법학원에 입학하게 되는데―.

『규격 외』 소년의 파격적인 이세계 판타지 라이프, 여기서 개막!

용사님의 스승님 1~7권

미츠오카 요 지음 | 코즈믹 일러스트 | 김보미 옮김

저주받은 마법 실력에도 불구하고
기사를 꿈꾸며 하루하루 수련에 임하는【만년 기사 후보생】소년 윈.
어느 날, 그의 앞에 나타난 이는 마왕 토벌에서 승리하고 돌아온
소꿉친구【미소녀 용사】레티시아.
제국의 영웅인 그녀가 외친 한마디가,
만년 기사 후보생 윈의 인생을 송두리째 바꿔놓는다―.
"그가 바로 용사의 스승, 윈 버드다."

주고받은 약속, 이어지는 인연
두 개의 칼날이 겹치는 순간― 새로운 전설이 시작된다!

©Rui Tsukiyo 2015/Futabasha Publishers Ltd.
Illustration GUNP

엘프 전생으로 시작한 치트 건국기 1~2권

츠키요 루이 지음 | GUNP 일러스트 | 김성래 옮김

한 천재 마술사가 기억을 남긴 채 윤회전생을 하는 마술을 완성시켰다.
윤회전생을 거듭하던 그는 서른한 번째 세계에서
엘프 마을에 사는 소년, 시릴로 태어난다.
하지만 마을은 인간들의 지배를 받았고, 엘프들은 늘 학대당했다.
소꿉친구 소녀 루시에를 구하기 위해,
다양한 종족이 공존하는 이상적인 국가를 만들기 위해,
지금 천재 마술사가 나선다!!

몬스터 문고 대상 『최우수상』 수상작.
「소설가가 되자」 대인기 시리즈 드디어 출간!!

여동생만 있으면 돼. 1~6권

히라사카 요미 지음 | 칸토쿠 일러스트 | 이신 옮김

여동생 바보인 소설가 하시마 이츠키의 주변에는
언제나 개성 넘치는 녀석들이 모여든다.
사랑도 재능도 헤비급이지만 아쉬운 미소녀의 최정상인 카니 나유타.
사랑에 고민하고 우정에 고민하고 미래도 고민하는 청춘 3관왕 시라카와 미야코.
귀축 세금 세이버 오노 애슐리. 천재 일러스트레이터 푸리케츠—.
각자 방황과 고민을 안고 있으면서도 게임을 하거나 여행을 가거나
일을 하며 떠들썩한 하루하루를 보내는 이츠키와 주변 사람들.
그런 그들을 따뜻하게 지켜보는
완벽 초인 남동생 치히로에겐 커다란 비밀이 있는데—.

**『나는 친구가 적다』의 히라사카 요미가 펼치는
청춘 러브 코미디의 도달점, 드디어 개막!!
TV 애니메이션 방영중!!**

라이트노벨의 새로운 빛! L노벨의 신간은 매월 10일에 발매됩니다. http://cafe.naver.com/lnovel11